暮晚的向道

多多研究集

王东东 编

隐匿的汉语之光·中国当代诗人研究集

华文出版社

本丛书无意于面面俱到，而仅关注那些我们认为重要的、有特色的中国当代诗人及其得到讨论的状况，旨在为进一步探讨存留一份资料，或提供一条进入相关领域的线索。其间显然经过了审慎的拣选——既包括讨论对象（诗人）的选定，也包括研究篇目的选录，甚至还包括编选者的延请。

在这个喧嚣的年代，诗界从来不乏炙手可热、炫人眼目的弄潮儿，但我们的目光在其上不会停驻太久。我们更看重那些沉潜的、通过艰卓的探索为汉语写作——进而言之即汉语本身，做出贡献的诗歌写作者，愿意以某种方式向他们致以敬意。他们不事声张、摒弃夸饰的招摇，对诗歌保持着单纯的热爱以及足够的耐性和虔敬之心。他们的取向各异、风格悬殊，但有一个共同点就是：他们的写作彰显了一种布朗肖所说的写作的沉默与"无名"性质，能够经受哗声的销蚀和流俗的磨损。这也是本丛书名为"隐匿的汉语之光·中国当代诗人研究集"的由来。

在我们看来，诗人不应该随波逐流，成为文化时尚的合谋者、某些媒体舆论的传声筒，而是应该对这些保持一定的距离、采取必要的审视态度，同时从其身处的时代中提炼出"噬心"（陈超语）的主题。后一点尤为重要，诗人以锐利的敏思切入历史与人性的深层议题，同他对语言的发明、诗艺的锻造一样，需要付出巨大的心智。本丛书对诗人的甄选即出于如许期待。

从新诗的百年历程来看，中国当代诗歌（特别是最近四十年的诗歌）已经显示了与现代时期诗歌有别的主题意向、形式特征乃至写作意识。简而言之就是，不同于后者对"现代性"的探寻和展现，当代诗歌立足于当代的历史语境，呈现出某些可称为"当代性"的质素。这种"当代性"有其自身的问题阈和书写逻辑，也许较之现代诗歌更为复杂，但也背负着"当代性"特有的焦虑与压力。从诗学方面来说，当代诗歌发展了现代诗歌的部分路向，却在开辟当代诸多命题、凸显其"当代性"的过程中，抽空了问题得以生发、延展的路径，过于强化某些单一的层面，从而窄化了自身的可能性的向度，因此难掩其局限与危机。本丛书收录的研究论文，一定程度上回应了当代诗歌面临的这些理论话题。

本丛书以"研究集"取代一般谈及当代诗歌时习见的"批评集"，除了想要回避已经被污名化的"批评"这样的字眼外——其实毋需赘言，批评本身是不应受到排斥的，真正的批评无不包含深刻的洞见和强大的辐射力——还想着意强调论析当代诗人的文字中所应具有的历史眼光、探究成分和学术本色，并对严肃的讨论表示必要的尊崇。

2017年1月动笔，6月拟定

张桃洲　王东东

暮晚的向道　多多研究集

第一辑　论道

003　多多：抒情的灾难

011　多多：最初的契约

025　多多：是诗行，就得再次炸开水坝

031　融合中西两大诗歌传统的典范
　　　——论多多诗歌的"音乐性"对"意境"与"戏剧性"的统一

051　多多诗艺中的理想对称

067　一个存在主义者的心灵图景

077　多多诗歌写作的历史演进

089　语言的制作来自厨房
　　　——简论多多诗歌语言的流变

105　语言的悖论与悖论的语言
　　　——多多后期诗歌的语言思考与操作

121　骄傲的听觉
　　　——论多多

137　"巨型玻璃混在冰中汹涌"：论多多诗歌中的"力"

155 "当人民从干酪上站起"
　　——读多多的几首诗

165 "技艺"的当代政治性维度
　　——有关诗人多多批评的批评

203 "多少代人的耕耘在傍晚结束"
　　——论多多诗歌中的抒情革命

225 论多多诗歌在英语世界的翻译与选编

235 诗歌是语言的多功能镜子
　　——关于多多诗歌的札记

243 多多诗歌的神学特征

251 "在无词地带喝血"
　　——阅读多多

第二辑　问道

267 诗、人，和内潜
　　——关于诗歌创作的对话

暮晚的向道　多多研究集

第一辑

论道

暮晚的向道　多多研究集

多多是少数几位较难归入"朦胧派"的早年"今天派"诗人之一。如果说"朦胧"还暗示了一种半透明(translucency)的状态,那么多多的诗从一开始就由于缺乏那种对光明的遐想而显出绝对的晦暗(opacity)。他的黑色抒情触须在遇到现实侵袭的时刻,每每回过来向自己的内脏挖掘,这同他诗歌的向外舒展的歌唱风格(或者他天性中那种歌唱的冲动)形成尖锐的冲突。由此,多多在近年来的众多诗作中采取了一种在自身中断然否认的方式,用删除欲望的言语控诉,用惨败的抒情恸哭。在一首标题冗长的诗《在这样一种天气里来自天气的任何意义都没有》里,多多用一种自我拆卸的语言表达了"意义"的危机。

> 土地没有幅圆,铁轨朝向没有方向
> 被一场做完的梦所拒绝
> 被装进一只鞋匣里
> 被一种无法控诉所控制
> 在虫子走过的时间里
> 畏惧死亡的人更加依赖于畏惧

可以看出,几乎每一行诗句都在一种自反(self-negative)的状态

多多:抒情的灾难 ※ ———— 杨小滨

※ 摘自《今天的"今天派"诗歌》,原载于《今天》1995年第4期。

下变得不可收拾，变得无法说明、无法理解，每一个词语都被出现在它之后的词语引向不确定、不可能和荒诞。尤其是那些曾经充满"意义"的词语，可能是广阔的"土地"，可能是通向未来的"铁轨"，以及满足着幻想的"梦"，在这里都变得不可理喻——要么失去本身被定义的内容，要么执行着相反的功能，但无论如何，都暗示着一种精神的绝境，甚至当这种绝境的诗学被总结为"也不会站在信心那边，只会站在虚构一边"时，这种"虚构"的概念也变得不安和岌岌可危。

当马蹄声不再虚构词典
请你的舌头不要再虚构马蜂
当麦子在虚构中成熟，然后烂掉
请吃掉夜莺歌声中最后那只李子吧

这样，甚至虚构本身也不可捉摸，就像麦子在"虚构"里不会"成熟，然后烂掉"一样，就像在"夜莺歌声中"我们不可能"吃掉"任何虚构的"李子"一样，一切虚构的诉求（"请……吧"）实际上都无法产生想象的完美。那么，当此诗结束于"只有虚构在进行"的陈述时，"虚构"不再是作为同虚妄的"信心"相对的力量，而恰恰是作为无法同历史抗衡的现象悬搁在那里的。可以看出，多多在诗里表达了那种阿多尔诺（T. W. Adorno）所说的无法扬弃为肯定性的否定，一种不妥协的、无休止的自我对抗，在这种否定和对抗中多多展示了那种最后的肯定性都在被不断剥夺的严酷现状。

这也是《没有》一诗用更加坦白的方式所表现的。"没有"一词所引出的短促的陈述插在各个段落间，一次次否决了在诗句里努力保持的微弱的、残剩的希望（限于篇幅，以下所引略去了诗的起首以及某些段落的开始部分）：

……
除了郁金香盛开的鲜肉，朝向深夜不闭的窗户
除了我的窗户，朝向我不再懂得的语言

没有语言

……
只有光，停滞在黎明
星光，播洒在疾驶列车沉睡的行李间内
最后的光，从婴儿脸上流下

没有光

我用斧劈开肉，听到牧人在黎明的尖叫
我打开窗户，听到光与冰的对喊
是喊声让雾的锁链崩裂

没有喊声

只有土地
只有土地和运谷子的人知道
只有午夜鸣叫的鸟是看到这黎明的鸟

没有黎明

在这首诗里，"没有"一词所提供的自我否定并不意味着虚无，而是对想象中美的幻灭不可遏止的倾吐，同时又是面临这种彻底丧失的语言的喑哑。如果说在那些抒情性的段落里，多多用"除了……""只有……"等具有紧缩感的词汇来表明美或希望在极度压迫下的残存，那么以"没有"起始的那些诗行则用戏剧性的突转展露了内心的冲突，好像是一次次向绝望深渊的俯冲，或者是一次次对灵魂的鞭笞，把诗推向一种精神痛感的高潮。

相对于北岛而言，多多诗歌的魅力不是来自他对语象独特的甚至超现实的处理，而是来自他对诗的句法和结构张力的出色把握。因此，从修辞上看，多多诗歌更具有表面的流畅，其强制的粘连语式

（hypotaxis）同北岛的断置语式（parataxis）相对。多多似乎采取了更为戏剧性的策略（这种策略基本上也是杨炼和严力所采取的）：用一种绝对性的语式，同时通过语义上的自我分裂显示出这种绝对性的崩溃。在《没有》这首诗里，"没有"一词起着语式中的枢纽功能，起着在语式上连接上下段落而在语义上制造张力的效果。在另一首具有震撼力的诗《看海》中，这个功能是由"一定"一词来承担的，它强迫语式绷直、没有余地，但却在语义的范围内提供了不可弥缝的裂隙。从这个意义上说，多多的诗篇一直是展示"宏大抒情"（grand lyrics）之死的最佳范例，这种"宏大抒情"曾经（甚至仍然）同"宏大叙述"（grand narratives）一起构成了当代汉诗中夸张、空洞的一面，并且潜在地认同主流文化模式。

《看海》的一开始在某种程度上似乎模拟了这种"宏大抒情"的风格，但已经略微掺入了某种奇异或出轨的韧力。

> 看过了冬天的海，血管中流的一定不再是血
> 所以做爱时一定要望到大海
> 一定地你们还在等着
> 等待海风再次朝向你们

如果说到此为止，多多仍然把"一定"这个词作为对"望到大海"或"等待海风"这类行为的肯定（或幻想的肯定）来展示的话，紧接下去的诗句却逐渐从这种抒情的风景游移到对抒情的"煞风景"，也就是说，游移到一种通过对抒情性的反省而显露出来的对"宏大抒情"的质疑。这样，抒情的内核被赤裸地剥露出来，成为抒情性的自我解剖和否定。

> 那风一定从床上来
> 那记忆也是，一定是
> 死鱼眼中存留的大海的假象
> 渔夫一定是休假的工程师和牙医
> 六月地里的棉花一定是药棉

> 一定地你们还在田间寻找烦恼
> 你们经过的树木一定被撞出了大包

从这里开始，由于"一定"一词的中介所引入的游离或变质，我们所期待的抒情"诗意"变得荡然无存。"从床上来"的"风"揭示了上句关于"海风"的幻觉，"大海的假象"也使"记忆"显得可疑、虚幻、无效，连遗世独立的"渔夫"也仅仅是伪装的或临时的，甚至纯洁的"棉花"也无法逃离现实病痛的纠缠。可以确定的是，所有这些饱含传统象征意义的诗性因素（"海风""大海""渔夫""棉花"等）都被扯到与之具有原则性冲突的境界里，但仍然以"一定"为轴心，保持着在语式上所具有的强暴性的动力和硬度。类似的语式延伸到第二段里："一定会有一个月亮得像一口痰／一定会有人说那就是你们的健康"，又一次揭示了经典抒情的核心意象"月亮"的病态内涵，正如诗人在二十年前写的另一首诗中表达的"月亮像病人苍白的脸"（《夜》）一样。不过多多在这里加入了"一定……得"或"一定会"的句式，把事实性陈述替代为具有更多人为意味的可能性陈述，并且一步三回地在"像一口痰"的描写之后再度把"月亮"拧回到"你们的健康"的荒诞判断上去，这首诗就在这样颠簸的戏剧性咏叹中跌入末段更为险峻的修辞旅程：

> 看海一定耗尽了你们的年华
> 眼中存留的星群一定变成了煤渣
> 大海的阴影一定从海底漏向另一个世界

这里，一种对理想时代的哀悼和绝望似乎不可遏止地涌出，因为"耗尽了""年华"的已不再是简单的"看海"，而是看"死鱼眼中存留的……假象"；同样，辉煌的"星群"在激情地燃烧之后也仅仅"存留"下"煤渣"，甚至大海本身也将以"阴影"的形态"漏"掉，从这个世界消逝而不复存在。最后：

> 春天的风一定像肾结石患者系过的绿腰带

出租汽车司机的脸一定像煮过的水果

你们回家时那把旧椅子一定年轻，一定地。

多多再一次通过把"春天的风"联结到病患及其饰物上去，通过把对"脸"的比喻从"水果"蜕变到"煮过的水果"，解构了传统象征的理想主义，甚至末句所显示的表面的理想亮度——对"一定年轻"的强调，恐怕也应看作一个年迈的精神游子通过物件的恒定性来触及心灵的沧桑感："那把旧椅子"的"年轻"更反衬了"看海"所"耗尽"的"年华"。"旧椅子"所涉及的家园和记忆一下子成为被现实的绝望推出的唯一亮点，它只有在同历史或历史经验无关的情形下才拥有"年轻"，并且终结了一切有关历史经验的似是而非的抒情。那么，那个在杨炼那里作为同历史相对的"海"的意象（见下文）由于处在历史经验中而变质（既然"看海"作为"宏大抒情"，也深具话语性的幻觉），对多多来说，仍然可能保留的超越性契机是否仅仅残存于对过去的追踪之中？或者，那个过去的记忆断片也只是另一种把"我们"阻隔在真实之外的"死鱼眼中存留的"幻象？多多的诗是关于张力和冲突的诗，而不是关于答案的诗。在"一定"一词的坚韧性和它所展开的诗句所具有的反讽性之间，多多就这样揭示了抒情的限度，这种限度甚至以灾难——"宏大抒情"的修辞性崩溃的方式暗指了内心的创伤。■

暮晚的向道　多多研究集

诗歌像其他文学体裁和其他艺术形式一样，大约10年就会有一次总结，突出好的，顺便清除坏的。因为在10年期间，会出现很多诗歌现象，而诗歌现象跟社会现象一样，容易吸引人和迷惑人，也容易挑起参与其中的成员的极大兴致。诗歌中的现象，主要体现于各种"主义""流派"和"标签"。这些现象并非完全一无是处，其中一个好处是：它们会进一步迷惑那些迷惑人的人，也即使那些"主义""流派"和"标签"的提出者、形成者和高举者陷入他们自己的圈套，又会进一步吸引那些被吸引的人——把他们吸引到诗歌的核心里去，例如一些人被吸引了，可能变成诗人。这些可能的诗人有一部分又会被卷入"主义""流派"和"标签"的再循环，另一部分却会慢慢培养出自己的品位，进而与那些原来就不为"主义"和"流派"所迷惑，不为"标签"所规限的诗人形成一股力量、一股潜流，比较诚实地对待和比较准确地判断诗歌。这样一个过程，大约需要10年时间。这种总结是自动的、自发的，并且几乎是同时的：不同地方不同年龄的诗人会同时谈论同一个或多个诗人，并且都是先在私底下谈论了两三年才逐渐公开，而被谈论者可能一点儿也不知道。如果这股力量和潜流够大的话，甚至会形成一股潮流，把坏的乃至可有可无的东西全部消除掉。这种总结或梳理，无论以何种形式出现，都只有一个标准，这就是直取诗歌的核心，而诗歌的核心又无可避免地包含着传统。

多多：最初的契约※ 　　　　　　　　　　　　　　　　　黄灿然

※ 选自《多多诗选》，花城出版社，2005年版。

近几年来，中国诗歌的核心回响着一个声音：多多的诗，多多的诗。这是一个迟到的声音，因为多多的诗，已经存在20多个年头（其中有10年完全在中国大陆失踪）。这种迟到，可能是一件好事：它可能意味着巨大的后劲。如果对多多这20多年来的诗歌作一次小小的抽样回顾，相信任何直取诗歌核心的诗人和读者都会像触电一样，被震退好几步——怎么可以想象他在写诗的第一年，也即1972年就写出《蜜周》这首无论语言或形式都奇特无比的诗，次年又写出《手艺》这首其节奏的安排一再出人意表的诗？

他从一开始就直取诗歌的核心。

一

诗歌的核心之一，是诗人与语言，在这里就是诗人与汉语的关系，也就是他如何与汉语打交道进而如何处理汉语。

从朦胧诗开始，当代诗人开始关注诗歌中语言的感性，尤其是张力。从翻译的角度看，就更加明显，它就是那可译的部分。语言的张力，这方面多多不仅不缺乏，而且是重量级的，令人触目惊心，例如：

他的体内已全部都是死亡的荣耀

又如：

是我的翅膀使我出名，是英格兰
使我到达我被失去的地点

再如：

风暴掀起大地的四角
大地有着被狼吃掉最后一个孩子后的寂静

这是属于语言中宇宙性或普遍性的部分，涉及包括想象力在内的人类各种共同的感性，只要通过稍具质量的翻译，任何其他语种的诗人都可欣赏。

但那独特的部分，那源自汉语血缘关系的部分，却是不可译的，也是目前中国诗歌最缺乏的。目前汉语诗歌受到各种严厉的指责，这些指责有一半是错的，原因在于批评者本身对当代汉语诗歌的敏锐性缺乏足够的感悟，被诗人远远抛离；但另一半却是对的，也即当代诗歌对汉语的建设几乎被它对汉语的破坏或漠视所抵消，诗人自己远远被抛离了他们原应一步步靠近的对汉语的感悟。传统诗歌中可贵的，甚至可歌可泣的语言魅力，在当代语言环境中不易继承。美妙的双声、象声、双关等技巧，如今哪里去了——那是我们最可继承和保留的部分，也是诗歌核心中的重要一层——乐趣最可发挥的。在现当代外国尤其是我所能直接阅读的英语诗歌中，诗人们在这方面的业绩，是与他们的祖先一脉相承的。但是，这部分又是不便翻译的，只能在原文中品尝。中国当代诗人基本上只读到并实践了那可译的部分，另外要他们自己在汉语中去寻找和创造的那部分，他们好像还没有余力去做。多多诗歌命运的多舛（也可以说是幸运），正在于其艺术性是不易译出的，他的英译作品，直到最近在加拿大出版的、由女诗人李·罗宾逊翻译的诗集《过海》，才开始露出曙光——但那关键的部分仍然没有译出来，也是不可能译出来的。

在马眼中溅起了波涛

马眼深而暗，仿如一个大海（多多在另一首诗中有一句"从马眼中我望到整个大海"）；马眼周围的睫毛，一眨，便溅起了波涛。这溅、波、涛，尤其是"溅"字那三点水，既突出"溅"这个动作，也模拟了马的睫毛，便是汉语独有的。它翻译成英文仍然会是一个好句子，但是它那个象形的形象，是译不出的。不妨拿莎士比亚《麦克白》的著名片段做个比较：

Out,out,brief candle!

Life's but a walking shadow.

卞之琳中译：

熄了吧，熄了吧，短蜡烛！

人生无非是个走影。

读译文，仍然是好诗。但是，原文的声音、节奏、韵脚，以及文字的象形性，在译文中基本上丧失，尽管译者的功夫已经非常高超并且挽回了不少。那"Out,out"，读起来和看起来就如同一阵风在吹，并且在一步步逼近，而且第一个"Out"第一个字母的大写又加强了吹出去的动作。"brief"既形容蜡烛体积的短小，也形容时间上的短暂，在声音上更是"吹"；"candle"中，"d""l"两个字母加上感叹号，多像蜡烛，而感叹号看上去恰像摇摇欲坠的烛火。这两行诗，有一半是译不出的。

再如，美国诗人弗洛斯特的一行诗：

Thrush music-hark！

（鸫鸟的音乐——听呀！）

"hark"既是"请听"的意思，又是鸫鸟的叫声。译文中"呀"字虽然亦有拟声成分，但始终不如原文般无懈可击。杜甫"自在娇莺恰恰啼"一句中的"恰恰"有异曲同工之妙：既是恰巧的意思，又是娇莺啼叫的拟声。

下面是被认为运用英语之出神入化，已远远超出英美任何同行的加勒比海诗人沃尔科特的句子：

A moon ballooned up from the Wireless Station.O mirror,

> 一个月亮气球般从无线电站鼓起,啊
> 镜子,

这里译文的效果当然达不到原诗的五分之一。沃尔科特用气球(balloon)作动词来形容月亮(moon)升起,并且充分利用两个词共用包含的象形字母"O"。第一行结尾那个大写的"O"既像月亮,又像气球,又是感叹词,又像一个张开的口(张开口感叹);接下来是mirror(镜子),这个"张开的口"原来是一面镜子!沃尔科特把"mirror"跨到下一行,你没有读到镜子之前,上一行的"O"是一个张开的口(感叹),一读到mirror,它立即变成一面镜子——"O"字扮演了何等灵活的角色。

中国当代诗人只回到语言自身,而未回到汉语自身。回到语言自身,说明已现代化了;但没有回到汉语自身,说明现代与传统脱钩,而与传统脱钩的东西,怎么说都还算不上成熟。也许我们可以更现实一点,不提那使我们不胜负荷的传统汉语诗歌,而只局限于回到汉语自身:注意发掘汉语的各种潜在功能,写出具有汉语性的诗歌,而不仅仅是写出具有中国性的诗歌或一般意义上的当代性的诗歌。汉语的各种妙处,一般古典诗歌研究者都十分清楚。中国当代诗人面临的困境是,西方诗歌中无法翻译的那一半他们欣赏不到也借鉴不到,中国古典诗歌中足以启迪和丰富他们技巧的那一半他们也没有继承下来。其实也有一些诗人在修炼这些功夫,不过这些诗人却是另一路人,他们完全在一个很传统很说教的诗歌表层上行走,他们写出来的诗毫无价值,继承下来反而成为负累,令人觉得是在玩弄肤浅的文字游戏——就像英语诗人中也有大批这样的货色。而写得最好的那一批接受西方诗歌影响的青年诗人,如果他们也把汉语这份财富发掘出来,或者如果能够通过阅读外国诗歌原文来借鉴,定会迸发出璀璨的光芒。

而多多在这方面提供的例子,不亚于他的名字。

> 牧场背后一齐抬起了悲哀的牛头

这个神奇的句子,尤其是对于在农村生活过的人来说,它已超出可能分析的范围。我只能说，我分明看到一双悲哀的牛眼，但它为什么是用"抬起悲哀的牛头"来传达的呢？这一行诗与其说是用汉字写成的，不如说是用汉字的文化基因写成的。同样神奇的句子还有很多，例如：

　　五月麦浪的翻译声，已是这般久远

和

　　第一次太阳在很近的地方阅读他的双眼

再如：

　　大船，满载黄金般平稳

你看过满载黄金的大船没有？当然没有，但为什么这个句子如此真实？好像"平稳"这个词是为了形容满载黄金的大船而诞生的。再看：

　　我听到滴水声，一阵化雪的激动：
　　太阳的光芒像出炉的钢水倒进田野
　　它的光线从巨鸟展开双翼的方向投来

　　巨蟒，在卵石堆上摔打肉体

我见过化雪，也知道激动，但我没看过也没听过化雪的激动，但这个句子却真实得超乎想象，好像化雪是为激动而产生的；或者相反，激动是为化雪来产生的。接下去的两句也是这样。至于"巨蟒，在卵石堆上摔打肉体"，我从未见过，但为什么这个句子让我觉得我已经见过并且肯定地相信这就是我见过的样子？！

　　如果上面所举的例子太玄的话，不妨看一些较平凡（非凡）的例子，例如复叠或近似英语头韵的句子，像：

死人死前死去已久的寂静

或

　　……一个酷似人而又被人所唾弃的
　　像人的阴影，被人走过

和

　　对岸的树像性交中的人
　　代替海星、海贝和海葵
　　海滩上散落着针头、药棉

以及

　　满山的红辣椒都在激动我
　　满手的石子洒向大地
　　满树，都是我的回忆……

　　这些"雕虫小技"，孤立起来看好像微不足道，但若纳入一首诗的整体经营中，将立刻变得很可观，最好的时候，可以使诗歌中的感性部分的重要性，减至占一首诗总成绩的一半至三分之一。
　　多多与传统的关系，主要不是通过阅读古典诗歌实现的，他书架上可能没有一本中国古典诗集；就像一个泡在传统诗歌里的当代诗人，也可能写出最没有汉语味甚至最残害汉语的诗——事实上这样的例子不是很多吗？！多多是通过直取诗歌核心来与传统的血脉接上的，因为一个诗人，一旦进入语言的核心（诗歌）之核心，他便会碰上他的命运——他的母语的多功能镜子。反过来说，泡在汉语传统诗歌里而又写糟蹋汉语诗的诗人，问题便出在他们不是直取诗歌的核心，而是走上歧途或使用旁门左道，或根本还没有上路。此外，还可以反证，当代诗歌与传统的割裂，问题正在于诗人偏离诗歌的核心，使用公共技术，分享公共美学，进而将诗歌变成公共的技术美学。

二

我在这里引用的大多数是孤立的句子，而这正好是多多的特点，也是他的优点。他把每个句子甚至每一行作为独立的部分来经营，并且是投入了经营一首诗的精力和带着经营一首诗的苛刻。如果拿阿什伯利衡量一首诗的好坏的标准，也即每一行至少要有两个"兴趣点"，则中国当代诗人在质量和数量上最靠近这个标准的，要算多多。但是，以行为单位，如何成篇？也即，这样一来，他的诗岂不是缺乏结构感？换上另一个诗人，很可能就是如此。但多多轻易解决了这个问题，而且是用一种匠心独运的办法解决的——它刚好是诗歌的核心之二：音乐。他用音乐来结构他的诗。

可是，问题又来了：音乐刚好又是不能译的，至少是非常难译的。例如奥登《悼念叶芝》一诗，那些具有普遍性的好句子对很多中文读者来说已耳熟能详，像"他身体的各省都背叛了"和"土地啊，请接纳一位贵宾"。但是还有一个经常被英美诗人援引的句子，中文读者却好像没读过似的，原因是它的所有美妙都在于它的音韵：

Follow, poet, follow right

to the bottom of the night.

这里要谈的音乐，跟上述语言的普遍性和汉语的独特性一样，也可划分为两种。一种是普遍性的音乐，它又可分为两类，一类基本上是说话式的，也即谈不上音乐，而是涉及个人语调；另一类是利用一些修辞手段，例如排比、重复、押韵等，它很像我们一般意义上的音乐，例如流行音乐或民歌。另一种是独特性的音乐，它产生于词语，不依赖或很少依赖修辞手段。关于普遍性的音乐，我想引用我在另一篇文章《诗歌音乐与诗歌中的音乐》中所做的界定："那些看似有音乐或看似注重音乐的诗人的作品，其实是在模仿音乐，尤其是模仿流行

音乐。他们注重的其实是词语、意象,而音乐只是用来支撑、维持和串联词语和意象的工具。"(引文有所改动)

多多两方面都运用了,但在普遍性方面,他出色得接近于独特性;在独特性方面,则是他自己的专利。前者例如:

> 他的体内已全部都是死亡的荣耀
> 全部都是,一个故事中有他全部的过去

再如:

> 我关上窗户,也没有用
> 河流倒流,也没有用
> 那镶满珍珠的太阳,升起来了
> 也没有用

又如:

> 记忆,但不再留下犁沟
>
> 耻辱,那是我的地址
> 整个英格兰,没有一个女人不会亲嘴
> 整个英格兰,容不下我的骄傲

后者例如:

> 树木
> 我听到你嘹亮的声音

又如:

> 一种危险吸引着我——我信

再如：

> 十一月入夜的城市
> 唯有阿姆斯特丹的河流
> 突然
> 我家树上的橘子
> 在秋风中晃动

关于独特性的音乐，我想再引用我那篇文章中的一个片段做补充："多多的激进不但在于意象的组织、词语的磨炼上，而且还在于他力图挖掘诗歌自身的音乐，赋予诗歌音乐独立的生命。'树木／我听到你嘹亮的声音'，这个句子的强烈音乐是独立的，它不是以任何修辞手段或借助一般意义上的音乐形式达成的。它除了有不模仿别的音乐的特性外，还有一种不被模仿性……使用的技巧不是大家都可以拥有的修辞手段。"

这种独特性的音乐又会衍生很多意料不到的效果，譬如在上述最后一个例子中，"突然"独立于上下两诗节，其效果除了令人感到突然之外，事实上这两个字也就是两棵橘子树站立在一片旷地，而读者看见"突然"跟诗人看见橘子树是同时的。

但是最神奇也最具悖论意味的是《居民》一诗第二、第三节中的音乐：

> 在没有时间的睡眠里
> 他们刮脸，我们就听到提琴声
> 他们划桨，地球就停转
> 他们不划，他们不划
> 我们就没有醒来的可能

这首诗的中心意象是河流，诗的音乐就是在河上划船的节奏。当诗人说"他们不划，地球就停转"时，那节奏就使我们看见（是看见）那桨划了一下，又停了一下；接着"他们不划，他们不划"，事实上我们从这个节奏里看见的却是他们用力连划了两下。在用力连划两下之后，划船者把桨停下，让船自己行驶，而"我们就没有醒来的可能"的空行及其带来的节奏刚好就是那只船自己在行驶。真神哪！

多多诗歌中强烈而又独特的音乐感，又使他跟传统诗歌接上血脉——这就是诗歌的可吟可诵和可记。诗歌的可吟可诵和可记在当代欧美诗歌中也越来越少，但一些现当代大诗人的作品，仍然保有这个美德。布罗茨基脑中装满历代诗人的诗篇，他的诗歌课最著名的内容，便是要求学生背诗。毕晓普可以背诵几十首史蒂文斯的诗，威尔伯可以背诵几乎所有弗洛斯特的诗。叶芝、奥登和狄伦·托马斯等人的作品，也是以可吟可诵和可记闻名的。沃尔科特曾在不同场合里感叹当代诗歌在这方面的残缺，并坚持认为"诗歌的功能就是朗诵"。读多多的诗，便想大声朗诵出来。就在我写这篇文章期间的一个周末下午，有几个年轻诗人到我家来，我诵读多多的作品和我译的两首奥登的诗节给他们听，他们的反应是既震撼又兴奋，好像第一次懂得什么是诗。类似的情况已发生好几次，有一次一位新认识的年轻诗人到我家，表示他很喜欢多多的一位同代人。我跟他说，你读读多多，就会觉得那个人没意思。我读多多的《一个故事中有他全部的过去》给他听，结果是，他说他整整一星期陷入那首诗所带来的激动中。

就连多多不少诗作的标题，也是可吟可诵和可记的，例如《北方闲置的田野有一张犁让我疼痛》《当我爱人走进一片红雾避雨》《一个故事中有他全部的过去》《被俘的野蛮的心永远向着太阳》《我始终欣喜有一道光在黑夜里》和《什么时候我知道铃声是绿色的》，等等。

现代诗的一些核心技巧，例如反讽和悖论，在多多诗中也表现得非常出色，并且俯拾皆是，如"指甲被拔出来了，被手"和"死亡模拟它们，死亡的理由也是"。还有一种我更愿意称它为"冷幽默"的元素，如"大约还要八年……还来得及得一次阑尾炎"和"我们过海，而那条该死的河，该往何处流？"。

多多另一个直取诗歌核心并且再次跟传统的血脉连接的美德是，他的句子总是能够超越词语的表层意义，邀请我们更深地进入文化、历史、心理、记忆和现实的上下文。这方面的例子不胜枚举，包括前面援引的那些"神奇"的句子，它们都有赖于读者自己在整首诗中去感受和领悟。

三

我多次提到多多与传统的关系，但他诗中即使不是更具爆炸力至少也是同样重要的，是他那令人怵目的现代感性，尤其是那耀眼的超现实主义。值得一提的是，他在1988年获得首届也是仅有的一届"今天诗歌奖"，授奖词最后一句："他以近乎疯狂的对文化和语言的挑战，丰富了中国当代诗歌的内涵和表现力。"这句话如果不是暗示他反传统，至少也暗示他是极其现代的。但他在两者之间取得几乎是天赐的成就：他的成就不仅在于他结合了现代与传统，而且在于他来自现代，又向传统的精神靠近，而这正是他对当代青年诗人的意义之所在——他的实践提供了一条对当代诗人来说可能更有效的继承传统的途径。

当代诗歌可能真的遇到了危机，其中一个最令人担忧的现象是：好诗与坏诗的界线已经模糊到了你可以把好诗当成坏诗，或把坏诗当成好诗的地步。这个时候回到诗歌的核心就显得特别有意义，因为它有助于恢复诗歌的秩序，以及恢复诗人和读者对自己和对诗歌的信心——在某种程度上也是恢复他们对诗歌的最初记忆。多多的意义就在于，他忠于他与诗歌之间那个最初的契约，直取并牢牢抓住诗歌的核心。当我们阅读他的作品，我们也就是在履行我们最初向诗歌许下的诺言，剥掉我们身上的一切伪装，赤裸裸地接受诗歌的核心给予我们的那份尖锐和刺痛。

在本文发表之后，我想起多多这些"神奇"的句子，与杜甫一些名句，例如"星垂平野阔，月涌大江流""无边落木萧萧下，不尽长江滚滚来""乾坤日夜浮""日脚下平地"等，有相通之处。如果就"通感"一词的字面意义而言，这些句子就是通感。但钱锺书先生《通感》一文所谈的，主要是感觉之挪移与置换，尤指"在日常经验里，视觉、听觉、触觉、嗅觉、味觉往往可以彼此打通和交通，眼、耳、舌、鼻、身各个官能的领域可以不分界限"[1]。而杜甫和多多这些神奇的句子，主要涉及视觉和声音与心理、记忆、想象、文化和历史的互相打通与交融，尤其是涉及文字的象形性。读者不是通过修辞方面的鉴赏来理解和感受这些句子，而是凭直觉就立即看见并感受一幅生动的画面。一般诗人也无法通过对修辞技法的研究，来仿写出这种句子。即使写出这种句子的诗人，一生也只有有限的机缘写出三几句。奥登的诗中也有这种句子，例如，《罗马的灭亡》最后一节：

> Altogether elsewhere, vast
> Herds of reindeer move across
> Miles and miles of golden moss,
> Silently and very fast.

这完全是一幅大群驯鹿无声而快速地穿越苔藓地的生动画面，move across 以声音启动奔跑之势，Miles and miles 则以字形显示群鹿奔跑之势，大写字母 M 恰好似领头之鹿，最后一行恰好似群鹿奔跑的节奏，Silently 的声音带出一种起伏的、蓄势以加快的效果，very fast 则是加快，整幅画面仿佛一个无声的电影镜头。我暂时把这种句子称为神奇或"通神"，将来有机会再做分析与探讨。∎

---

[1] 钱锺书：《七缀集》，上海古籍出版社，1985年12月版。

暮晚的向道　多多研究集

1992年秋的某一天，忽然接到谢冕先生的电话，说是一个叫白璧德的美国汉学家来访，要求讨论多多的诗；他已将其作为新诗研究中心近期"周末圆桌对话会"的内容，"可这里的人大都不熟悉多多，你就来救个急吧"。那时我住劲松，距北大有三十余公里之遥，再说也不敢说自己就懂多多，不免有些犹豫，但架不住谢先生的诚恳，终于还是去了。

那天对话会的主题是"多多的诗和现代性"，具体谈了些什么已记不太清，但有一个插曲大约终我一生也不会忘却。中途休息时我听到身后一个细细的女声在问："他们老是说'今天''今天'的，这'今天'到底是怎么回事啊？"扭头一看，不用说是棵"嫩秧子"；再一问，果然是当年刚入学的研究生。尽管如此，我还是禁不住有一种哭笑不得的感觉——如火如荼的20世纪80年代所去不远，一个堂堂北大的研究生，又是专攻当代文学的，居然会不知道《今天》！现代诗在中国的根底，真的就那么浅吗？

我没有问她事先知道不知道多多，因为无须问；反过来，假如她告诉我她知道汪国真，我也不会感到奇怪。多多"气大"（芒克语），读他那篇短文时可以明显感到其中有一股"不服"的冲动；但他从一开始就把劲儿都较在了作品上，至于它们会受到什么样的"社会待遇"，他倒是真不在乎的。我最早读到多多的诗是在1983年，是老江河寄来的，还附了一封信，大意说一个老朋友写诗多年，作品很棒却

多多：是诗行，就得再次炸开水坝 ※ ———— 唐晓渡

※ 原载《当代作家评论》2004年第6期。

少为人知,看能不能在《诗刊》试试发表。一读之下,确实很棒;也试了投稿,却不成。一个多月后,我随老江河去多多西单附近的家,顺便带去了那堆退稿,他连看都没看一眼便扔到了一边,一副意料之中、安之若素的样子。他的平静,以及平静中透出的那种孤傲,刹那间赢得了我的尊敬。

诗在任何时候都有两个可能的维度,或倾向于敞开,或倾向于隐匿,也可以说边倾向于敞开边倾向于隐匿,其情形犹如在想象的注视下旋转的天体。这个比喻既适用于个别诗人的创作,也适用于被成见约定的某一诗歌现象。未来的人们或许会讶异多多的诗何以在整个20世纪80年代都未能引起起码的重视,但今天的诗坛——假如说真有什么"诗坛"的话,甚至还来不及为此感到惭愧。就像不能说这是多多的不幸一样,我也不能说这是一个时代的错误,而只能找出更多的理由对他的自知之明表示钦佩。他写于1973年(他开始写作的第二年)的《手艺——和玛琳娜·茨维塔耶娃》一诗,30年后似乎成了自己作品命运的预言。

我写青春沦落的诗
(写不贞的诗)
写在窄长的房间中
被诗人奸污
被咖啡馆辞退的诗
我那冷漠的
再无怨恨的诗
(本身就是一个故事)
我那没有人读的诗
正如一个故事的历史
我那失去骄傲
失去爱情的
(我那贵族的诗)
她,终会被农民娶走
她,就是我荒废的时日……

当然，情况还是要稍稍乐观一些。事实上他的诗一直在以某种神秘的（公众视野之外的）方式，在一个足够大的（希门内斯所谓"无限的少数人"的）范围内有着自己的影响。1989年年初，首届（也是迄今唯一的一届）"今天诗歌奖"绝非偶然地选择了多多。授奖词是这样的："自70年代至今，多多在诗艺上孤独而不倦的探索，一直激励着和影响着许多同时代的诗人。他通过对痛苦的认知，对个体生命的内省，展示了人类生存的困境；他以近乎疯狂的对文化和语言的挑战，丰富了中国当代诗歌的内涵和表现力。"这来自同道的声音可以说既呼应又回报了他诗中的那种"旷野的呼告"。对乐于更深入地探究中国当代诗歌的国外汉学家们来说，多多的复杂性显然也是个极具诱惑力——尽管同时也是非常棘手的案例。我不知道前面说到的白璧德先生最终是否厘清了多多和现代性的关系，但我知道荷兰莱顿汉学院的柯雷（Maghiel van Crevel）教授在所谓"中国性"问题上的驳难，所依据的正是对多多的诗的"穷尽式"研究。

这些未经主流媒体报道过的信息或许离普通读者太远，真有兴趣的朋友最好还是去读北岳文艺出版社2000年出版的《阿姆斯特丹的河流》。除了1988年那本薄薄的小册子《行礼：诗38首》外，这是多多目前在国内出版的唯一诗歌选本，所收多为他去国外后所写的作品，有足够的代表性。

14年来，多多先后辗转漂泊于荷兰、英国、加拿大，后定居荷兰。这样的历练之于他固然重要，但对于一个"气力绝大"的诗人来说，似乎也不值得特别强调。"气力绝大"源自钱澄之（饮光）评杜诗用语，原话是"其奇在气力绝大，而不在乎区区词义间也"，我认为用在多多身上也完全合适。这同时也是一把打开多多诗的钥匙，非如此不足以把握其异质混成的奇幻风格和尖新、精警、"语不惊人死不休"的修辞策略，包括其经常令人头晕目眩的语速。所有这些都和他从一开始就持有的个人的话语立场有关，和他在生活中竭力掩藏，却汹涌以致崩溃于命定时刻的内在生命激情有关，并因此而不断提升着他写作的难度。我注意到，多多出国后的作品中，运用复沓手法的频率和密度大大增加了；我还注意到，自然的元素、农业文明的元素，在其作品构成中的地位也获得了强化，从而在很大程度上改变了其总体的调性（在国内时多多的诗大概属于写得最"洋气"的之列）。在这篇短文中，我无法理清这种调整或变化对一直被创新所"挟持"的多多意味着什么，但有一点可以肯定：他从未向这种"挟持"低头，就像绝不会与自己妥协一样。一句豪情万丈的诗足以慰藉我们的期待，他写道："是诗行，就得再次炸开水坝！"（《小麦的光芒》）

　　诗歌似乎尚不足以容纳多多的激情，因此"侃山"就成了他的又一件大事。1997年春天吧，因为父亲病危，多多曾归国一次。那些天因为每次都是朋友一大帮，未能有福听他高谈阔论；前年年底我和小说家张炜同赴法国里尔参加首届世界公民大会后，又应邀去里昂第三大学参加另一个会，正好多多也在，于是"连本带息"获得了补偿。抵达当天，从约九点吃完晚饭开"侃"，差不多六个小时的时间内一直由他唱主角，而主题只有一个，即人类世界"死亡线"（Dead Line）的划定及其理由。那有根有据，头头是道，直侃得张炜及同行的金丝燕目瞪口呆。次日凌晨近三点，张、金终于坚持不住各自回房，我则留下聊至六点，要不是九点就要开会，肯定还不会善罢甘休。事后张炜在表示"服"（"诗人中居然还有这样的'博士'！我知道得已经够多了，可他更多，简直连嘴都插不上！"）的同时大呼受了"虐待"，又问我怎么会有那么好的耐心，就这么坐着听他侃。我笑了笑，给他讲了一个故事。1989年大年初二，一帮朋友聚会。人全来齐了，只缺多多一个。等啊等，直过了近一个小时他才拎着一瓶二锅头出现在门口，且既不道歉，也不理会大伙儿的抱怨，坐下就道："诸位，你们对目前世界的形势有什么看法？"……我告诉张炜，那天我们不仅大大争辩了一通，还打了赌；结果我输了两瓶洋河，到现在还欠着。"也是服啊。有了这样的经历，不服行吗？"

2003年12月8日　天通西苑■

暮晚的向道　多多研究集

一、多多

检视20世纪的中国诗歌，多多成为一个无法逾越的阅读障碍。他给所有的读者包括专业的评论家设置了一个世纪的艺术标高，以至于至今无人真正地进入多多的诗歌世界。为了写这篇文章，我较全面地搜索了关于多多的评论文字，结果大吃一惊。面对20世纪屈指可数的几位顶尖汉语诗人之一，我们的评论界却几乎没有反应。除了两三篇当年知青生活的回忆录，专门对多多诗歌的评论文章我只找到黄灿然的《多多：直取诗歌的核心》、张桃洲的《细读三则：三位前驱（之二）》等几篇短文以及2004年《特区文学》第四期《读诗》栏目十位批评家关于多多《我读着》一诗的联席阅读，再就是我的朋友夏可君博士尚未出版的诗学著作《哀悼的诗学》中有一章题为《与诗人多多一起吟咏：依旧是，（而）依旧是……》。这样一种批评现状相对于多多在当代诗歌中的重要性而言，是太不相称了。

造成这位诗人"被埋葬"的一个非常重要的原因就是多多诗歌代表了现代汉语诗歌"阅读的难度"。20世纪是一个诗歌潮涌的世纪，后20年尤其如此，我们可以轻易地被潮流所裹胁，并对引领潮流之人顶礼膜拜。但是，多多虽然随着"朦胧诗"的潮流而出现，却恰恰是一块矗立于潮水当中的礁石，或者说他的一首首诗歌就是随着流水所向

融合中西两大诗歌传统的典范
——论多多诗歌的"音乐性"对"意境"与"戏剧性"的统一　　——　向卫国

而呈现出来的一块块礁石。几乎20世纪的所有有成就的诗人最后都无法逃脱成为一种"流行色",被模仿甚至超越,唯有多多成功地拒绝了模仿,保持了永久的个性特征。当然这同时也就注定了孤独的命运。

在一个让那么多评论家都望而却步的诗歌艺术世界面前,我只能抱着最终可能一败涂地的冒险心理来打开这个世界,并希望说出我所看到的一鳞半爪。

二、"传统"

黄灿然先生不仅是一位优秀的诗人和翻译家,也是一位敏锐的批评家。当我们谈论多多的诗歌时,几乎无法绕开他那篇杰出的文章《多多:直取诗歌的核心》[1],因为他的确一把抓住了多多诗歌的核心——传统。多多之独异于整个20世纪的所有汉语诗人,就在于别人都是不同程度地置身于"西方"传统,唯有多多、海子、王小妮等极少数诗人更多地是置身于汉语诗歌自己的源头之中,直接地说就是《诗经》和《楚辞》、"乐府"的传统,甚至不是唐诗、宋词的传统。

"中国当代诗人只回到语言自身,而未回到汉语自身。回到语言自身,说明已现代化了;但没有回到汉语自身,说明现代与传统脱钩,而与传统脱钩的东西,怎么说都还算不上成熟。"黄灿然的这段话有着对中国百年新诗的深刻洞察。多多的意义在于他"通过直取诗歌的核心来与传统的血脉接上"了。这个核心指两方面:一是"语言",即用真正的汉语而不是单纯的翻译体语言书写;二是诗歌的音乐性,"用音乐来结构他的诗"。黄先生虽然举了不少多多诗歌的例证,对多多诗歌独特的音乐性的分析也十分精彩,但终究对多多的诗歌如何进入汉语的传统,语焉不详。

关于前一个问题,黄先生是这样说的:"传统诗歌中可贵的,甚至可歌可泣的语言魅力,在当代诗歌中几乎灭绝。美妙的双声、象声、双关等技巧,如今哪里去了——那是我们最可继承和保留的部分,也

---

(1) 黄灿然:《多多:直取诗歌的核心》,载于《天涯》1998年第6期。

是诗歌核心中的重要一层——乐趣最可发挥的。"我认为,"双声、象声、双关等技巧"固然重要,也是汉语诗歌的重要特色,但这些技巧还不能代表汉语诗性的全部,甚至不是显示汉语诗性最重要的东西,因为它毕竟只是一些技巧,一两个技巧代表不了汉语的特质。

发生于20世纪之初的白话文运动不仅是一场语言的革命,更是一场文化和思维的革命。众所周知,现代语言哲学的基本观点就是认为,语言即思想,语言即人。现代汉语体系的建立不仅标志着语言的现代化,更是民族思维进入现代化的标志。根据王富仁先生的观点,这一变革的思维内容(即将中国人的思维由古代君权崇拜改造为现代民主理想)由孙中山先生完成,形式(即将语言体系由文言改造为现代汉语)则由胡适先生完成。

但正因为如此,中国现代文化和文学之现代化的本质不在于语言本身,而在于语言背后的思想变革,这一变革的真实内涵仍在于西方现代思想的传入。在这个意义上,人们一味指责现代汉语诗歌受翻译体的影响、其句式带有明显的欧化特征,实在有点隔靴搔痒。我们读多多的诗,其诗同样以欧化的句式为主体性特征,主谓宾定状补的结构完整,和中国古典诗歌有根本的不同。那么我们到底在何种意义上能够指认多多诗歌的传统特征呢?这涉及两个根本性的问题,一是如何认识"西化"本质,二是如何认识"传统"。

今天人们必须看到白话文给汉语带来的相反相成的双重影响。一方面是语言的解放,一种语言的最为本质的东西不是句式而是它的词汇,因为词汇尤其是其中表达概念的部分,乃是人的思想和观念的最直接体现,我们只要想一想"科学"和"民主"等重要的西方概念的输入所产生的作用,即可明白这个道理。关于这个问题,高玉博士的《现代汉语与中国现代文学》一书有着深刻的阐述。古代汉语以单音节词为主,现代汉语以双音节词为主,词的主体和结构的变化是语言变化的根本。正如胡适等许多专家学者所已指明的,白话文的确给汉语诗歌的表达空间带来了极大扩展和传情达意的精确性与科学性。但另一方面,无论从语言学还是诗学的角度看,现代汉语又给汉语自身和汉语诗歌套上了新的牢笼,即西式语法体系的直接套用。中国式的现代化,其深层的意识实际上体现为科学化,科学化在语言上的直接反映就是语法体系的建立和日益精密，它理论上的目标是要求每一个句子都遵守严格的规范，这显然是对思想表达的一种新的束缚，这种束缚毫无疑问对诗歌的影响最巨。

但是，我们还必须看到，语言的运动也不是简单的单向性的运动，正如有学者指出的，汉语的现代运动一方面是受西语的"异化"，另一方面也对西语有一种"归化"作用[1]，即在对其吸收、转化和抵拒的运动中用本民族传统文化改造之，使之民族化和传统化。这也正是中国的"科学"不是西方的科学、中国的"民主"也不是西方的民主的深层原因之一：当我们把这些西方的词语译为汉语时，就注定了它已不再是原来的那个东西，因为语言本身就是文化。我个人认为，汉语作为世界上最古老而保存至今的一种伟大语言，在经受了数次外来文化与语言冲击的考验之后，又再一次地经受住了这次更加猛烈的语言现代化的考验，它在吸收和抵抗西方语言的过程中，再次形成了自己独具魅力的语言传统——现代汉语传统。如果说现代汉语在形成之初，其生命力确曾遭到过怀疑，但在历经百年的发展完善之后的今天，应该说中国人已经建立起了对现代汉语的坚定信念，尽管现代汉语与西语的冲突，以及在诗歌领域与文言的冲突，一刻也还没有停止过。由此看，我所理解的"西化"不可能是"全盘西化"，我所理解的现代汉语"传统"是带有西方语言因子的传统。

现代汉语的传统当然是活在现代汉语作家（广义的）的具体文本之中。20世纪上半叶汉语写作的伟大代表我们可以历数胡适、鲁迅、周作人、艾青等，下半叶的语言创造则主要集中在后20年，其中诗人的表现尤为杰出，北岛、多多、昌耀、海子、于坚、王小妮等是其代表，他们同属于现代汉语传统，但又对此传统做出了各自不同的贡献。

在这样的一种"传统"观中，多多是一位有着杰出贡献、特立独行的"传统"的汉语诗人。

（1） 高玉：《现代汉语与中国现代文学》，中国社会科学出版社，2003年版。

三、风格

多多的诗歌创作起始于1972年，第二年他就写出初期的重要作品《蜜周》(组诗七周)。"蜜周"，顾名思义，甜蜜的一周，是爱情的主题，读此诗并不难感知诗人对爱情描写与体验的大胆甚至越轨。1973年正值中国的"文化大革命"后期，其时的国人并没有谈论爱情的自由。多多此诗"新"的特点一目了然，它直接上承"五四"新诗传统，而反叛了自己的时代。"再野蛮些／好让我意识到自己是女人！"——这是诗中的女性主人公的声音。我们在中国的文学传统中听到过这样的声音吗？"五四"是没有的，但"五四"之前有过。《诗经》里有《关雎》说"窈窕淑女，君子好逑"，如果说这还是男性的声音的话，那么《氓》中的"不见复关，涕泣涟涟"就绝对是女性的声音了。孔夫子删诗，删掉了些什么，我们不得而知，但从留下的东西里面未必不能窥见一些蛛丝马迹。更为大胆的声音(呻吟)出现在明代的《金瓶梅》中。有不少学者开始意识到中国的现代化并不全然是西化的结果，而应该将其根源至少追溯到晚明时期甚至更早，《金瓶梅》的出现也许是一个证据。可见多多诗歌的血缘固然与"五四"相关，与西方相关，但"五四"孱弱的爱情的声音实际上还赶不上《诗经》和明代的女人发出的声音。多多向来以大胆和对诗的狂热追求、自信而著称[1]，但这与其说是时代风气使然(他的时代并无这样"五四"式的风气)，不如说是天生的原始野性更为恰切，从文化的角度看显然与《诗经》更具有血缘上的联系，这就在于它的原始性。当代诗人都喜欢标榜原创性，这其实是出于一种不愿言明的自我忧虑，真正做到原创的诗人极少。因为新诗是没有太多的典范性文本可依的。中外文化与文学的历史证明，每一次重大的变革必以"复古"为表征。西方的复古是从古希腊寻找灵感。中国呢？是回到先秦，回到《诗经》的风雅传统——但"五四"例外，它是依靠了外来的异质文化。但"五四"真的能够例外吗？至今种种关于建构民族诗歌现代传统的呼声，不正是试图找回自己的传统的努力吗？这个传统当然不是指唐宋骈偶传统，而是真正源头上的风雅

---

(1) 宋海泉:《白洋淀琐忆》，载于《诗探索》1994年第4期。周舵:《当年最好的朋友》，文学视界网站（http://www.white-collar.net/index.asp）。

传统。

夏可君注意到《蜜周》中的戏剧性风格特征，认为诗歌"所讲述的第六天的故事已是一幅精巧别致的小话剧了"[1]。由于中国古代戏剧体的缺失以及被唐宋诗骈偶传统的遮蔽，一般都认为诗歌中的戏剧因素来源于西方，这也是一个深刻的误解。《诗经》里面是有戏剧因素的，屈原的《天问》更是一出独幕剧，只是剧中的另一位主人公太大了，大到我们看不见，以至于我们以为诗人是在独自表演。实际上戏剧是人类欲望的最原始表达，其最本然的目的在于"叩问"，"对话"本质上还是一种叩问，但它的表层由于情感性和情绪性因素的影响，常常带有戏谑的成分。从《蜜周》和大量后来的诗作中，可以看到多多的诗中常有一种不易察觉的被高度浓缩的戏剧性场景，其强大的语言悖论及其张力场的形成应该与此有关。但与其把这种充满张力的内在化的艺术空间仍然称为戏剧性场景，我觉得不如称之为一种特殊形式的"意境"更为恰当，也可以顺便消除一些关于其以纯粹的西化为特点的误解。

四、"意境"

先看一些诗句：

周围像朋友一样熟悉
我们，却隔得像放牧一样遥远
　　　　——《蜜周》

北方闲置的田野有一张犁让我疼痛
　　　　——《北方闲置的田野有一张犁让我疼痛》

寂静就像大雪急下
　　　　——《歌声》

---

(1) 夏可君：《哀悼的诗学·与诗人多多一起吟咏：依旧是，(而)依旧是……》(待出版)。

灰暗的云朵好像送葬的人群

牧场背后一齐抬起了悲哀的牛头

　　　——《马》

我听到滴水声，一阵化雪的激动：

太阳的光芒像出炉的钢水倒进田野

它的光线从巨鸟展开双翼的方向投来

　　　——《春之舞》

忧郁的船经过我的双眼

从马眼中我望到整个大海

　　　——《火光深处》

倾听大雪在屋顶庄严的漫步

　　　——《墓碑》

　　正如黄灿然先生所说，多多的这些诗句都是可以脱离全诗单独欣赏的，但它又绝不同于古典诗歌的所谓"名句"或"诗眼"的概念，他的诗里并没有类似于古人"有句无篇""句大于篇"所包含的"句"。他的诗"篇"也是同样重要的，这点我们后面再说。先说"句"。

　　现代人都倾向于古诗是意境诗，而新诗是意象诗这一观点。[1]就一般而言，这观点也许有一定的道理，但对新诗的杰出者却未必，海子杰出的抒情短诗都是有意境的，昌耀、王小妮的诗也是有意境的。当然我们对"意境"的理解是否一定要拘泥于古人的成说，尚可商榷。多多的诗更为特殊。其诗的整体有意境，单独的一个诗"句"中也同样隐含着高度浓缩的"意境"，上引的诗句很好地说明了这一点。

　　如果简单一点说，传统的"意境"概念不外乎"意"与"境"的统一，要么是寓"意"于"境"，要么是"意"中之境，二者交融，产生一种特殊的艺术效果，所以诗人常要借助景物的描绘寄寓主体的情思，

（1）　吕家乡：《意境诗的形成、演变和解体——兼论新诗不是意境诗》，载于《文史哲》2004年第3期。

所谓情景交融乃是主要甚至唯一手段。而多多的诗"句"常是把"景"与"情"高度浓缩以后凝合在一个句子中,从本质上说,比古诗更为精粹。"景"的浓缩常常就表现为"物象"的单独出现,如"田野"和"犁";"意"的浓缩就表现为一些带有情感意向性的词语的明示或暗示,它通常以定语或状语、补语的形式出现,比如,"闲置"暗示着犁与土地以及土地上生长的庄稼即其生命力的分离,"北方"则使人想到灰色的天空、刺入肌肤的寒风、冬天空旷的大原野(这就和后面的"田野"一词联系起来了)。总起来看,"北方闲置的田野有一张犁"包含着一个阔大而深邃的意境,其艺术表现的深度绝不亚于古诗。许多人会习惯性将其看作一个以"犁"为中心的意象结构,表面看似乎如此,但其实不然,这种理解显然没有看到句子的内在结构所展现的事物之间和主客间的丰富关系(这种句式结构恰好是得益于西化句式的科学性,古代汉语一般句子较短,也难以有这么复杂的结构)。"田野"和"犁"在此是等重的,共同构成"境"。"北方""闲置"等句子成分则将"意"不露痕迹地贯注其中,"物"与"意"的融合无间较之大多数古诗的"写景+抒情"模式有过之而无不及。再比如,"灰暗的云朵好像送葬的人群／牧场背后一齐抬起了悲哀的牛头",前一句写天空,后一句写"牧场"(即大地),天地相连的浑茫背景下,抬起"悲哀的牛头"。但必须注意,"牛头"既是写实,又是写虚,"牛头"就是悲哀本身,它将虚的"悲哀"实体化,而"悲哀"又将"牛头"意向化。同时"悲哀"和"灰暗的云朵"和"送葬的人群"具有情感上的同一性,它们共同构成浑然的意境——前不见古人,后不见来者,念天地之悠悠,唯悲哀之牛头。

上引的其他诗句大体都可以作如是观。类似的句子在多多的诗中数不胜数,它内含的"意境"构成多多诗歌的生命性元素。

多多的诗不仅成功地打破了新诗不是意境诗的成说,而且还对汉语诗歌的意境有更为成功的创造性发展。"发展"表现在以下几个方面。第一,多多诗比古诗意境更加精练和浓缩,这已如前说。第二,古诗意境多为静态,多多的诗歌意境,哪怕浓缩在一个句子里,也是以动态为主。比如"大雪急下""抬起""让我疼痛""化雪""激动"等词,使诗的意境摆脱了古诗意境在一定意义上僵化与呆板的千篇一律的"写景+抒情"模式,显示出一种生命的动感和更为强大的语言表现力。当然并不是说,中国古诗就没有动态的意境,如"行到水穷处,坐看云起时""采菊东篱下,悠然见南山"就是动态意境典型的代表。多多的诗"牧场背后一齐抬起了悲哀的牛头""化雪的激动""寂静就像大雪急下"与上引古诗可谓同样达到了诗歌动态意境的极致。当然这种境界,不光是取决于语言的自觉性和敏感性,更要有对世界的天才的感悟能力。第三,多多的诗毕竟是现代诗而不是古诗的翻版,其现代性特征同样明显,这就是主体意识在诗中的张扬。"北方闲置的田野有一张犁让我疼痛"中的"我"字也是古诗中不易见到的。甚至有一种理论认为古典诗歌的最高境界是"我"的消失,即王国维所谓"无我之境",这是中国诗人的最高追求:物我同一,归于大化。现代精神则强调突出"我"的主体性,这是西方个人主义原则的必然体现。一句话,多多诗歌的意境是融合了西方现代精神的意境新形式。

五、"戏剧性"

前面已讲,多多的诗绝不是有句无篇的,"句"尽管好,但"篇"更加重要。

现代诗句,由于失去了传统诗"句"的骈偶结构,很难被作为"诗眼"而单独记诵,这是现代诗歌的共同特点(北岛的诗"卑鄙是卑鄙者的通行证/高尚是高尚者的墓志铭"之所以成为"名句",正是借助了骈偶结构)。现代诗的空间的展开主要还是依赖于"篇",对诗歌的把握也必须建立于对"篇"的整体性把握。我要再次引用黄灿然先生的话:"他把每个句子甚至每一行作为独立的部分来经营,并且投入了经营一首诗的精力和带着经营一首诗的苛刻。……但是,以行为单位,如何成篇?也即,这样一来,他的诗岂不是缺乏结构感?换上另一个诗人,很可能就是如此。但多多轻易解决了这个问题,而且是用一种匠心独运的办法解决的——它刚好是诗歌的核心之二:音乐。他用音乐来结构他的诗。"[1]

我要再次大胆地预言，黄先生虽然抓到了关键问题，对音乐性的分析也相当独到，但只是从一个虽很重要但非根本的方面来解说了多多诗歌的内在结构。我认为要认识多多诗歌的结构特征以及由此产生的巨大张力，还得从戏剧性入手，音乐性无法解释其结构的张力场。

多多的诗绝非单纯的抒情诗，其诗中都有特定的场景，包含着丰富的多层次的矛盾或悖论，这是戏剧或史诗的特点，里边显然有西方诗歌影响的结果，但也不尽然。我们前面已提到，戏剧性在中国诗歌中没有发扬而为重要的传统，但它出于人的原始欲望和需要，在汉语诗的源头上并不缺乏戏剧性质素。在现代汉语诗歌中，戏剧性的回归是其共同特点：由于主体的强介入，现代诗歌往往不是单纯的正面抒情，而是以表现主客关系为主，而这个"关系"的本质总是体现为矛盾性和紧张性。主客双方的共同"在场"使二者的紧张关系成为当下性的戏剧表演，虽然它通常还披着抒情的外衣，内里却隐藏着"议论"的本质，这使现代诗歌的诗"句"不可避免地具有了抒情与判断的双重功能。多多的诗歌将这种特点发挥到了近乎完美的程度，他诗中的"戏剧场景"总是笼罩着浓烈的抒情性（音乐性），其实也可视其为对西方诗歌叙事性与戏剧性传统的中国式转化，即"意境化"。这种努力直接体现了一个世纪的中国诗人吸收西方并使之内化入自己的传统，从而创建新的诗歌传统的最佳成果。我从不认为，现代汉诗完全是西方诗歌的翻版的观点，一种语言本身就意味着另一种思想方式，当西方的概念进入汉语之时就必然地会发生变异，不可能还是纯粹西方的东西。

举一首多多的名作《在英格兰》为例：

当教堂的尖顶与城市的烟囱沉下地平线后
英格兰的天空，比情人的低语声还要阴暗
两个盲人手风琴演奏者，垂首走过

---

[1] 黄灿然：《多多：直取诗歌的核心》，载于《天涯》1998年第6期。

没有农夫，便不会有晚祷
没有墓碑，便不会有朗诵者
两行新栽的苹果树，刺痛我的心

是我的翅膀使我出名，是英格兰
使我到达我被失去的地点
记忆，但不再留下犁沟

耻辱，那是我的地址
整个英格兰，没有一个女人不会亲嘴
整个英格兰，容不下我的骄傲

从指甲缝中隐藏的泥土，我
认出我的祖国——母亲

已被打进一个小包裹，远远寄走……

  这首诗所包容的内容，徐敬亚有深切的体会，读者可读《特区文学》2004年第4期中徐敬亚锥心的解读，我在这里要分析的是它包含的"戏剧"因素。

  这首诗诗人用在"英格兰"的"教堂的尖顶与城市的烟囱沉下地平线"、墓碑、苹果树、异域情侣们的亲热等构成的真实场景，唤起对自己"祖国——母亲"的刻骨思念。就主题而言并无新意，但现代诗歌与古典诗歌的一个重大区别在于它不是单纯抒情，而是将生活的戏剧化场景和情节进行浓缩，内化入诗歌的结构中去。更重要的，它使诗歌的戏剧性场景具体化为诗人的现实处境，与似"实"实"虚"的虚拟主体之无法呈现的场景，构成实与虚的矛盾统一，这又是中国古典诗歌惯常的辩证思维方式。这是就诗歌整体性的张力结构而言。

  就局部而言，全诗几乎是句句充满了矛盾，甚至悖论："英格兰的天空，比情人的低语声还要阴暗"，在肯定天空的阴暗的同时，暗示"情人的低语"也是阴暗的，这里面有双重悖论，一是情人的低语本该是明亮的（温柔的），但诗人却说是"阴暗的"，这是诗人的内在心理发生的矛盾。原因是"情人"是别人的而不是诗人的。二是实际的外在空间里"天空"的"阴暗"与"情人的低语"矛盾对抗，这种对抗增加了爱情的分量（有情人或许可以不顾环境的恶劣），反过来增强了异域诗人的悲哀。所以不管是主观的还是外在矛盾都增强了诗歌的悲剧性力量。

"没有农夫，便不会有晚祷／没有墓碑，便不会有朗诵者／两行新栽的苹果树，刺痛我的心"，同样是充满由抗拒与自卑心理产生的悲怆与愤懑。别人的"晚祷"、别人的"墓碑"和"朗诵"（对亲人的悼念）、别人的"苹果树"，无不"刺痛我的心"，而这些本来该是美好的东西，在诗的主观世界里都发生了戏剧性的扭曲。

多多诗中可以说到处上演着心理化、浓缩性的戏剧，而每次多多的处理方式都不尽相同。可以再举几个例子。

《阿姆斯特丹的河流》主要通过戏剧场景的心理转移，来完成诗歌的中心结构："十一月入夜的城市／唯有阿姆斯特丹的河流／／突然／／我家树上的橘子／在秋风中晃动。"

《居民》一诗最突出的则是其戏剧性动作（或不动作），在动作与结果之间构成乖戾与悖反。而此处的"动作"乃是对现实的戏剧化模拟，以此展示生活的艰辛努力和无济于事："他们在天空深处喝啤酒时，我们才接吻／他们歌唱时，我们熄灯""在没有时间的睡眠里／他们刮脸，我们就听到提琴声／他们划桨，地球就停转／他们不划，他们不划"。

最深刻的诗莫过于《从死亡的方向看》："从死亡的方向看总会看到／一生不应见到的人／总会随便地埋到一个地点／随便嗅嗅，就把自己埋在那里／埋在让他们恨的地点／他们把铲中的土倒在你脸上／要谢谢他们。再谢一次"。人只有站在死亡的临界点上才能真正地明了"死亡"（另一面看就是"生命"）的意义和限度，所以要"谢谢"往你脸上倒土的人——这个动作承担的戏剧能量达到了极限，任何静态的古典意境无法比拟——"再谢一次"。这是感谢"你的眼睛就再也看不到敌人"！这也是"谢幕"的谢谢。

六、"音乐性"

我们必须回到音乐性上来。多多诗歌在内部结构上呈现为"戏剧性",从外部整体感知与体验时则呈现为"意境",即内在的"戏剧"以"意境"的形态呈现。这其中诗歌的内在矛盾和张力是通过"音乐"而最终浑化为一,将戏剧的"紧张"限制在诗的内部结构中,不至于引起阅读欣赏中的整体"不快"。

个人认为,迄今为止用现代汉语书写的中国诗学著作中最杰出的作品首推朱光潜先生的《诗论》。这部书对汉语诗歌的音乐性(其实也是其"诗性")的发展演变有精彩绝伦的描写。朱先生从音与义关系的演变来分析汉语诗歌音乐性的演变,他认为汉语诗歌的发展大致经历了如下四个阶段:[1]

> 有音无义。这是原始的诗歌,"现已不可考"。
> 音重于义。"这是诗的正式成立期",《诗经》和汉朝的"乐府歌辞"是其典型。
> 音义分离。即诗离开音乐,成为独立的语言创造,这个转变发生在汉魏之际。
> 音义合一。即语言本身的音乐性的发展与确立,标志是诗的骈偶化,时间约在齐梁间,此时音韵学兴起,唐宋诗(不包括"词")是其典范形态。

朱先生所说的前三个阶段的"音"是指"曲",即独立于"词"之外的真正的音乐;第四个阶段的"音"实为语言本身的读音,即文字本身的声、韵关系体现出来的语音和谐:押韵、对偶、平仄等。

根据朱先生的思路,新诗(自由诗)的出现实为第五个阶段,即重义轻音甚至有义无音阶段。现代诗的音乐问题和格律问题是一个长期争论不休的问题,焦点在于,如何在保持新诗的自由性的前提下寻求新的语言法度即新格律。目前,实际上还是只有少数的有识之士在自

---

[1] 朱光潜:《诗论》,广西师范大学出版社,2004年版,第167—168页。

觉地思考着如何建立现代诗歌的语言法则问题，音乐性是其中核心的问题。但是，毫无疑问这个问题不是一个单纯的理论问题，理论家的闭门造车无济于事，必须到现代诗人的诗歌文本中去寻求经验，总结规律，多多无疑又在这方面给我们提供了现存最佳文本。

黄灿然先生谈到多多诗歌的音乐性时说："这里要谈的音乐，跟上述语言的普遍性和汉语的独特性一样，也可划分为两种。一种是普遍性的音乐，它又可以分为两类，一类基本上是说话式的，也即谈不上音乐，而是涉及个人语调；另一类是利用一些修辞手段，例如排比、重复、押韵等，它很像我们一般意义上的音乐，例如流行音乐或民歌。另一种是独特性的音乐，它产生于词语，不依赖或很少依赖修辞手段。""多多两方面都运用了，但在普遍性方面，他出色得接近于独特性；在独特性方面，则是他自己的专利。"

这里的"普遍性的音乐"实指上文第四阶段朱光潜先生说的"语言本身的音乐性"，即文字本身的声韵关系，语词、语句的排比、重复、对偶等，这些手段在多多的诗歌中确实已运用得相当娴熟。

恰恰是在最为关键的"独特性的音乐"方面，黄先生受西方现代语言形而上学的影响，将其归结为"词语"，从他举的实例（如"树木，我听到你嘹亮的声音"）来看，虽然已接近问题的本质，但终究还差一步，实际上他并没有从"普遍性的音乐"中真正将"独特性"分离出来。说接近本质，是他举的这句诗的音乐感实际上并不是来源于"音"，而是来源于"义"，即"嘹亮"一词的"义"的暗示作用，尽管它也借助了语音。遗憾的是，从接下来对《居民》一诗的精彩分析虽可看出黄先生以一个诗人的敏感性感悟到了多多诗的独特的音乐，最终却没有说清楚它的本质，即产生的根源。

朱光潜先生的《诗论》一书有一个了不起的发现，即汉语诗的排偶传统的建立是接受散文——"赋"中排偶句式的影响。中国文学就其语言自身的音乐自觉性而言，在散文中的出现（可追溯到最早的各种典籍）实际上早于诗歌，这个原因可能是诗既配有"乐"，就不必再在文字上过多地讲究其音乐性，所以《诗经》不对偶。"赋"则是独立的语言创造，为了便于记诵等原因，反而早于诗歌追求语言的音乐性。那么早期"赋"的语言音乐性是如何实现的，即作家为何会想到要在文章中使用排偶化的句式？可以借助朱光潜先生的论述来理解。

其一，"赋侧重横断面的描写，要把空间中纷陈对峙的事物情态都和盘托出，所以最容易走上排偶的路。……诗人固不必有意于排偶，但是既同时写牛又写羊，自然会拿它们来两两相较，文字的排偶不过是翻译自然事物的排偶"。

其二，"美学家以为这种排偶对仗的要求像节奏一样，起于生理作用。人体各器官以及筋肉的构造都是左右对称，外物如果左右对称，则与身体左右两方面所费的力量也恰平衡，所以易起快感。文字的排偶与这种生理的自然倾向也有关系"。

简单地说，诗毕竟是反映对象的，既然"自然事物"的存在是有成对的、有节奏的，诗自然要应和这一节奏；人的"生理"，引申一下，心理和情感，总是寻求着平衡的快感，文字的排偶便与满足这种快感为能事，于是诗便成为"情绪的体操"（沈从文语），诗的节奏便体现为情感自身的节奏，这一点郭沫若在20年代撰写的一篇《论节奏》里已阐述得很充分了。笔者认为，这一解释才是抓住了根本（回头看，我们也可以此来理解多多诗歌的"戏剧性"，因为人生本如一场戏，充满了矛盾与紧张）。

对诗人而言，真正难的不是如何在语言上体现"音"韵，而是如何用"义"韵表现"自然事物"的节奏和人的内在情感的节奏。近一个世纪的诗人们虽已做了很多努力，但大都还是止于"音韵"的讨论与实践，极少能够在创造中真正实现"义韵"的完美，要达到音韵与义韵的完美统一则更难。多多的诗的出现可以说是成功解决这一问题的范例，他既能够把音韵用到恰如其分，当行则行，当止则止，绝不"以韵害义"，也能把语言的节奏掌控于自己的情感韵律或对外在世界的节奏把握之中，殊为难得。更为可贵的是，他的不少诗歌基本实现了音韵与义韵的有机统一，语言节奏完整地体现了事物自身的节奏。如黄灿然先生分析的《居民》一诗，再如《阿姆斯特丹的河流》。夏可君博士对多多诗歌的"吟咏"本质的把握，可以说是从根本上理解了这种独特的音乐性的必然结果。

值得特别注意的是，多多在实现"音韵"与"义韵"的结合时，常能根据不同的表现内容采取不同的方式。有时，他通过词、句或段的重复表现出《关雎》式的一唱三叹、回环往复之感，如《依旧是》；有时通过诗歌内在的戏剧性场景和情节的展示及其心理上的时空转移来表现情感的冲突和演化，如《在英格兰》《阿姆斯特丹的河流》等；有时通过词语的运动或停顿将外在动作内化为诗歌节奏，如《居民》。总之，方法不一而足。

七、结语

最后，我们要再次说到，多多的诗歌成就的关键毕竟还是在于其语言意识的自觉。许多人都喜欢例举他早期的《手艺》一诗来证明这一点，比如，张桃洲说："显然，这首诗谈论的不是别的，而是诗歌写作本身。把诗歌写作当作一门手艺来经营的观念，实际上源远流长。""必须指出的是，将诗歌隐喻为手艺对于诗歌而言，并不意味着一种'降格'。我想在很多严肃的诗人那里，他们提到'手艺'一词时，不仅仅指单纯的诗歌技巧或技艺，而是在一种原初的意义上使用它的，即在类似海德格尔'技艺'（technē）一词的内涵上来理解'手艺'的。在海德格尔看来，'技艺'（technē）不是一个单向度的语汇，而是'连接技术与艺术的中间环节'，也就是，它一方面指示了现时代技术的根源，另一方面意味着'美的艺术的创造（poiesis）'，而恰恰是后者才真正构成现时代'拯救'力量的来源。"[1]

这些话显然同时也指明了多多语言意识的西化背景。这包括两方面的含义，一是现代西方语言哲学所阐明的语言之文学本体性质，二是现代汉语对西语语法的直接借鉴。两方面都是重要的，但最后的成功还要视诗人自身在实践中对汉语的创造性使用，即如何将西方语言法则跟汉语成功嫁接和融合。

多多诗歌的基本句式和其他现代汉语诗人一样，是欧化的句式。但由于多多长期对语言结构的关注，他在设置句子的具体成分时，融入了汉语独特的象征与暗示功能，从而成功地将汉语诗歌传统的"意

---

(1) 张桃洲：《细读三则——三位前驱》，诗生活网站 http://www.poemlife.com:9001/。

境"融入其整体看来仍然是西式的戏剧性空间中。没有对西方语言学的句法结构和由此构成的篇章结构的深刻理解和运用,汉语诗歌不可能真正地现代化,因为古代汉语的体系在结构上的非自觉性,使其不能承担西方诗歌的戏剧精神。

但是拘泥于语法又会使诗歌过分散义化,多多在诗"句"的修饰性成分定语、状语、补语上充分展示了汉语的魅力。关于语序和词语、句子的连接,我认为多多的诗也较多地得益于汉语古典诗歌。汉语诗的灵活性就在于句子成分的位置不固定、搭配灵活,典型的例子如杜甫的"碧梧栖老凤凰枝,香稻啄余鹦鹉粒",在西方语言中是不可想象的,现代汉语的西式语法也不允许诗人再有这样的自由。但在古诗的启发之下,我们可以"戴着镣铐跳舞",另辟蹊径,寻找补救的办法。

多多就有这样一些主要的方法。

其一,通过加强定语、状语、补语的分量来改变句子的重心。

其二,大量使用连动句式,最典型的如"北方闲置的田野有一张犁让我疼痛",一般诗人写的句子都会止于"一张犁",后面不会再跟上"让我疼痛"四字,连动句式在这里收到了多重奇效。一是使诗句的声音绵长,收到奇佳的音乐效果。笔者读这句诗便想起了《老残游记》中的一段精彩的音乐描写:"唱了十数句之后,渐渐地越唱越高,忽然拔了一个尖儿,像一线钢丝抛入天际,不禁暗暗叫绝。哪知他于那极高的地方,尚能回环转折……"这个诗句的最后四字就是在别人以为结束的地方再次"回环转折"。二是连动句式改变了句子的性质,原来以意象(犁)为中心的句子变成了一个叙述性兼戏剧化的句子,静态变为动态,直接揭示出主客体的内在关系,将戏剧的过程和效果浓缩到一个句子中。

其三,有时为了更准确地传达内在的情感与情绪,诗人也不惜破坏语法,说半截话,或对西方诗的"上下关联格"(即将一个句子分开为几行)进行夸张化的处理,有时一句话未完已戛然而止,有时又若干行诗句上下关联,连绵不绝。最典型的实例莫过于《依旧是》,这是一首现代汉语的奇诗,读者可自行去体会。

从以上分析,我们可以得出结论,到目前为止,无论从语言层面(建构现代汉语传统从而维护其现实合法性)或诗歌的意蕴本体(建构现代汉语诗歌传统从而维护其在当代和未来的合法性)来看，多多的诗歌文本都可以说是融合中西两大传统最成功的范例：一是通过意境的浓缩与内化将欧化句式汉化处理，较之中西两种语言传统都可说扩大了诗句的表现空间；二是通过音乐性将诗"篇"的内在戏剧空间进行整体的意境化转变。

多多告诉我们，断裂的汉语诗歌传统已然有了修复的希望。

2004年12月11日■

暮晚的向道　多多研究集

一

作为一位发明了个人特殊语法和"诗式"的诗人，多多一向显得卓异非凡和"高不可问"。只有一次，在金丝燕给人以步步紧逼印象的"追问"下，她搬出的马拉美引发了多多的迟到却并不陌生的热情。[1]金丝燕强调了"形式诗学"的历史和精神渊源：当浪漫主义式微，对精神和个性的崇拜就适时转移到了语言形式的层面；这一条诗学理想，经由德国浪漫主义、黑格尔进而影响到了马拉美，最终在马拉美那里得以实现。查尔斯·查德威克在《象征主义》一书中就提到马拉美受到黑格尔的影响，文学史家雷纳·沃勒克在《近代文学批评史》中虽然对这一点提出了"反对"意见，但看起来他更多的是在方法论意义上反对"哲学加文学"式的简单解释，最终，正如德里达在《马拉美》（见《文学行动》）一文中断定的那样，马拉美诗学的革命性仍取决于他对传统尤其是柏拉图主义的"反动"和新的演绎。众所周知，黑格尔将美学分为了三个时期：象征型（"象征作为符号"）、古典型（"古典型艺术的独立自主性在于精神意义与自然形象互相渗透"）、浪漫型（"内在主体性的原则"），虽然这个划分不一定与艺术史相符，但

---

(1) 多多、金丝燕：《诗，人，和内潜》，见《迎接新的文化转型时期——〈跨文化对话〉丛刊（1—16辑）选编》（乐黛云、钱林森、金丝燕主编），上海文艺出版社，2005年版。

黑格尔对现代文艺的发展还是饱含洞见,具有一种精神的穿透力,比如,他对浪漫主义的论述:"精神原先要从外在的感性事物中去找它的对象,现在它既提升、回返到精神本身,它就从它本身获得它的对象,而且在这种精神与本身的统一中感觉到而且认识到自己了,这种精神返回到它本身的情况就形成了浪漫型艺术的基本原则。"[1]金丝燕有意义的"误会"是,我们还处于浪漫主义精神氛围下,我们还耽留在"浪漫主义之后",这个意见可以看成黑格尔在"精神界"一度死灰复燃的标志,现代主义的"向内转",也就是金丝燕所谓的"内潜",与此有着紧密的联系。

然而,在多多和马拉美之间毕竟隔着一百年的距离,虽然这并不能妨碍金丝燕对比二人。马拉美作为表征问题的大师,与柏拉图、黑格尔等哲人紧密关联,然而在这种以今观古的眼光下,现时代的特殊境遇极易被忽略,例如,为了比较两位诗人的作品,在某种程度上必须穿越如下的辽阔地带,亦即东西方现实政治境遇和知识境遇的不同。事实上,金丝燕是在利用法国化的辩证法来理解问题,试探有多大可能将之对比于中国化的辩证法,也就是被马克思主义者向上溯及而正统化了的黑格尔辩证法。

辩证法在东西方有两种差别甚大的表现形式,穿插其中的科耶夫可以提供一个连接它们的中介,科耶夫在《黑格尔讲座导读》中说:"那么,什么是黑格尔的道德?……凡存在的都是善的就在于它存在着。因此所有行动,作为既存的否定都是坏的或恶的。但是恶也可以原谅。如何原谅?靠它的成功。成功免除了罪恶,因为成功是一个新存在的现实。但是怎样来衡量成功?在能这样做之前,历史必定已经终结了。"[2]这些话预言了以后对"哲学恐怖主义"的论述,俄国流亡学者科耶夫关于黑格尔的讲稿在1947年方始编辑出版,但恰在"冷战"前夜,这不能不说没有一点预兆性质。有必要提到一种哲学史观点,即将尼采、马克思、弗洛伊德都看成"黑格尔体系爆炸"的结果。在法国经常看到的情形是,一些偏"左"的作家将诗学(主要是通过思

---

(1) [德]黑格尔:《美学(第一卷)》(朱光潜译),商务印书馆,1979年版,第274—275页。
(2) 转引自[法]文森特·德贡布《当代法国哲学》(王寅丽译),新星出版社,2007年版,第20页。

考马拉美)与政治经济学结合起来考虑,形成了奇观。本文的写作受到了这些论述的启发。

中国化的辩证法是由马克思主义向上溯及的黑格尔辩证法,因而是一种正统化的辩证法。黑格尔的唯心主义在苏联和中国都曾经受到大量批判,而在正统哲学的叙述中则立意保留了其"有益"的成分。从一开始,列宁就鼓励在唯物主义的本体论基础上建立唯物主义的认识论,俄国革命的成功也进一步引起人们对黑格尔的兴趣。在中国,这方面重要的哲学著作(与黑格尔不无关系)应为毛泽东的《矛盾论》和《实践论》。辩证法在思想政治教育和哲学教材中得以大量传播,魏斐德(Frederic Wakeman. Jr.)评论说:"如果制度被准则所取代,那么社会便是由意志所确定的了,这就是新黑格尔主义的马克思主义者的全部著作会在毛泽东的革命中引起如此强烈的意识形态共鸣的原因。"[1]中国化的辩证法是对多多一生都难逃脱的生存境遇的历史性概括。简言之,中国化的辩证法对法国化的辩证法构成了刺激性和生产性的外部环境。两者对比造成的特殊效果是,这一切仿佛都是对一位中国诗人的阐释学说明,既是在知识社会学的意义上,也是在具体的诗学手法上,这样,多多才能显示出区别于那位法国诗人的独属于他自己的一面。如果以阿多诺式的术语说出来,即是,既要弄清"方法",也要弄清"不同于方法"的"事物"。这样的理解既"照顾到"特殊的分裂的历史境遇,又可以不受遮蔽,而能洞察到一般的诗学法则。

这是一种奇特的政治和诗的连接。正如美国诗人华莱士·斯蒂文斯所说的"钱也是诗",这仿佛是美国人的教条,法国人并没有说"政治也是诗",但他们的理论仿佛都说明着这个;对于我们来说,最不鲜见的就是"革命也是诗"。向后看,"革命也是诗"是合法化的自我叙事,是欢乐的庆典;向前看,也就是在后革命氛围中,"革命也是诗"就是在劫难逃的命运,有成为悲剧的副产品的危险,这就说明了节日的悖论性质。多多也难逃这一命运,和革命一起双双"堕入时间"。时间充满了恶意,从这一角度看,也许必然会形成摩尼教对命运的阴

---

[1] [美]魏斐德:《历史与意志:毛泽东思想的哲学透视》(李君如等译),中国人民大学出版社,2004年版,第66页。

险意识？这样就等于承认，时间的血液可以无限次更新，但每一次更新都被推迟到了下一次当中。这种思想方法与数学上的微积分有异曲同工之妙，因而也是两种时间观、直线和圆之间的相互较量，比如可以将从圆到直线的无限切分看成循环下降，而将直线对圆的固执的不服从看作螺旋上升，这实在是一个美妙的吊诡，否则，最后审判和天堂、失而复得的乐园不都成为现实？正因为这一时间点深刻的包孕，多多那一代才可以被称为"'知青'诗人"。

二

一代人经历着自己的否定，确切地说，继续革命让他们最后徒有语言激情可以挥霍。多多"先验地"懂得这一点，几乎从一开始就受到纯诗艺的吸引——"歌声，省略了革命的血腥"（《当人民从干酪上站起》1972年）[(1)]，这首诗这样结尾："直到篱笆后面的牺牲也渐渐模糊／远远地，又开来冒烟的队伍……"剩下来就只是对语言的否定，于是不断地出现"寡妇""孤儿""叛逆""情敌"等带有消极色彩的词语。《蜜周》上演了一场"混账诗人"与"混账女人"的戏剧，这既是对爱情加革命模式的历史书写的改写——革命与家庭的关系是革命的永久主题之一，也是诗人在自身内部体验自我意象和理想的变质的过程。它一分为二为两个主题，一个是母亲主题，对于年轻的"后革命"诗人来讲，也就是"情人—爱欲"主题充满想象力的自居，带上了主动误认和供认不讳的色彩。一首起了幽默诗题的诗这样写道："最后的喊声是：／'母亲青春的罪'！"（《中选》1987年）最后一个结构晦涩的词组说明了这一点，这首诗写的是出生。另一个是父亲主题，或曰寻找父亲的主题，单就它和第一个主题的关系讲，可以看成对情欲主题的升华。当寻找中的父亲或父亲主题隐匿不见时，父亲就会被否定性的滑稽形象取代，"后革命"诗人就自然体验到情欲的虚无："虚无，从接过吻的唇上／溜出来了，带有一股／不曾觉察的清醒：／／在

---

(1) 本文所引多多诗篇均出自《多多诗选》，花城出版社，2005年版。

我疯狂地追逐过女人的那条街上／今天，戴着白手套的工人／正在镇静地喷射杀虫剂……"（《青春》1973年）代替父亲的"戴着白手套的工人"带来（自我）规训、理性惩罚的意味，但因有虚无和清醒在先，在"戴着白手套的工人"和"我"之间似乎就存有相互理解与和解的可能。此处，父亲形象的缺失让女性主题凸显了出来，充满紧张、对抗、危险，这也和我们对多多那一代人生活的观察相一致，他们都爱看间谍电影，尤其是关于女间谍的电影。试看如下句子，"五粒冰凉的子弹／上面涂满红指甲油"（《你好，你好》1983年），"但是间隔啊间隔，完全来自陪伴和抚摸／被熟知的知识间隔／被爱的和被歧视的／总是一个女人／成了羞辱我们记忆的敌人"（《被俘的野蛮的心永远向着太阳》1982年）。再如，"暴力摇撼着果树／哑孩子把头藏起／口吃的情欲玫瑰色的腋臭／留在色情的棺底"（《哑孩子》1986年），这是一种误认，一种充满暴力、动荡的两性关系被转移到了孩子身上。

这一切，似乎都向我们揭示了特定时代诗人心目中家庭的奥秘。父亲总是迟至最后出现，从寻找者自我流放之际，寻找就开始了，好像被放逐的不是寻找者而是父亲。多多有诗《通往父亲的路》（1988年）专门来表达这一理解，父亲只在诗题和诗里各出现一次。在全诗大约中间的位置出现了一幕家庭戏剧："长有金色睫毛的倒刺，一个男孩跪着／挖我爱人：'再也不准你死去！'／／我，就跪在男孩身后／挖我母亲：'绝不是因为不再爱！'"这两个画面可以看作出自两个不同的叙述视角的同一画面，一个出自"我"，一个出自"父亲"："我爱人"中的"我"指的是"父亲"，这是从他的视角看到的画面。"挖我爱人""挖我母亲"就成为有意的重复并置，由于"我"和"父亲"的同一而成为可能，故而篇末"然后接着挖——通往父亲的路……"才不致突兀。这里的父亲形象并不饱满充实，甚至依然空缺，但正因为此，"父亲"作为精神存在和象征已初步显示出来，在这首诗里就表现为"父亲"一词的结构能力，还表现为一种向上的力量，"有人在天上喊""用一个气候扣压住小屋""升向冷酷的天空""阴沉的星球"似乎都暗示着父亲与天空——精神的同一，或者"向天空挖父亲"。此外，多多还写过"骑上父亲肩膀"（《致太阳》1973年）、"父亲的骨头"（《依旧是》1993年）、"面有窘相的父亲"（《忍受着》1998年）、"晚年的父亲"（《四合院》1999年）。但父亲形象集中出现于《我读着》（1991年）一诗中，它可与《通往父亲的路》联系起来读。多多的"父亲"形象也可以让人想起柏桦（另一位"后革命"诗人）的诗句，"我们那精神上纯洁得发白的父亲"。

我读着

十一月的麦地里我读着我父亲
我读着他的头发
他领带的颜色，他的裤线
还有他的蹄子，被鞋带绊着
一边溜着冰，一边拉着小提琴
阴囊紧缩，颈子因过度的理解伸向天空
我读到我父亲是一匹眼睛大大的马

我读到我父亲曾经短暂地离开过马群
一棵小树上挂着他的外衣
还有他的袜子，还有隐现的马群中
那些苍白的屁股，像剥去肉的
牡蛎壳内盛放的女人洗身的肥皂
我读到我父亲头油的气味
他身上的烟草味
还有他的结核，照亮了一匹马的左肺
我读到一个男孩子的疑问
从一片金色的玉米地里升起
我读到在我懂事的年龄
晾晒壳粒的红房屋顶开始下雨
种麦季节的犁下托着四条死马的腿
马皮像撑开的伞，还有散于四处的马牙
我读到一张张被时间带走的脸
我读到我父亲的历史在地下静静腐烂

我父亲身上的蝗虫，正独自存在下去

像一个白发理发师搂抱着一株衰老的柿子树

我读到我父亲把我重新放回到一匹马腹中去

当我就要变成伦敦雾中的一条石凳

当我的目光越过在银行大道散步的男人……

1991

  "我父亲"的形象串联起了全诗，使全诗可得以理解。诗里至少出现了两种语汇，一种是"我父亲的历史"，亦即带有历史性的存在；另一种是"正独自存在下去"的"我父亲身上的蝗虫"，亦即自然存在本身，两种语汇通过"马"这一奇特的意象交汇起来。"我父亲头油的气味"让"他"流露出革命浪漫主义的气质，这一直吸引着诗人的注意力，"他身上的烟草味"，尤其"结核"这一浪漫派特有的疾病，全为表现作为"一代人"的"父亲"的魅力，"阴囊紧缩"体现出精神的力量、禁欲主义和克制，"颈子因过度的理解伸向天空"就更是理想主义的变形。"一边溜着冰，一边拉着小提琴"有"我"的文艺生活在父亲那里的投射，但全诗仍然是通过"我读着"而从父亲那里获得的引领，以及获自自然的启示，像一幅现代派抽象画，中间有"我父亲"的形象和马的形象的重叠、镶嵌，前者向后者变形、过渡、重合，"我"的目光也由上而下，从精神的天空逐渐落至物质的大地，即死亡。父亲既是历史积累和文化的象征（精神分析），也是人的自然性和死亡的象征，通过他，（后）革命历史语汇和自然语汇达成了统一、交融，同时也就是分裂，这里的父亲形象让人想起博尔赫斯写到的在雨天归来的父亲。马在"种麦季节"的死亡取代了作为精神贵族的文学象征的马："黑暗原野上咳血疾驰的野王子／旧世界的最后一名骑士／／——马／一匹无头的马，在奔驰……"（《马》1985年）

  这里的自然物象也与从前有很大不同：与其说诗人将自然物象和生产物象也当作革命物象来书写，"牲畜被征用，农民从田野上归来／抬着血淋淋的犁……"（《年代》1973年）毋宁说，这样的句子还是有洞察力的，意识到中国革命的胜利在某种程度上就是农民的胜利（还是一部分知识分子的胜利）；而当"后革命"诗人成为纯粹的抒情诗人,他不再慷慨地将自然视为对历史的反映,在作诗法上为"应和",而是看到了自然对历史性存在的征服,这样,历史尤其是革命历史也被纳入了自然时间中接受自然事物的打量。革命(Revolution)回到了它的另一个含义,天体运动和循环,这些正是自然时间的本义。由"后革命"诗人向自然诗人的变化,可谓是发生在多多身上的巨大转折,由此,他完成了个人诗艺进化过程中的理想对称。在这里,也要归功于语言,居于具体生存之上的形而上精神系统发生了变化,由现代辩证法转化为古老的自然精神系统,在诗人那里形成了基于自然典律的自然诗学,对于慰藉人心,后者比系念于斗争诗学和革命诗学显然更可靠。只有在这里,在自然的循环时间里,革命时间也就是直线时间的伤口才得以愈合。革命诗学是否定性的诗学,是正在进行当中的辩证法,但毕竟还属于容留着希望的二元论;自然诗学当然是肯定性的诗学,然而自然的肯定又那么令人绝望,因为自然的肯定也是否定,十足悲观,对人和历史。普通对二元论的批判遗忘了如下事实,即相对于一元论,它其实还有利于"留下充足的二元论洞见来维持人的人性"(汉斯·约纳斯语)。如果没有诗人在"后革命"时代里积聚起来的勇气,这样一种自然诗学极容易倒向缺少希望的一元论,给人、给精神存在留下的空间都会过于狭小,就像在《在这样一种天气里,来自天气的任何意义都没有》(1992年),以及《没有》(一共三首,1991年、1996年、1998年)等诗里那样。

三

多多在这种自然主义观念下的语言工作,最迟在20世纪80年代中期已经蔚然成风。对此,多多有一句特别玄妙而又美好的诗:"语言开始,而生命离去。"(《北方的夜》1985年)如果说,他的写作从一开始就具有语言的自觉,那么到80年代中后期,这一语言终于找到了合意的题材:自然、死亡以及记忆,语言意识和宇宙意识达成了一致。这种对待语言的神秘主义态度,来源于对宇宙万物的神秘主义信仰。在这里不妨用具有犹太神秘主义倾向的早期本雅明式的语言加以表述,需要补充的是,在多多这里,它们可以让人想起古典中国的自然神祇和先民对之的崇拜心理:语言说话,事物也说话。事物是事物本身的语言,形成了作为语言的自然的第二自然,和作为自然的语言的第二语言。语言的自然主义导向了自然物神的言语。诸如"被避孕的种子/并不生产形象"(《语言的制作来自厨房》1984年),"九月,盲人抚摸麦浪前行,荞麦/发出寓言中的清香"(《九月》1988年),"五月麦浪的翻译声,已是这般久远"(《走向冬天》1989年),"那覆雪的坡,是一些念头"(《静默》1992年),"昔日的光涌进了诉说,在话语以外崩裂"(《依旧是》1993年),"两粒橄榄,谜语中的谜语"(《锁住的方向》1994年),"失眠的时间里,纪念星辰/在头顶聚敛谜语的好时光!"(《从不做梦》1994年),"从一张谜一样的脸上,五谷丰登呵!"(《五亩地》1995年),在多多的诗里俯拾即是。这里有两个问题值得注意。其一是漫漶其中的"超自然主义的自然主义"(Supernaturalistic Naturalism),自然书写对人类书写的引导性设计,这是古典中国的自然诗学模式,它拥有一套完备、阐释精微的象征主义体系,所谓"观乎天文,以察时序;关乎人文,以化成天下",涵盖阴阳、五行、自然、人伦,故多多可以毫不费力写出"用谷子测量前程"(《只允许》1992年)、"运送黄金的天空"(《什么时候我知道铃声是绿色的》)一类的警句,前一个句子有巫术的阴影,后一个句子则是对秋天在五行中属于"金"这一特性的刻画。多多对作为象形文字的汉语的出神入化地运用也表明了这一点,"在马眼中溅起了波涛"(《冬夜的天空》1985年)。[1]其第二个问题是,这种自然诗学在多多这里发生了多大变异?又和古典诗学模式拉开了多大距离呢?一个观察是,"后革命"诗歌在整体时代语境发生变化之后,词语的社会史进程——难免带有革命、唯科学主义和进化论的色彩,得到了省察,甚至被纠正,而呈现出了一种词语的自然史的外貌,词的暴政变成了词的风景,词的各种社会用法反而都得到了记录和珍藏,但是作为词的遗迹、词的博物馆和词的自然风景区,同时又显出生机勃勃的活力论的一面——这和他们向自然主义态度的转变不无关系。这就让一首诗里的事物具有一种让·鲍德里

---

[1] 黄灿然在《最初的契约》一文中,对多多诗在语言形式层面与"传统"的关系有出色分析,见《多多诗选》。

亚所说的明信片效果，一个地方会越来越像风景明信片中的它自己，可以说，这在某种程度上是"超文本"（Supertext）和文本观念泛滥的结果。如果说多多的诗在某种程度上偏离了古典诗学，它也没有简单苟同于这种后现代色彩颇浓的诗学。

一如我再三申明的，要想确定多多真正的诗学是什么，就必须联系到"后革命"诗人的悖论气质。人生现实和社会的变迁，似乎让他们获得了一种强大的免疫力，在一方面让他们忌讳人格神的现身，亦即超越精神的完全实现——一般来说，其实诗人最容易产生宗教误会，由于他所从事的语言工作的特点，语言神秘主义、物神、说话的事物都怂恿他这样去做；在另一方面又让他们忌讳国家、民族等集体性事物在诗中的再次出场。前者导致信仰的迟迟不断出现，或者根本就截断了信仰的可能，归根结底，是因为它掩饰不住基督教—黑格尔哲学和末世学革命留下来的时间的伤口；后者比较明显，其实是呼应了人们对"后革命"诗歌的期待和"后革命"诗歌的自我期待，这一心理影响甚至持续到20世纪90年代诗歌中。知识化的个人写作，或曰个人化的知识写作以及叙事如若不以民族主义为突破口，又将走向何处呢？它的意义总不能只是表现在对民族主义和国家叙事的刻意回避中吧。其实，这两种忌讳（"后革命"诗人的上限当为新中国成立前后出生的诗人，其下限可以商量，但不会更晚于20世纪60年代，70年代和80年代出生的诗人只能间接从"认识论的变革"中受益）仍隐约可见于20世纪90年代诗人对W.B.叶芝的态度中，在叶芝后期，叶芝的情欲和民族主义叙事遭到了他自己的一次否定，被纳入象征主义的神秘的类宗教体系中，中国诗人一方面谨慎对待叶芝的类宗教情结，另一方面又对其与民族主义的关系艳羡不已，其实这中间已经经过了一次目光的转换。与此相互发明的是，多多找到的自然，就好像是一种来自循环的也是封闭的时间（空间）的安慰。这种时间是农业文明的时间，从这个意义上说，多多也许是我们最后一位属于农业文明的诗人（他做了近十年《农民日报》的记者）——另一位是早逝的海子。在多个意义上，多多都构成了我们后期回溯时无法躲开的一个界标。如果我们对新的诗歌历险感到害怕，回头看，一下就能看到多多在那里。这是由于他在诗歌的精神背景和思想资源上占据的优势，当然，就连这一点也并不是现成的,需要诗人辗转去发现。

四

然而,多多作为诗人的非凡更多表现在,他将这一切转化为抒情诗的能力、他的歌唱。他似乎从一开始就知道将有一场词的尤利西斯式旅行,作为农耕民族的一分子,他固执地书写着大海,闪光的意象频频出现在他的诗里,其中最有预见性的句子出现在1985年:"我不信。我汲满泪水的眼睛无人相信/就像倾斜的天空,你在走来/总是在向我走来/整个大海随你移动/噢,我再没见过,再也没有见过/没有大海之前的国土……"(《火光深处》)请注意最后两行,而在诗里,"你"也就是"我"。进一步破译多多诗歌中的密码就会发现,大海的意象其实与出生、与创世纪也即时间的开端有关,写出生的诗如《中选》写道:"大海,就在那时钻入一只海蛎/于是,突然地,你发现,已经置身于/一个被时间砸开的故事中。"《它们——纪念西尔维亚·普拉斯》(1993年)则这样写:"在海底,像牡蛎/吐露,然后自行闭合",简直给出了时间的模型(大爆炸和宇宙的坍塌)。与此类似,还有"每一个字,是一只撞碎头的鸟/大海,从一只跌破的瓦罐中继续溢出"(《只允许》1992年),瓦罐也是一个(艺术的)时间意象,但是"圆形的时间,大海从中溢出"就有了时间的起点,这句诗让人想起艾略特写到的中国瓷瓶——这是一种原型书写。艾略特写过这样的句子:"在我的开始是我的结束",多多的写作完美体现了这一点(多多曾说:"我没有结束"),他从开始到最后都没有变,但又始终在变。原因其实就在于,多多诗的真正主题是时间。《过海》(1990年)和《归来》(1994年)最清楚不过地说明了这一点。《过海》写到了死亡,"船上的人,全都木然站立/亲人们,在遥远的水下呼吸","没有死人,河便不会有它的尽头……"这显然是对阿刻隆的渡船和冥河的想象,"海"与"河"不同而又同一:"我们过海,而那条该死的河/该往何处流?"《归来》则在最后发出了咒语般的祝福:"词,瞬间就走回词典/但在词语之内,航行//让从未开始航行的人/永生——都不得归来",词的经历就与人生经历包括流亡经历合一了——他早在20世纪80年代的诗集《里程》奇妙地预见了一切——词的预言能力参与了诗人的认识过程:"从甲板上认识大海／瞬间,就认出它巨大的徘徊//从海上认识犁,瞬间／就认出我们有过的勇气。"在此之前,他已在词中认识大海。而"犁""牛"以及其他诗中"麦"等意象的大量涌现,又体现了词的悲悼力量,在这里,他又一次触及(汉语的)词语之根和时间之根,让读者豁然开朗,甘之若饴,就好像"时间就在这只器皿里有它的根／而在其余的器皿里有它的枝叶"(《神曲·天堂篇》第二十七歌,"飞向水晶天")。

就在这个意义上,多多回归了汉语言的传统,这就让他和保罗·策兰显示出明显区别;本来,多多是当代中国在"诗的时间"意义上最为接近保罗·策兰的诗人。在多多诗里,可以说最终是欣悦的力量占了上风,这种欣悦的力量来源于古典中国的自然时间,它有别于罪感文化和策兰"德语痛苦的韵律"。"词的黑夜"(Wortnacht)和"时间的伤疤"(die Narbe der Zeit)是策兰一而二、二而一的主题,多多则以悖离的方式完成了痛悼,而且义无反顾,"头也不回的旅行者啊／你所蔑视的一切,都是不会消逝的"(《里程》1985年),可以说,他画了一个圆,暗中想要在每一个单纯的时间点获得救赎,"快吧现在,这里,现在,永远——一种完全单纯的状态"(艾略特《小吉丁》),多多是否仍然相信他被赋予了一种弥赛亚力量呢?或者诗歌的音乐只是革命的替代品,试图让时间发生变化,在单一的时间点创造另外的空间?可以设想,这是多多在投靠古典时间后,试图通过诗艺对之进行的突破。"革命的意识遂被导向使历史连续性发生断裂的对'现在'或'当下时间'的意识,如同本雅明对超现实主义的赞扬,把不可免的历史变迁变为一种由被神秘的'当下'所组成的世界,把时间转变为空间。本雅明把每一'当下'或'现时的时间'作为具有超越现实的'弥赛亚时间原型',当下'是贯穿弥赛亚时代无数细小事物的现时的时间'。当均质而空洞的时间被'现在'打破之后,'未来的每一秒都是一扇小门,弥赛亚可以穿过它进来'。"[1]暂时不论这种叙述的神学色彩,而只

---

[1] 耿占春:《本雅明的寓言》,见《中魔的镜子》,学林出版社,2002年版,第184页。

是视之为一种隐喻表达,那么这段话恰好可以用来描绘"后革命"诗人的抒情诗的精义,这也是"理想对称"的题中之义。

有时,惯性过于强大,这种对封闭的循环时间的突围就跌落下来——是不是鲁迅最先感到了这种封闭和突围的无望?于是这种封闭会得到大量的喝彩,像《依旧是》《五亩地》《四合院》这些诗,尤其是像《阿姆斯特丹的河流》和《英格兰》这样的怀国诗。

在理想的时候,他的歌唱就超越了这种前往和返回的矛盾,杨小滨曾将这种矛盾概述为"抒情的灾难",他极有洞察力地看到多多与后黑格尔思维模式,在这里是"否定辩证法"的联系:"多多在诗里表达了那种阿多尔诺(Th.W.Adorno)所说的无法扬弃为肯定性的否定,一种不妥协的、无休止的自我对抗,在这种否定和对抗中多多展示了那种最后的肯定性都在被不断剥夺的严酷现状。"[1]"响遏行云,余音绕梁而三日不绝",就是说造成了一种静止的时间、矗立的时间,这是音乐的时间,是他的诗艺的特殊时间。这种诗歌给人的慰藉,是在暴风眼的安静,它造成了"额外的"词的空间。这个空间可以有其自身的逻辑、叙述和时间:"我姨夫要修理时钟/似在事先已把预感吸足/他所要纠正的那个错误/已被错过的时间完成:/我们全体都因此沦为被解放者!"不了解这一点,也就无法认出《通往父亲的路》对同一场景的重描。词的空间构成了理想对称的一方,或者说,它本身就包含了理想对称,这也许可以理解为德勒兹所谓的"褶皱"。"一个解散现实的可能性/放大了我姨夫的双眼/可以一直望到冻在北极上空的太阳/而我姨夫要用镊子——把它夹回历史","冻在北极上空的太阳"这个虫洞(宇宙物理学)一样的、理想的静止形象,可以看成词的空间的象征,而"用镊子——把它夹回历史",体现出它与一种突然流动的、线性时间的联系,以此唤醒它对历时性存在的凝视,从而也就彰显了它的历史美德,"冻在北极上空的太阳"的自身悖谬性也就得以化解。多多每首诗下面的日期注也等于没注,除了他自己没人可以分清它们的写作日期,这样说不是强辩而是赞美。然而,诗学就是这样与历史构成了完美的对称。或有的形而上学被原谅,这样也符合

---

[1] 杨小滨:《今天的"今天派"诗歌》,见《从最小的可能性开始》,人民文学出版社,2000年版,第248页。

维特根斯坦的要求:"我们所做的是把语词从形而上学的用法带回到它们在语言中的正确用法。"[1]问题是,是不是存在着一个"在语言中的正确用法"的解释学意义上的多多?从这里,他诗中暗含的历史内容可以迎刃而解,因为对于多多来说,时间只是用于堆积的颜料,但是单一的线并不能成画,必须由于抽象的涂抹——一种广为接受的看法是,这种"无意而充满激情"的涂抹物并非对遵循透视法的古典绘画的蓄意破坏,而是波洛克(Jackson Pollock)这一类现代艺术的精髓所在——失真,让人认不出来,这就让线性时间变成艺术的阻遏的时间,被阻的时间被迫长出阻遏空间,而为词语的迷宫。这样就可以理解,为什么他"对词语的用法"凭借的不是语法,他在表述问题上(哲学问题)呈现出高度自由的状态,这满足了他的歌唱性的条件,譬如《锁住的方向》和《锁不住的方向》的反论式的对偶,既相互证明彼此为假,又相互证明彼此为真。这里又表现出了他和马拉美的联系,马拉美在诗中不断赋予和取消存在,亦即词语的意义,而多多不仅赋予和撤销,就像在"他们留下的词,是穿透水泥的精子——"/他们留下的精子,是被水泥砌死的词"中,也就是在对句法结构和词语的变换中,他不断地对意义空间的相互陌生的组短单元("词":"精子"与"水泥")进行沟通、阻断和分化("穿透"或"砌死"),使意义的空间在不断同质化的同时表露出差异,这种在纸面上进行的词的街垒开拓了词语(诗学)的拓扑学空间,同时也表现出二元论警觉的痛感。■

---

[1] J.C.Klagge, A.Nordmawn, C.Barrett 编:《维特根斯坦全集(第12卷)》(江怡译),河北教育出版社,2003年版,第37页。同卷中《关于伦理学的讲演(1929年)》可以看出维特根斯坦对伦理学,以及要求其他意义的"形而上学"(我们推测)的态度:"它所说的东西对我们任何意义上的知识都没有增加任何新的内容。但这是记载人类心灵的一种倾向,我个人对此无比崇敬,我的一生绝不会嘲弄它。"见第9—10页。

暮晚的向道　多多研究集

1972年，多多开始写诗，自此他将自己称为一个"流亡者"。多多所说的"流亡"，是以诗歌创作作为一种生存方式，在其中思考着他与这个世界的精神联系，追问着存在的价值和意义。这与北村所谓的"逃亡"有相似之处，作家"从一个实在空间向艺术空间的逃亡，精神对原有价值观念的逃亡，由此确立他与世界的精神联系"。而多多不同时期的内在精神变化又赋予了诗歌不同的品质特征，或激烈，或宁静，或颓废，或温暖。正是凭借其诗歌的独特魅力，多多走进了我们的视野。

一、一个存在主义者

"1972年秋，插队白洋淀的多多等四位青年诗人，在圆明园搞了一次野炊活动，在大水法残迹前合影一张，戏题曰：'四个存在主义者。'这大概是'存在主义'第一次在当代中国文学中的'登台亮相'，这一登台亮相无可争议地称得上是一种'先锋文学'姿态。"但是，张清华从整体上否认了当时"存在主义"文学的存在，认为当时的先锋写作仍是"启蒙主义"的，只是由于在这一时期极少数的突进者与整个时代和社会之间的游离和叛逆的关系，才使得他们的写作显得特别

一个存在主义者的心灵图景[※] ———————————— 顾巧云

※ 选自作者硕士论文《现代"生存"经验下的语言挑战——多多诗歌研究》，上海师范大学，2008年。

孤独和具有"个人化"的"存在主义者"色彩。张清华的分析不无道理。荷兰学者柯雷也认为:"多多的早期诗歌反映出中国实验诗的历史景观,在意识形态浪漫主义与抽象取向方面,他表现出与同时代人写作的相似之处。这些特征反映了正统文化的影响,我们从多多早期作品间或适用的夸大的语调就可以看出。"

但是,1973年以后的多多也许是个例外。1973年,多多写下了《手艺》(副题是"和玛琳娜·茨维塔耶娃"),这首诗是他创作的一个重要转折。洪子诚先生这样评价:"写于1973年的《手艺》的重要性在于,它表明了多多在当时和后来相当一段时间,对语言与自我、诗与世界的关系的理解:我写青春沦落的诗/(写不贞的诗)/写在窄长的房间中/被诗人奸污/被咖啡馆辞退街头的诗。对处境的怨恨锐利的突入,对生命痛苦的感知,想象、语言上的激烈、桀骜不驯,这些趋向,构成他的诗的基本素质,并在后来不断延续、伸展,挑战着当代读者对中国新诗语言可能性的设定。"

虽然这首诗的灵感来自茨维塔耶娃,但是张桃洲指出,诗歌作为一门"手艺",对多多而言,"既涉及他本人对诗歌本性的认识,又关乎作者写作此诗的语境(语言和时代背景)。可以明确的是,这首《手艺》不是对茨维塔耶娃诗歌方式和观念的简单模仿与应和,而是力图表达作者关于诗歌、诗歌与时代、诗歌与自我等命题的独特理解"。这种理解即是凭借诗歌对"存在"的一种追问,这成为多多诗歌相当长时间内的主题。

"存在"是存在主义哲学研究的本体,根据存在主义学说的鼻祖、丹麦哲学家克尔凯郭尔的界定,所谓"存在"并不是指人们通常所说的独立于人自身之外的客观物质世界,而是指具有主体意识的个人对自我、外部客观世界以及自我和外部客观世界关系状态的一种最为本己的个体化和超验的心理体验,这种体验越是本己,越不受他人和外在环境的干预,就越是真实。因此,"存在主义"关注的是具体的个人的存在,是个人对自我存在的内在感受和主观体验,而非抽象的一般的东西。

虽然中国20世纪六七十年代的主流文学一再强调人应从"小我"升华为"大我",成为"集体"的一分子,但在"地下"一批"存在主义"的文学、哲学作品却在秘密流传。主要有加缪的《局外人》(孟安译，1961年)、《存在主义哲学》(中国科学院哲学研究所西方哲学史组编，1963年)、萨特的《厌恶及其他》(郑家壁译，1965年)，等等。据宋海泉回忆，多多当年就大捧萨特，时至今日仍在潜心阅读。阅读多多的作品，我们常能感受到诗人对个人存在的一种独特理解，他的诗中充满了各种形式的暴力和无端的死亡，以及由此带来的对荒谬和恐惧的内在感受和体验，诗人对"存在"的这种独特感受常常让我们从浑浑噩噩的现实中惊醒。

（一）暴力／死亡

"存在主义"认为，人的存在总是"我的存在"，人的存在具有个体的唯一性，不可重复和替代。它也不可能通过科学认识和理性思维来把握，人只有在其非理性的主观(内在)心理体验——它们往往是极端痛苦的情绪下才能领悟到，这种痛苦的极致就是死亡。"死亡"是"存在主义"的一个重要话题："对于有限的意识来说，死亡的意识是本质的，因为此外没有任何东西能像死亡那样把人从他的日常中抛出去，也没有任何东西能像死亡那样迫使人意识到他的限度，然而也没有任何东西能像死亡那样提高人对实存的投入的必要性的认识。"这就是克尔凯郭尔所谓的"向死而生"。

多多的诗歌中常有对死亡的描写，他常常"从死亡的方向看"世界，这与他的人生经历不无关系。诗人王家新对多多有这样的认识："多多的生活中还有着另一面，那就是独立面对命运的黑暗并与它痛苦搏斗的一面('多多'这个笔名就是他的早夭的小女儿的名字！是为了纪念？还是为了让死亡在他那里继续活着)。我所知道的是，他一直以内在的暴力抵御着外在的暴力，可以说从一开始他就是一个顶着死亡和暴力写作的诗人。这就是我所知道的多多。他自己一直为死亡所纠缠，他的性格那样暴力，他在孤独和痛苦中承受的又是那么多。"正如诗人里尔克所言："诗并非如人们所想的只是情感而已，它是经验。"

在诗中多多常以"吃肉""手术""石头""墓碑"等核心意象隐喻暴力和死亡，如《吃肉》《那是我们不能攀登的大石》《当我爱人走进一片红雾避雨》《中选》《北方闲置的田野有一张犁让我疼痛》等。多多诗歌中的死亡往往展现出一种荒谬感和超现实性，如"从打碎的窗子里拔出／我只有／一颗插满玻璃渣的头／还有两只可憎的手／会卡在棺盖外／而那是你的"（《噢怕，我怕》），"耗子，在铜棺的锈斑上换牙／菌类，在腐败的地衣上跺着脚／蟋蟀的儿子在他身上长久地做针线／还有邪恶，在一面鼓上撕扯他的脸／他的体内已全部是死亡的荣耀"（《一个故事中有他全部的过去》）。这些诗句不由得会让我们想起毕加索的《格尔尼卡》，荒诞的表象下是心理的真实。

其中《一个故事中有他全部的过去》是多多的代表作，这是一首极具"现代感性"的诗，显得晦涩难懂，而题目"一个故事中有他全部的过去"则是一个暗示，它告诉我们这是一首关于"过去"的诗，"过去"是一代人挥之不去的一个梦魇，"他们只好不倦地游戏下去／和逃走的东西搏斗，并和／无从记忆的东西生活在一起"（《教诲》）。因此，可以将"投去"这一向下跃去的动作看作对过去的回忆。回忆遵循的是一种心理的时间，于是"所有的日子都挤进了一个日子"，诗人以一个瞬间包孕"他"全部的生命体验。但是，投向过去面对的却是"一万把钢刀碰响的声音"，这是一个极富想象力的意象。

多多对语言有种天生的敏感，他的语言是"一种看得见的具体的语言"（T.E.休姆），"一万把钢刀碰响的声音"能够让人切实感受到声音的尖厉、刺耳以及嘈杂，可以想象，任何一个正常人都会因经受不住它的折磨而崩溃。声音似钢刀，多多正是用这一意象隐喻日常生活中的各种暴力。更为荒诞的是，连人身体上的器官都成了暴力的实体，"眼睛"是两座敌对的城市，"鼻孔"是两只巨大的烟斗，女人的"嘴巴"以爱情的名义向他的脸上疯狂射击，街头上的暴力人人都能看见，只是诗人才能揭示看不见的暴力。而如果连"身体"都成了战场，那么死亡也就近在咫尺了，它成了一次多余的心跳，渺小得只是"一粒沙子"。

谢有顺曾有这样的感言："回望中国的历史，无边无际的苦难，以及对权力没完没了的渴望，可以说，成了数千年来中国人最基本的生活内容。"它藏掖在社会结构的每一个角落、每一处褶皱中，不知将在何时消亡。而诗歌的可贵性正在于，"它是一种内在的暴力，为我们防御外在的暴力"（史蒂文森），亦即诗歌以语言形式的复杂性和内在的紧张性,来抵御现实生活的简单粗暴和外部世界的压力,多多的诗歌让我们领悟到了这一点。正因为如此,他20世纪七八十年代的诗歌充满了锋利的语言和躁动的节奏。

(二)荒谬/恐惧

《一个故事中有他全部的过去》让我们感受到世界的荒谬。荒谬感首先产生自对于某种生存状态的怀疑,当我们对于熟悉的世界突然感到不可理解时,荒谬感就产生了,"世界的这种密闭无隙和陌生,这就是荒谬"。加缪认为荒谬不是一个简单的事实,不是比较中的一方,而是产生于比较的两方的"遭遇"时,"荒谬既不在人,也不在世界,而是在它们两者的面前。目前荒谬是唯一维系它们的东西"。"人们希望人生有意义、有价值,希望世界合乎理性,但在实际生活中人生却是无意义的,世界也是不合理的。在人们面前,死亡正等待着他们,根本没有充满希望的明天。所谓荒谬即来源于这种矛盾和冲突。"

在多多的许多诗中,如《登高》《火光深处》《北方的声音》《北方的夜》《哑孩子》《笨女儿》《他们》《在一起》《它们——纪念西尔维亚·普拉斯》,等等,我们还可以读出孤独、厌倦、绝望的心理。但是,因为中国人和西方人心理结构存在先天性的相异,多多很难说是一个纯粹的存在主义者。

刘小枫认为,西方社会一直存在着源于雅典和耶路撒冷的理性精神和基督精神,即使是西方现代派的反叛,也是在此背景上的反叛。西方人本主义从来就没有与神本主义断过内在姻缘,没有上帝,也就没有所谓的虚无和荒诞。而在中国几千年的历史中,伦理主义一直占据着统治地位,从来就没有过上帝,因此中国人对西方现代派文学的认同依然只是驻足于形式方面,而没有内容上的关照。他认为在"四五"代群中(即20世纪40年代末至50年代末生长,70年代至80年代进入社会文化角色的一代),虽然曾经信奉的"伪理想主义"早已在怀疑中破灭,但是这一代人中仍有人相信,不管这个世界如何无聊、让人沮丧,毕竟仍有美好的、值得珍惜的、为之感动的东西存在。理想主义已更多成为精神品质,而不是意义话语。

诗人唐晓渡曾这样评价多多:"多多的诗在反道德、超道德的表象下有一种自觉的道德承诺,因而带来了极度的内心紧张、令人炫目的速度和边缘性的反讽表达。"因此，多多的诗有种内在的纯洁，虽然冷峻却仍然有温暖的品质存在："多情人流泪的时刻——我注意到／风暴掀起大地的四角／大地有着被狼吃掉最后一个孩子后的寂静／／但是从一只高高升起的大篮子中／我看到所有爱过我的人们／是这样紧紧地紧紧地紧紧地——搂在一起……"（《北方的海》1984年）

二、寻找通往"父亲"的路

多多出国后，开始了自我的流放。多多的出国似乎是一种必然，早在1974年他就写出了带有浓郁异国风情的《玛格丽和我的旅行》，世界充满了新奇和诱惑。多多漂泊在外，仍笔耕不辍，用诗歌记载下生命的体验。更为难能可贵的是，在西方文化氛围中他一直坚持用汉语写作，他说这是"自我选择的一种惩罚"，其实也是一种"造就"，因为，"我想我们都同意这样的看法：人们感到他们最深沉的感情是在他们本国语言的诗中，而不是在任何其他艺术或其他语言的诗中得到最自觉的表现的"。

多多在这段时间里的写作有人将之归于"流散文学"。"流散"（Diaspora）一词又可译作"离散"或"流离失所"，原含有贬义。王宁认为，现在"流散"这一术语已经越来越带有了中性的意思，并且越来越专指当今的全球化时代的移民所造成的"流散"状态。在流散作家中有相当一部分是自动流落到他乡散居在世界各地，他们既有着明显的全球意识，四海为家，但同时又时刻不离自己的文化背景。正因为这种双重文化或多重文化的冲突，"不管海外作家个人风格有多少差异，他们有一个共同点：几乎无一例外苦于精神上的两难之境——中国文化与异国生活之间，物质与精神恋旧之间的尖锐冲突，使生存的异化，转化为灵魂的异化"。

是我的翅膀使我出名，是英格兰
使我到达我被失去的地点
记忆，但不再留下犁沟

耻辱，那是我的地址

整个英格兰，没有一个女人不会亲嘴

整个英格兰，容不下我的骄傲

从指甲缝中隐藏的泥土，我

认出我的祖国——母亲

已被打进一个小包裹，远远寄走

多多的这首《在英格兰》就充满了这种痛苦的矛盾。"英格兰""使我到达我被失去的地点"一句中出现两个"我"字，似乎在暗示在英格兰自我的觉醒与更新。但是"整个英格兰，容不下我的骄傲"，指甲缝中的"泥土"永远隐藏，中华文化的传统已作为一种集体记忆存留在作者的潜意识之中。而必须注意的是，身处"英格兰"，作者对这种传统缺乏一种笃定。赵毅衡先生认为："欧美另类艺术界持久不散的先锋色彩，无可避免会对作家产生影响：破裂和模糊，似乎是作品本体性的存在方式——没有任何整合力量，既没有生活的细节'真实'，也没有价值观的任何合一。"因而灵魂永远处于痛苦的博弈之中。

在流散文学研究中有一个重要的概念——"身份"。萨义德曾在《东方主义》中说过："身份，无论是东方的或是西方的，法兰西的或英国的，作为不同的集体经验的规程，最终是一个建构的过程。身份的建构涉及树立对立面和'他者'，这对立面的'他者'的准确性总是依赖于对不同于'我们'的持续不断的译解和再译解。……这样，自己的'他者'的身份远远不是静态的，而更多的是人为的历史、社会、智力和政治的过程，这种过程在所有社会中作为一种涉及个体和机构的竞争而发生。"

在多多的诗歌中，我们也可以暗暗察觉到诗人对于自我"身份"的确认，而其对立面的"他者"就是"父亲"。在多多早期的一些诗歌中，"父亲"作为一种压制力量的代表，经受着儿子的怀疑和反叛："在自由的十字架上射死父亲／你怯懦的手第一次写下：叛逆"（《致情敌》1973年）。到了20世纪80年代中后期，"我"渐渐明白了"父子"两代人之间割不断的血缘承继关系，叛逆的冲动消退了，开始寻找通往"父亲"的路:"置身一场盲人梦到的大雪／父亲,我梦到了梦的源头","我,被牵着,向／桦树皮保留的一个完整的人形——扑去／父亲,另一个人生在开始／／父亲,那是同一个人生"(《授》1987年);"穿着铁鞋寻找出生的迹象／然后接着挖——通往父亲的路……"(《通往父亲的路》1988年)而置身于西方迥然不同的文化氛围中,对于"父亲"的追寻更为强烈。1991年,多多写下了《我读着》一诗:

……
像一个白发理发师搂抱着一株衰老的柿子树
我读到我父亲把我重新放回到一匹马腹中去
当我就要变成伦敦雾中的一条石凳
当我的目光越过在银行大道散步的男人

诗中"马"和"父亲"是互指的关系,"我读到我的父亲是一匹眼睛大大的马"。在伦敦,当"我"快被异化为雾中的一条石凳时("石凳"这一意象含有冰冷、无生命的意思),是"父亲"把我重新放回到马腹中去,让我获得了新生。诗中"父亲"这个意象除了指涉代际间血缘生命的传承外,也可以理解为文化和传统的规劝力量。作者对于传统文化的感情,正如诗中所形容的,"像一个白发理发师搂抱着一株衰老的柿子树"。这种依恋之情在《四合院》(1999年)中表现得更为明显:"把晚年的父亲轻轻抱在膝头／朝向先人朝晨洗面的方向／胡同里磨刀人的吆喝声传来／／张望,又一次提高了围墙"。诗中"晚秋时节,故人故事""顶着杏花互编发辫""石马""枝上的樱桃""月满床头""胡同里磨刀人的吆喝声"等古典意象的存在使整首诗带有了一股浓浓的"老味儿","四合院"明显寄托了诗人的家国之思和文化乡愁,构成了对传统的回望姿态。由此带来的是,多多诗歌中早先的紧张感少了,多了一种厚重的忧伤,以及洞悉世事之后的宁静。

多多转变为一个"寻父者",说明"父亲"从来就没有死,只不过被遗忘而已,他总会回来的:"黄昏突然变得明澈……／庭院不复存在。雨的傍晚／带回了那个声音,我父亲的亲切的声音／他现在回家来了。他从没有死。"但必须强调的是,"'传统'的被重新发现和认识,完全是受到了'现代性'的洗礼","'父亲'会回来的,传统也会被重新引入现在。但这不会是一种'继承和被继承'的关系,而是在一种新的历史、文化条件下建立的'互文'关系和对话关系。"

在《我读着》一诗中,"读着"本身就带有一种静静审视的眼光。"伦敦"这一西方现代文明象征的出现,则意味着在现代背景的关照下,对"父亲"的回望已不再是简单的认同。"我读到一个男孩子的疑问/从一片金色的玉米地里升起","我读到我父亲的历史在地下静静腐烂/我父亲身上的蝗虫,正独自存在下去"。这不是批判,这是事实,或许这种事实在"我们"身上也同样存在。在《四合院》中,"撞开过几代家门的橡实""一阵扣错衣襟的冷""胡同里磨刀人的吆喝声传来"等富有张力的现代意象和语言,同样在提醒着我们诗人对传统的现代性关照。"张望,又一次提高了围墙",对于传统我们再也不可能无限接近,回望即是再一次远离,诗人心中不免充满淡淡的忧伤。■

暮晚的向道　多多研究集

> 多多是一位少见的,不仅一直保持着强劲的创造力,而且愈写愈独特、愈写愈好的诗人。多多的诗,已构成了汉语诗歌近二三十年乃至近百年来一道最优异、罕见的景观。无论何时何地,我都为汉语诗歌能拥有这样的诗人骄傲。
>
> ——王家新

多多是位具有世界意义的诗人,也是一位持续"保持其男高音最久的诗人"(李少君语),自1972年至今,他一直保持着不衰减的创作活力和时代的艺术高度和水准。

不过,关于多多的文学史意义,以及其诗歌艺术的分析,不是本文的任务,事实上,已有一些批评家在这方面做出出色的贡献。我只想从历时的线索梳理多多诗歌写作的演进过程,并试图寻绎其各个写作阶段之间的内在逻辑关系,发掘那些来自历史语境及多多个人生命史的写作动力,在此基础上,再来描述多多诗歌在主题意蕴及风格技巧方面发生的变异。这种描述不可避免地会带出一个问题:多多那些看似个人性的孤独诗艺探索如何实现了新诗艺术的历史性突破。这是这篇流水账风格的短文真正的问题意旨之所在,虽然它只能非常初步与粗浅地触及这个问题。

多多的生活与创作从外在周期和内在变化上可以大体分为四个时

期:"白洋淀"时期(1972—1976),20世纪80年代(1982—1988)、域外时期(1989—2004)、海南时期(2004年至今)。

(1)"白洋淀"时期(1972—1976)

"白洋淀诗群"是"文化大革命"中的青年诗歌写作或所谓"潜在写作"的重要群体,它构成了后来"新时期""朦胧诗"的源头("白洋淀诗派"或"白洋淀诗群"是20世纪80年代后期的命名)。这一群来自1969年以后陆续赴河北安新县境内的白洋淀地区"插队"的北京中学生,代表人物有根子(岳重)、多多(栗士征)、芒克(姜世伟)等,多多(这一笔名为后来创作时使用)是其中最具才华和思想的代表性人物之一。他出身"高知"家庭,阅读视野开阔,有着高远的思想追求和自我预期。这一包括多多在内的小团体由于特殊的出身背景和机缘,得以接触中外文学、政治、哲学等方面书籍。除20世纪五六十年代的正式出版物外,尤其是在60年代由作家出版社、人民文学出版社、商务印书馆和上海人民出版社出版的"内部发行"的西方图书,给多多等人带来了奠基性的滋养,也构成了多多写作的重要精神资源和文学价值尺度与技巧武库。

在朋友岳重的"刺激"下,多多于1972年开始写诗,此一时期的部分诗中隐含着特定历史条件下的个体对于历史的反思,"带有叛逆及强烈见证色彩"(贝岭语)。

手能够折下鲜花
嘴唇能够够到嘴唇
没有风暴也没有革命
灌溉大地的是人民捐献的酒
能够这样活着
可有多好……
——《能够》(1973年)

花仍在虚假地开放
凶恶的树仍在不停地摇曳
不停地坠落它们不幸的女儿

太阳已像拳师一样逾墙而走

留下少年，面对着忧郁的向日葵……

——《夏》（1975年）

或许，此一时期多多的大部分诗作带有对时代压力的反抗，带有一定的政治指向性，但多多没有试图以诗去传达某种政治态度，而是以个体经验包容了那个本身已高度政治化的日常生活。

《当人民从干酪上站起》《黄昏》《无题》是此时期此类作品的代表。

但在这一时期，多多已开始显现出对写作、语言与世界关系的自觉，初步显露出超出时代的对诗歌写作的理解：诗不是单纯的情感或观念的外露，写作一开始就处在与语言的纠缠中，所以，多多不得不注重技艺的磨炼，这导致了多多严谨得类似"苦吟"的态度。据宋海泉在《白洋淀琐忆》中回忆："毛头（即多多）对自己的诗改了又改，精雕细琢，很多作品发表时同我当年看到的已不大相同。坚持诗的形式美，坚持人性的立场……拿着一把人性的尺子，去衡量大千世界林林总总，一切扭曲的形象，但就其本质来说，毛头应该属于理性化的诗人。"[1]宋海泉这一并不准确的表述并不妨碍我们领会此一时期多多对诗歌写作的自觉程度，他的名作《手艺——和玛琳娜·茨维塔耶娃》（1973年）即清晰地显现了对作为诗人的命运的自觉：

我写青春沦落的诗

（写不贞的诗）

写在窄长的房间中

被诗人奸污

被咖啡馆辞退街头的诗

我那冷漠的

再无怨恨的诗

（本身就是一个故事）

---

(1) 宋海泉：《白洋淀琐忆》，见《沉沦的圣殿》（廖亦武主编），新疆青少年出版社，1999年版。

我那没有人读的诗

正如一个故事的历史

我那失去骄傲

失去爱情的

（我那贵族的诗）

她,终会被农民娶走

她,就是我荒废的时日……

多多这个时期的诗歌已经显现出独特的个人风格和非凡的才华,他的想象方式和独特语汇是难以被那个时代的美学趣味所接受的——打碎日常语义链条的极富张力的语词组接方式,和极其欧化的复杂句式都具有阅读的挑战性。

（2）20世纪80年代（1982—1988）

在经过几年的创作上的积聚之后,多多进入了新的创作阶段。"文化大革命"结束后,中国的社会文化环境也发生了很大的变化。不难发现,这一时期,多多诗中的政治性或对抗性减弱了,与其说这是出于一种刻意的诗学选择,还不如说是由诗人所面对的生活与自身经验本身的巨大改变所致。20世纪80年代以后,中国社会生活的质地在发生改变,多多诗作的形而上的气质明显增强,但奇怪的是,尽管多多的诗所具有的形而上思索的意味清晰可感,他那奇特的张力巨大的意象组合却一再阻断读者的理解,让人难以把握它的方向。

另外,多多诗作的某种意义上的"非政治化",对人生意义的发掘却没有预设一种新启蒙主义的宏大的"人"的理想——这种"人"的理想和一套现代社会政治目标及方案潜在相联,在20世纪80年代初,追求现代化的历史冲动在文学中获得了它动人的感性形态,当时风行于世的朦胧诗正是在这一背景中确立了自己的美学意义。但多多20世纪80年代的创作却和当时的主流诗界保持了疏离,从本质上讲,多多和当时的朦胧诗所秉持的话语难以形成对话关系,因而多多诗中的明朗与阴郁均无法在"朦胧诗"时代的美学词典中找到对应,这使得朦胧诗逐渐进入主流文化,而多多却进一步被边缘化。或许对于多多的不被理解,人们轻松地归因于其诗歌语汇晦涩,这当然有一定道理,但是，从某种意义上说，意识形态语码的不对接或许才是晦涩的真正来源。从这里可以看出，把多多归于"朦胧诗"，甚至"朦胧诗"的先驱是多么的不恰当。在《被埋葬的中国诗人（1972—1978）》中，多多深情地回忆了与郭路生、芒克、岳重等诗人的交往，寄寓了对历经苦难的中国诗人的一种忧伤的怀念。然而多多是激愤的，他说："我所经历的一个时代的精英已被埋入历史，倒是一些孱弱者在今日飞上天空。因此，我除了把那个时代叙述出来，别无他法。"[1]与其说是为郭路生等人抱屈，还不如说是自况更合适。

此一时期多多的诗作具有了成熟的现代气质，他对人的生存经验的书写使人难忘，具有一种高亢而明亮的声色，尽管他有些诗是阴郁的。

从死亡的方向看总会看到
一生不应见到的人
总会随便地埋到一个地点
随便嗅嗅，就把自己埋在那里
埋在让他们恨的地点
他们把铲中的土倒在你脸上
要谢谢他们。再谢一次
你的眼睛就再也看不到敌人
就会从死亡的方向传来
他们陷入敌意时的叫喊
你却再也听不见
那完全是痛苦的叫喊！
——《从死亡的方向看》

从死亡的方向看，也就是预先站到死中去，回头来打量生的意义，这是一个奇特的角度，一种不可能的目光，超出世俗思维极限的思维，是对世俗智慧和理性的瓦解。

---

(1) 多多：《被埋葬的中国诗人（1972—1978）》,《沉沦的圣殿》（廖亦武主编），新疆青少年出版社，1999年版。

1988年,《今天》诗歌奖授奖词说:"自20世纪70年代初期至今,多多在诗艺上孤独而不倦的探索,一直激励和影响着许多同时代的诗人。通过对痛苦的认知,对个体生命的内省,展示了人类生存的困境,他以近乎疯狂的对文化和语言的挑战,丰富了中国时代诗歌的内涵和表现力。"这也可以看作对多多80年代创作的一种综合评价。

(3)域外时期(1989—2004)

离国的多多经历过历史变故和个人命运的转折,体味到历史断裂和旅居异国的悲凉,更重要的,真正体会到了作为一个诗人远离母语的怆伤与悲剧性。多多自己说:"在中国,我总有一个对立面可以痛痛快快地骂它;而在西方,我只能折腾我自己,最后简直受不了。"

> 吸收冬天的寒冷,倾听云的逍遥的运动
> 北方的树,站在二月的风里
> 离别,也站在那里
> 在玻璃窗上映得又远又清晰
> ——《北方的记忆》

正是外在迁徙和内在变故导致了多多诗风的转变,刚到荷兰不久的诗作《阿姆斯特丹的河流》表达了这种情绪。

> 十一月入夜的城市
> 唯有阿姆斯特丹的河流
> 突然
> 我家树上的橘子
> 在秋风中晃动
> 我关上窗户,也没有用
> 河流倒流,也没有用
> 那镶满珍珠的大阳,升起来了
> 也没有用
> 鸽群像铁屑散落
> 没有男孩子的街道突然显得空阔

秋雨过后
那爬满蜗牛的屋顶
——我的祖国

从阿姆斯特丹的河上，缓缓驶过……

秋日异国的河流勾起故国之思，虽试图排遣，却是"也没有用"。多多的诗里经常出现"铁匠""收割人""五月麦浪""牛群"等土地与家园的意象，如"晾晒谷粒的红房屋顶""水在井下经过时／犁已死在地里""北方的树，站在二月的风里""在一所异国的旅馆里／北方的麦田开始呼吸""像畜栏内，牛群用后蹄惊动大地""犁，已脱离了与土地的联系"（《北方的记忆》）。

我们不难从这些诗句中发现诗人内心的伤痛。

客居异国时期，多多达到了他创作中的高峰，走向了艺术的成熟，远离母语却让他找到了母语的尊严，在接受金丝燕采访时，多多表达了这种处境的悖论性质。

金丝燕：你现在远离故土，又用母语写作，这是一种什么样的心情？

多多：这是一种惩罚，在艺术上又是一种完全正常的惩罚，就像贝多芬是个聋人一样。

金丝燕：你觉得是惩罚？

多多：我觉得这是一种惩罚，也是我个人的一种命运，不是我的选择，也是一种困境，可是这种困境也决定了你就不能像以前那样写。

金丝燕：怎么不能像以前那样写？

多多：因为以前是用母语，在我的祖国写作，用汉语是天经地义的事情。而在这里，我不会用荷兰语，我也不学荷兰语，我继续用汉语写作，这种惩罚不是外界的惩罚，也是我自我选择的一种惩罚。你说是惩罚，也不完全是惩罚，它也造就。但无论如何这是我无法选择的一件事情，是一个事实。

正是在这样的命运感中，多多写下了令人刻骨铭心而又击节赞叹的诗句：

> 从指甲缝中隐蔽的泥土
> 我认出的祖国——母亲
> 已被打进一个小包裹，远远寄走
> ……
> ——《在英格兰》

> 一阵扣错衣襟的冷……
> 张望，又一次提高了围墙……
> ——《四合院》

在异国，他反而更深刻地找回了母语，体认到作为一个汉语诗人的命运与承担。

> 词，瞬间就走回词典
> 但在词语之内，航行
> 让从未开始航行的人
> 永生——都不得归来。
> ——《归来》

从这里，他也找到了归家之途——通过语言的返乡之途。相反，如果不能认识到这一真理，虽在故国，也是异乡，虽"从未开始航行"，却"永生——都不得归来"。

于是，他最终找到了自己的骄傲，"整个英格兰，容不下我的骄傲"（《在英格兰》）。

这种情感超越任何的民族主义情感，于是，他不再是他，却依旧是他：

走在额头飘雪的夜里而依旧是
从一张白纸上走过而依旧是
走进那看不见的田野而依旧是
走在词间，麦田间，走在
减价的皮鞋间，走到词
望到家乡的时刻，而依旧是
站在麦田间整理西装，而依旧是
屈下黄金盾牌铸造的膝盖，而依旧是
这世上最响亮的，最响亮的
依旧是，依旧是大地
一道秋光从割草人腿间穿过时，它是
一片金黄的玉米地里有一阵狂笑声，是它
一阵鞭炮声透出鲜红的辣椒地，它依旧是
任何排列也不能再现它的金黄
它的秩序是秋日原野的一阵奋力生长
它有无处不在的说服力，它依旧是它
一阵九月的冷牛粪被铲向空中而依旧是
十月的石头走成了队伍而依旧是
十一月的雨经过一个没有了你的地点而依旧是
依旧是七十只梨子在树上笑歪了脸
你父亲依旧是你母亲
笑声中的一阵咳嗽声
牛头向着逝去的道路颠簸
而依旧是一家人坐在牛车上看雪
被一根巨大的牛舌舔到
温暖啊，依旧是温暖
……

——《依旧是》

（4）海南时期（2004年至今）

作为一个独立的创作阶段，它可能有些勉强，因为时间较短，而且这一时间和多多本人的富于生命力的诗歌写作一样，还在生长中，我们不可能把握住命名一个阶段所需要的统一性特征。当然，海南时期的命名有些古怪，可能很多人会担心因此而缩减了多多创作的意义。但结束旅居生活而定居海南，对多多的诗歌并非没有特殊的意义。回归母语的生活、写作和接受语境，对于已在匮乏中刻骨铭心地领会了母语意义的诗人来说，是否会带来一种从容的心境和舒适感？而他之所以选择海南，恐怕也不仅是出于生活的考虑。相对于早期创作中北方的天空、树林、大雪，南国植物的温和或许正开始取代北方树林的肃杀，南海的波光也冲淡了北欧海天的阴郁。这是一个不能被确切书写的创作阶段，之所以强行分期，只因它不属于此前的任何一段。我们可以期待，也似乎正在看到，一个新的多多正在生长，这仍待进一步观察。

以上的描述当然非常不令人满意，它所遗漏的部分很大程度上要由读者参照其他专门论述多多诗歌艺术的研究成果来补足。不过，大体上我们也能约略看出，多多在历史与个人生活发生巨大转折的各个时期，如何顽强地保持着自己一贯的诗歌性格，并不断地融入新质；他依托强大的内心力量，如何与他意识到的外在规约力量（意识形态与诗歌潮流）默默地角力，并进行着孤独的诗艺探索。在这一意义上，多多的确显示了某种英雄性格。对于这种诗歌追求的分析与历史评价，是当代诗歌史研究有待展开的内容。对此，本文只能算作一个初步的提示。■

暮晚的向道　多多研究集

诗人多多从创作伊始就非常注重语言,20世纪80年代,在《醒来》《语言的制作来自厨房》和《技》等诗中,"语言"指向自身的表达,语言的神性本质,语言的制作技巧,语言的自主性均已有所表述。1989年,多多出国,开始了长达20多年的侨居生活和写作,在此期间,多多对语言的诗性体验得到了诗意的表达,在《我始终欣喜有一道光在黑夜里》《什么时候我知道铃声是绿色的》等作品中,语言是一种来自心灵的"光"(Aura),他诗意地道出存在于语言之中的"光"与诗人的关系、"光"与人与环境的关系。2004年多多回国后,他对语言有了新的思考,在《不对语言悲悼,炮声是理解的开始》《我信》等诗中,诗人不时地被一种焦虑的情绪所包围,而近作《诗的创造力》和《读一本书》则涵盖了多多对语言与历史、生命、死亡、诗歌及诗人等多方面的思考。

从多多三十多年来的写作和对语言的思考中可以看出,在不同时期不同的语境下,诗人对语言的态度与表述越来越复杂。本文将结合文本,以时空为参照,以诗人对语言的思考为线索,考察多多在不同时期对语言的不同态度对其创作的影响。本文将分三部分进行阐述:(1)考察多多在创作早期(主要指出国之前)对语言进行了哪些方面的思考,进而分析这一时期的诗歌特点;(2)分析诗人在移居荷兰之后,在新的语言环境中,对语言新的认识,以及这一时期取得的成就;

（3）探析多多在 2004 年归国之后写作风格的变化，以及风格转变的原因与他对语言的态度之间的关系。

一、语言飞翔途中的自身表达

语言的本体问题在 20 世纪 80 年代成为中国诗人和作家关注的焦点，一些诗人和作家，比如，海子、欧阳江河、任洪渊、韩东、格非等，开始在写作中针对语言本体展开了试验性的探索。这个时期，多多在创作中也对语言本体有多方面的思考，在《醒来》《语言的制作来自厨房》《技》《字》等诗作中既有对语言的神性本质与语言的物质性的思考，也对语言的自主性进行了言说，把语言和生命形式联系起来。这些作品可以看作那一时期多多对诗歌本体论思索所做的艰难探险，并有所收获。

1. 语言的神性本质

对诗人而言，语言是一种"神赐礼物"，把诗看作神赐的礼物而不是把它看作苦思冥想的产物，这种观点是从柏拉图开始的。这个礼物是诗人最渴望的，在《醒来》（1983 年）一诗中，多多说：

枯叶落地伤痕变紫
原来都是一种记忆
我们啊接受唯一的赐予
洁净的睡眠洁净的语言

语言之词语有其神性的本源，《约翰福音》开篇就说，词语最初与上帝同在，是上帝把它作为最初的恩宠与救赎一并赐予我们的，在这一赐予的过程中，确立了神、人和物的关系，确认了人在宇宙中的位置。在语言中人与自然建立关系，"自然只有通过命名之网才被设定，并且——尽管没有这样的名词，自然就会保持沉默和不可见——自然在远离名词的那一头闪烁着，不停地在这张网的远侧呈现，不过，这张网又把自然呈现给我们的知识，并且只有当自然完整地被跨越时,才使自然成为可见的"[1]。也就是说,人只有通过语言才可以返回自然的怀抱,拥有一种与宇宙共同呼吸的精神,在与大地结合中获得生命力量,大地就是我们母亲的身体,是万物的母体,万物皆作为一种语言来到了人的言语中,万物以语言的方式作为一种启示走向我们。但在被赐予的过程中,只能怀着虔诚的心去等待。

别召唤就会到来
欲望原是金黄的谷粒
听我说唯一的唯一的
洁净的语言洁净的语言

从本体论的意义上讲,世界、事物、语言与人具有同一性,人作为万物之灵长,独自在承领语言的过程中承担起传达神的旨意的职责。"每一位诗人都设法和创造以及与神的世界相沟通,也就是说,他寻觅语言中最真实的形式。"[2]这种努力得到的却常常是某一具体的体验,多多在《醒来》中对语言本体的追寻表现了一个诗人是怎样获得语言的:他接受、掌握了传承下来的语言以及与语言相伴的传统的词语、文化、形象、神话、象征和表达,在语言中,诗人获得了传统的共同经验并形成了个体的经验,然后他似乎可以理解整个宇宙的生命和自我并能表达他的理解。但是人是怎样传达自身的?"人究竟是通过(by)他给事物的名称来传达自身的?还是在他给予事物的名称之中(in)传达自身的?"[3]他解答不了本雅明的疑问,在诗中,只能对自己的体验进行浅层的表述,而无法对语言的神性本质作出指认。

2.语言具有自主性

多多说"我们啊接受唯一的赐予/洁净的睡眠洁净的语言"时,我们可以理解为,语言是神赐的礼物,是生命的存在形式,可是他

---

(1) [法]米歇尔·福柯:《词与物》(莫伟民译),上海三联书店,2001年版,第214页。
(2) 罗伯·邓肯:《朝向开放的宇宙:诗人谈诗》,见《诗人论诗:二十世纪中期美国诗论》([美]霍华德·奈莫洛夫编、陈祖文译),生活·读书·新知三联书店,1989版,第210页。
(3) [德]瓦尔特·本雅明:《论原初语言和人的语言》,见《写作与救赎:本雅明文选》(李茂增、苏仲乐译),东方出版中心,2009年版,第6页。

又说:

> 语言开始,而生命离去
> ——多多《北方的声音》

那么语言和生命,对诗人而言,又意味着什么?生命,我们知道不同文化对它的理解与重视不同,但是生命与语言的存在形式却有着同一性。首先,生命是环境、地理、人文共同作用的结果。其次,生命是生长的,生命个体总在不断地超越自身,以继承的方式把自身传递,构成新的生命形态,以此形成生命的链条,在这个链条上,生命是被延续的。而语言也是有生命的,有节奏、呼吸、情感、思想,具有气韵、血脉和体温,它是身体性的,因为生活于不同地区的人们会根据自己地区的特点来创造他们的语言,所以,语言必然带有地方性情感状态和气韵,它积淀着地方的文化心态、习惯及其信仰。另外语言也是生产的,威廉斯说:"语言是人类关于世界和走向世界的特有门户,它既不是一种可供辨识的禀赋,也不是一种提供帮助的工具,而是一种建构能力。"[1]因而,语言可以看作个人与社会共同构建的产物,它如一条血脉随着生命更迭的河流一代一代地流传,随着新生命的开始,语言就会有新的东西不断地被注入,但是这被注入的东西却不会随着生命的离去而消失,其间某些元素或被掩藏或被积淀,却很难被最终抛弃,因为语言本身具有自主性:

> 它们是自主的
> 互相爬到一起
> 对抗自身的意义
> 读它们它们就厮杀
> 每天早晨我生这些东西的气
> 我恨这些写就的
> 简直就是他写的
> ——多多《字》(1986年)

---

[1] [英]雷蒙德·威廉斯:《马克思主义与文学》,河南大学出版社,2008年版,第23页。

语言是其自身的主人，具有主体性，当我们使用语言进行表述时，语言与我们表述的意向性互为表里，而不是像镜子一样被动地去反映，并且人只有通过语言实现人的自立主体性。这一点本维尼斯特在"论语言中的主体性"中有精辟的见解："人在语言中并且通过语言自立着主体。因为，实际上唯有语言在其作为存在的现实中，奠定了自我的概念。"[1]存在的自我就是语言表达的自我，或者可以说，语言表达的自我就是存在的自我。诗人比普通人更清楚地知道任何生命的后果都是宿命的，人的生命本体就如茫茫黑夜中的黑暗大陆，唯有智慧之光的普照才能赋予生命以意义，而语言就是黑夜中的一道智慧之光，唯有语言之光的照亮，人的生命才有意义，才能避免坠入永久的黑暗中，只有在语言中，生命才不会和活着的、死去的无关，对于诗人而言，生命就存在于语言之中，语言就是生命的存在形式。因此，多多在说"语言开始，而生命离去"时，不是把语言和生命分开，而是强调二者之间的关系，把语言看作与生命形式之间充满悖论与张力的关系，也许出于一种焦虑，对于诗人而言，生命就存在于语言之中，语言就是生命的存在形式，对语言的思考就是对生命的思考。

3. 语言是一种技巧

多多早期诗歌中对语言的思考是多方面的，既认为语言是诗人所应该接受的唯一的礼物，把语言看作与生命形式之间充满悖论与张力的关系，又认为用语言进行创作是一种可以加以操作的过程，在《语言的制作来自厨房》（1984年），他说：

要是语言的制作来自厨房
内心就是卧室。他们说
要是内心是卧室
妄想，就是卧室的主人

诗人在创作中对语言的"制作"在某种方式上与厨师在厨房制作食物有其相似性。诗之为物，是制作出来，是被结构组织在一起。

---

[1] [法]本维尼斯特：《普通语言学问题》（王东亮等译），生活·读书·新知三联书店，2008年版，第293页。

在希腊语中，Poiesis 原意为"制作"或"诗的制作"，亚里士多德就是如此理解这个词的，他把知识和科学分为三类，即理论或思辨科学（Theoria）、实践科学（Praxia）和制作科学（Poiesis）。制作科学的任务是制造，其目的体现在制作活动以外的产品上。诗属于制作科学或技艺的范畴，诗人是 Poietes（制作者），一首诗是 Poiema（"制成品"）。[1]诗人写诗，就如厨师做菜时用各种调料在一道道烦琐而讲究的工序中对材料进行加工的过程，词语是诗人的制作材料，感知事物和表达事物的方式是他的工具，他的技艺来自对韵律、节奏、意象、语调、语感、形式、情感等的调配能力，个体经验的独特性是诗歌的核心所在，最后的制成品，一首诗的功能，在一定意义上也和食物的功能相似。

多多说出"制作"并以一种非常适合这个词的语调、语象和语境传达出它的显在意义和隐在意义无疑是巧妙的，准确地道出了西方现代诗歌的关键点：诗歌的语言是一种技术性操作。有点油滑的语调证明他在道说这一事实时对此事实是清楚的，他清醒地意识到当时有关诗歌的诸多问题和争论应该落脚到诗歌本体或者更进一步落脚到语言上来。不过，多多此时的诗句却显示出：语言还是一种尚待诗化的东西，一种还有待诗人通过更进一步地倾听、运思、构想才能诗化的东西。不过他已经敏感地意识到语言那神秘莫测的本质，并被诗性语言带来的审美体验所激动，一种渴望表达诗性体验的愿望驱使着他。在诗作《技》（1985年）中，多多对诗人获得语言的诗性体验进行了描写，诗人等待着语言的莅临，就像等待着一位没有约定的客人一般，诗人能够对之进行把握的程度小之又小，不过语言最终从"阅读"中现身，这让诗人感到无限惊喜，因为当诗性语言将自己赋予诗人之时，诗人便能够进行作诗活动。

正是对语言自身的关注与多重态度，使多多早期的诗歌中，既有对现实与情感常规秩序的破坏，如《玛格丽和我的旅行》《一个故事中有他全部的过去》《哑孩子》《我姨夫》等，又有《北方的夜》《北方的海》《北方的声音》《里程》等充满激情与灵感之作。

---

[1] ［古希腊］亚里士多德：《诗学》（陈中梅译注），商务印书馆，2008年版，第29页。

二、来自心灵中的"光":语言的无意识结构

多多在20世纪80年代末移居国外之后,写作发生了很大的变化,异域生活带来的新体验,不同的语言在诗歌表达的差异性,使诗人对语言有了完全不同于出国之前的思考。《我始终欣喜有一道光在黑夜里》(1991年)、《什么时候我知道铃声是绿色的》(1991年)等诗中描写了诗人与语言所建立的新的亲密关系,诗人在语言中体验到了一种诗意或诗性之"光",这里"光"是一个蕴含着深意的词语:

1."光"的本体意义与象征意义

人类渴望光是生命的本能的需要,有了光,大地得以普照,有光有热量,万物得以孕育,雨露播洒在四方,生命得以成长,花草树木飞鸟虫鱼都将焕发出绚丽多姿的生命机能。因此,"光"从本体论的意义上讲就是万物之始基、本原,有了光世界才开始从混乱状态进入秩序,它出现于太阳之前而于太阳消逝后仍然存在,驱赶了黑暗,扫清了迷障,某种意义上讲,它是一切生命之源、真理之源、喜乐之源。

> 我们感到悲哀,当你离开我们
> 转身走向别的更有福的事物
> 当我们的精神赤忱地怀着爱慕
> 沐浴于你的余晖,在那些黄昏
> ——格奥尔格《光》

光作为穿透迷障照亮黑暗的力量,是善对恶的遏制。只有"当我们的精神赤忱地怀着爱慕",才有福沐浴在光的余晖之中,而且必须像孩子的心灵一般纯净才能把光捕捉,享受甜蜜的光的恩泽。在"光"的照亮下,坚硬化为柔软,冰冷化为热烈,灵魂冲破肉体的黑暗,内心一片芬芳。光的来临意味着神的格外恩宠,光的离去则是对堕落者的抛弃。人如果堕落了,神就会收回他的礼物,把人丢弃在黑暗之中,"转身走向别的更有福的事物",因此,只有渴望纯净、渴望澄明、渴望拯救的心灵,才会对光充满爱慕和期待。多多说:

我始终欣喜有一道光在黑夜里

在风声与钟声中我等待那道光

多多对"光"的信任也许源于诗人的无意识：他确信，黑夜中总有一道光，在遥远的某处存在。他为"光"的存在而欣喜，他怀着喜悦的心等待光的到来。"风声"为迷乱而吹起，"钟声"为记忆而敲响，在"风声"和"钟声"中，在迷乱和记忆中，诗人内心却是一片澄明，似乎在梦中得到了神的"启示"。宛若一道光在遥远的某处等待着发现，在诗人无言凝视和沉默深思进入涅槃时潜入他的身体，在他不经意间快速地划过身体，瞬间照亮身外黑暗，在这一瞬间，光把唯一的属于诗人的礼物——记忆赐予他。

逆着春天的光我走进天亮之前的光里

我认出了那恨我并记住我的唯一的一棵树

一刹那，启示之光闪现，"记忆，瞬间就找到源头"（《归来》）。记忆复活，春光与曙光、绿叶与飞虫、飞虫与青草、青草与天空在甜蜜地对话，春天的光铺展出一条神圣的道路，青春从天空、从远处、从树叶、从太阳照亮的方向走来，一瞬间"记忆中的桌子绿了"，一瞬间不可言说地进入了言说，一瞬间被甜蜜充满。光带来如此的喜悦，在沉思中，在阅读中，迅速地穿透而来，如"五月的光华"，哗啦一声，从天空倾泻而下，耀眼地一闪，又迅速地离去：

我回头，背上长满青草

我醒着，而天空已经移动

诗人认出了"光"，意识到了语言之"光"的神秘本质，他如鸽子一般聪明，如蛇一般灵动，在"风声"中把它辨认出来——"风声"也许就是神有意布置的迷障，神要借它从中挑选有天分的人来承领他的启示。诗人在一瞬间领会、抓住了这一旨意，发现的狂喜让内心如翅膀的惊颤，他体验到这一恩赐带来的喜悦与感动，然而还来不及与

"光"合并,它已经飘闪而过。多多诗意地呈现了这一过程,诗句灵动、跳跃,如光在其中飘闪而过,读者的眼睛和思绪被这道光牵着一起飘闪。

2. "光"的古典神性和现代性

"光"在拉丁文中对应的词语是"Aura",Aura除了指本体意义上的自然现象之外,也和宗教、神话、美联系在一起,它来自上帝的创造,是上帝赐予尘世的第一个礼物,这说明光的重要。Aura和曙光女神Aurora是同一词根,因此又和美联系在一起。到了近代,Aura的古典神性含义逐渐减少。20世纪,本雅明赋予Aura一词新的含义。本雅明把"光"(Aura)看作世界的诗意之所在,自然中任何物质形态都散发着灵光,如呼吸存在于生命中。在《机械复制时代的艺术作品》中本雅明写道:"刚才我们是将'灵光'的观念运用在分析历史文物,可是为了更清楚地解释'灵光',必须想象自然事物的'灵光'。我们可以把它定义为遥远之物的独一显现,虽远,犹如近在眼前。静歇在夏日正午,沿着地平线那方山的弧线,或顺着投影在观者身上的一截树枝——这就是在呼吸那远山、那树枝的灵光。"[1]这种自然本身所隐含的神秘力量,在多多的《什么时候我知道铃声是绿色的》也得到了诗意的言说:

从树的任何方向我都接受天空
树间隐藏着橄榄绿的字
像光隐藏在词典里

在天空、光、字、树、词典这些诗性的图像之中,字犹如隐藏在树间的光,光犹如隐藏在词典中的字,在交互隐喻之中,诗人已经靠近了诗性语言那种神秘莫测的本质。站立于天地之间的树,承领着来自天空的晨光夕照,或云丝雨点,或流云清风,或星辉雨露,以其繁枝绿叶的生机作为回报的礼物,每一片叶子的颤动都是一声对天空召唤的应答,每一抹色彩的变幻都是一声对诗人的吁请,一声声应答和吁请

---

(1) [德]瓦尔特·本雅明:《迎向灵光消逝的年代》(许绮玲、林志明译),广西师范大学出版社,2004年版,第65页。

汇集成绿色的铃声，从远处飘来又向远处飘去。词典中每一个字都是一个生命，它所隐含的思想宛若树叶散发出的灵光，阅读时从书页间升起，展开翅膀飞向云端，绿色的歌声在天际飘荡，它"被逝去的星辰记录着／被瞎眼的鸟群平衡着"，虽远却清晰可闻，虽近却捉摸不定。这种词语中的"光芒"来自词语本身暗含的诗性，诗性是一种可以产生美感的东西以及来自审美满足的印象，它是"朦胧的""谜语般的""暗示性的""神秘的"，既激发想象，又以某种隐秘的方式做出预言或启示。[1]就"像树间隐藏的铃声"，诗人知道铃声什么时候会唱起绿色的歌。诗人捕捉到的歌声正是构成一首诗的朦胧神秘的诗性所在，也正是使作品的个性程度、独特色彩、本真性、唯一性凸显出来的灵光。而"本真性"是"非意愿记忆的庇护所"，[2]是人类免遭现代性重复、复制、异化的保护层。

多多此时在诗中所进行的努力也许可以看作对诗歌灵韵的追寻和挖掘，在《我始终欣喜有一道光在黑夜里》，"光"这一诗性词语中的诗性被言说出来，它像本雅明的 Aura 一样，具有了"灵"的气息。光就是语言中的灵韵，对光的等待和追寻，就是对灵韵的渴望，"灵韵"是一切生命与人和世界构成我们关于全部环境的诗意，诗意寻找光，光是大地，是气韵，是人之生命为之呼吸的一切养料。因此，诗人一方面用灵韵去修补心灵，诗歌的意义在某种程度上来说就在于它不断地造就着时代的精神，提供时代所最缺乏的精神；另一方面用灵韵去抵制现代性。现代性是一个机械的、工具性的技术，机械的一定可复制，复制造成了对灵韵的伤害，灵韵的丧失消解了我们生存所依据的本真性，使我们的心灵被损伤为碎片状态。诗歌是个体经验的独特表达，它有唯一性，是个体瞬间灵光的闪现，是不可复制的，诗歌以其不可复制的本真性构成现代性中的一种文化抵抗，在灵韵消失的时候，抢救灵韵，恢复人性的光辉。

在这个时期，多多写出了他最为迷人的诗作。他的诗很多都涉及

---

(1) 弗朗西斯·克洛东：《浪漫主义诗学》，见《诗学史·下卷》（[法]让·贝西埃等主编，史忠义译），河南大学出版社，2010年版，第392—393页。
(2) [德]瓦尔特·本雅明：《发达资本主义时代的抒情诗人》（张旭东、魏文生译），生活·读书·新知三联书店，1989年版，第56页。

世界本体论与形而上的问题，诗集中的原型是一些最普遍的事物：风、雪、海、河、太阳、星星、大树、夕阳、马、牛、土地、田野、孩子、女人、诗人、书、词语、犁、天空、花朵、蝴蝶、白桦林……其中出现频率较多的是北方、土地、田野、河流、海、雪，还有各种色彩和声音。这些最普通的事物构成了多多诗歌中最常见的具体形象，诗中的许多观念（如虚无、死亡、生命、寂静、孤独、忧郁、想象、记忆、欲望、真实、时间、存在、现实、秩序、灵魂、思想、无意识等）透过这些最基本的事物变得复杂起来。这大概和多多疯狂地迷恋语言和声音的挑战不无关系，他对语言和声音的挑战又是在追求诗性的前提下进行的，不少诗歌仅从标题就可以看出他的对一首诗的造境、诗意追求的重视程度，比如"什么时候我知道铃声是绿色的""阿姆斯特丹的河流""北方闲置的田野有一张犁让我疼痛"等，这些句子会让我们去倾听，在听的时候，感觉着它们，在声音里寻找一种回响，一种震颤，一种力量，这些句子是一种情绪、一种感觉、一种思想，是诗人的也是我们的，词与字的暗含意义及联想，使我们感受到以前感受过却不曾感受那么深的体验，而这只有最敏锐的诗人才有力量给予。这在某种程度上证明了中国诗学对他的熏染至深，中国诗学中传统的概念"境界"被扩大了——"诗歌不仅只描写境界而且也是对外在和内在的各种境界的探索，而且也是对诗歌语言的探索。"对多多而言，写诗应是一个双重的探索过程——"寻求适当的词、语来表现其所体验的新境界；发掘新的字、句以状述已经熟悉的境界。"[1]

三、焦虑：语言创新的契机

2004年多多归国后，他在对语言的言说中弥漫着焦虑和惶恐的气息，在《对语言不再悲悼，炮声是理解的开始》《我信》等诗中，可以看出诗人力图突破语言的急切心理。在近作《诗的创造力》和《读一本书》中多多对语言进行了进一步的思考。《诗的创造力》是一篇对

---

[1] 刘若愚：《中国诗学》（赵帆声等译），河南人民出版社,1990版，第114页。

诗歌与语言之关系的箴言式的言说，文中的"光"既可以看作词语的诗性所在，也可以看作诗人的灵感之源。《读一本书》则涉足了两个领域，一个是语言领域，另一个是生命领域。诗中对语言的悖论性与同一性的思索交织着对生命与死亡的态度，可以看作诗人创新的渴望在焦虑的笼罩下反讽式的表达——诗人彻底陷入语言的焦虑之中。

语言对诗人意味着是一项事业，"真正的诗歌永远是语言内部而不是其外部运动的产物"(1)。那些在语言内部从事创作的诗人最终必然要去探讨语言的本源，揭开语言表层的"覆盖物"，发现语言被遮蔽被埋没的本真意义，语言的过度重复或混乱将会导致语言的丧失或暗哑，诗歌能够而且应该做的就是保存、恢复、发展语言美。发展语言的方式之一，是挖掘出词语中所本有的但未曾被言说的东西对其言说，或者赋予语言一种新的言说能力，但是很多诗人都会面临这样的遭遇。

深处埋着山谷，没有
另外的深处，没有安息者

但手推车推走的血块
所载的铸词之境
是他们的
　　　　——多多《深处没有回答》

词语是经验的，是先在的东西，它所载的"铸词之境"是已经成型的文化文本，当它断续传来，你得到"全部都是回声，且不断回响"（多多《诗的创造力》）。此种体验也许是每个诗人都无法逃脱的，不得不时时面对的困境。因为，"逝去的人们，依然存在于我们的生命里，作为我们的禀赋，作为我们命运的负担，作为循环的血液，作为从时间的深处生发出来的姿态"（里尔克《给一个青年诗人的十封信》，冯至译）。即使是作为"强者"的诗人，在面对传统与前驱，也会陷入焦

---

(1) [希腊]奥德修斯·埃利蒂斯:《理所当然》（徐文博译），译林出版社，2006年版，第80、145页。

虑中:

> 仿佛絮语在嘴巴之前便已诞生,
> 没有树林。叶子早已在旋转,
> 被我们提供经验的那些事物,
> 在经验之前就已获得自己的禀性。
> ——曼杰什塔姆《八行诗·7》(汪剑钊译)

作为迟来者,所能做的就只有重复。按照布鲁姆的说法,"被辩证地提高到再创造地位的'重复'乃是新人的入门之道,它使他不再感到恐惧,不再害怕自己仅仅是前驱的一个抄本或副本"[1]。这话乍听是一种安慰或自我解脱的借口,瓦莱里不是也说过,每个真正的诗人身上都有一个很古老的人,他仍然从语言之源饮水。但是,推陈出新基本上只是一个童话,现实是,"重复"乃是诗人一直英勇地与之厮杀的主要敌人之一。因为,所有的写作均带有经验,除却内容和形式不说,词语是文明社会的结果,布满前文化经验的痕迹,你读到的每一个词语都是历史的展示,即使是同一个词语,在历史中辗转时也早已被深深地打上不同的、特定的文化的烙印,其年代且相互搅拌缠绕,你无法确定它们来自哪一个父亲,"从那个点,你的点,从你也折射的那道光,已是多么细密的刻度上留下传达者、搬运者、传递者的投影"(《诗的创造力》)。

> 就在我们身边
> 死者,仍用生者的语言
> 和每一天说话
> ——多多《就在我们身边》

因此,布鲁姆又谨慎地对他之前的劝慰做了补充,"死了的强者诗人还会回归——在诗歌里,也在我们的生活里,而他们的回归必然

---

[1] [美]哈罗德·布鲁姆:《读诗的艺术》(王敖译),南京大学出版社,2010年版,第9页。

会给健在者投下阴影"[1]。这强大的力量让诗人愤怒：

> 这世界所有的诗行都是同一只手写出来的。
> ——多多《诗的创造力》

在一首诗的创作中，诗人总会回顾一首更早的诗，无论是出自他本人还是别人之手，"文学的思想依赖于文学的记忆，在每一位作者那里，相认的戏剧都包含了与另一位作者或与自我的一个更早的版本相互和解的时刻"[2]。任何写作都是互文性的，这已无须赘言。词语是有生命的，它会随着生命的传递而传递，在传递的途中，词语的"纹理"不断地被改变，某些东西注入，某些东西消失，某些东西转移，某些东西隐匿，反反复复在做着循环运动，这些迂回曲折的"纹理"在不同的历史时刻和环境中显示出不同的表象，真相就隐含在这些词的"纹理"之中诱惑你的灵魂，但是你在它的指引下却陷入迷失之中：

> 无人能把词所承担的
> 纹理，赠予他人
> ——多多《填埋生命谷》

这让诗人感到既压抑又困惑，词语有时强大到足以淹没一切，有时又什么也不负载，真是"缺憾的终身制"。多多的叹息让我们看到现代诗人对经验贫乏的恐惧，词语的不断重复、迂回、缺失、破碎，诗歌中灵韵的衰弱、感性的丧失、经验的贫乏把诗人置于焦虑之中。这种焦虑是自波德莱尔开始就存在于现代诗歌中的，波德莱尔把震惊首先置于其艺术创作的核心，就意味着对经验贫乏的焦虑和反抗，在他的作品里，"经验某事物意味着剥夺其新奇感、缓和其震惊的潜能"。于是，"疏远剥夺了最普通事物的经验力，因而成为诗歌经验的典范，这种诗歌经验的目的在于把无法经验的东西变成新的'公共环境'，

---

(1) [美]哈罗德·布鲁姆：《读诗的艺术》（王敖译），南京大学出版社，2010年版，第9页。
(2) 同上。

变成人类的新经验"。[1]在这之后,把人类的新经验托付于无法经验的东西,或者挣扎于对经验的可怕的剥夺的意识中与史无前例的"经验的缺乏"的焦灼里,这成为现代诗人游走钢丝般的紧张心理。在这种心理状态下诗人变得愤怒,恨不得对词语实行轰炸:"把炸药拿给我／去爆破／所有的词／／然后让我们从废墟上挖掘／简单的词语／关于面包和鱼类的词语／田野的百合词语／天空的鸟儿词语／／把炸药拿给我／去净化空气／清除那词语用来／／充满我们鼻毛的死亡气味"(西格得尔·A.马格努松《词语》)这种愤怒也被多多体验到,他也说"不对语言悲悼,炮声是理解的开始"。诗人对于词语／语言的体验逐渐走入了焦虑的状态。

综观多多的创作,可以看出,20世纪80年代诗歌中语言的热情和力量,90年代诗意的灵动和飞扬,逐渐被越来越多的焦虑和惶恐所代替,近作中的表达如一团团被淤积、阻滞的冰块,被暗流卷裹着前进,互相撞击,左突右奔,却冲不出一条可以顺势而下的道路。这也许是因为诗人一直以来就把语言看作诗歌的核心,过于看重诗歌内在的重要性,他对词语本身而非词的意义的关注,对词语神秘而不确定的存在的思考,使诗人在表达他诗性体验时无意识中陷入对语言的焦虑,也许值得我们再思考。■

---

(1)　[意]吉奥乔·阿甘本:《幼年与历史:经验的毁灭》,河南大学出版社,2011年版。

暮晚的向道　多多研究集

语言的悖论与悖论的语言
——多多后期诗歌的语言思考与操作

李章斌

一、导言

从20世纪70年代至今一直保持着旺盛的创造力的诗人多多是当代最有才华,也最有成就的诗人之一,他的诗歌对现代汉诗的发展有着深远的影响。他的同代人认识到:"他通过对于痛苦的认知,对于个体生命的内省,展示了人类生存的困境;他以近乎疯狂的对文化和语言的挑战,丰富了中国当代诗歌的表现力。"[1]在我看来,多多诗歌的核心价值在于他对语言与世界关系的深刻理解和与此相应的一系列语言操作,尤其是他对现存文化经验与语言模式的挑战。本文将探讨多多对于诗歌理想的思考和这些思考与其语言操作的内在关联,进而探究多多诗歌艺术的动力和意义。

多多后期(20世纪80年代中期以后)诗歌中,有很多似乎是对语言的负面性判断,比如"没有语言"(《没有》)、"一切语言/都被无言的语言粉碎"(《北方的声音》)。这非常令人困惑,也似乎与诗歌作为一种语言操作的本性相悖。在我看来,这些表述涉及多多创作中的一个基本悖论,那就是其诗歌理想(多多称之为"道")与语言操作之间的悖论。在多多看来,诗歌理想是无法被语言穷尽的,但是,诗人又

---

[1] 《首届"今天诗歌奖"授奖词》(1989年),《多多诗选》,花城出版社,2005年版。

※ 原载《中国现代文学研究丛刊》2011年第8期。

要用语言尽力去接近这个理想,这两者之间张力的保持实际上是多多后期创作的一个关键。

需要指出的是,有研究者由于对多多的诗学思考缺乏全面的掌握,没有认真考虑这个基本悖论,对其诗歌语言的特质有一些误解。例如柯雷的《粉碎的语言》(国内外第一本,也是迄今为止唯一的一本多多研究专著)注意到,多多后期作品中有着越来越多关于诗歌和语言本身的思考,他对多多的诗歌语言总结道:"多多的语言是无法控制的,不足以再现现实,因而也意味着不适宜和他人交流。"[1] 如果柯雷的观点成立的话,那这意味着多多的诗歌已经丧失了艺术上的合法性,也丧失了被阅读的必要性了。在我看来,柯雷的看法是对多多的语言操作的片面理解,这种理解源于他对多多诗学中某些悖论的忽略和误解。如果不对多多有关诗、语言的看法做通盘考虑的话,就很难深入他的诗学路径中去。

二、语言的悖论

多多在一次访谈中这样阐述自己的诗歌追求:"诗歌的理想,就是向道的理想,我以为它向道。道是中国文化的核心,道不可道,无法用语言言说。作为一个世俗社会的卑微个人来讲,道是一种理想,理想本身,就是生而为人,一定要有至高无上的寻求,说它是我们日常生活不能抵达的境界。"[2] 这里,多多称引了道家经典《老子》第一章的"道可道,非常道"一言,道家的经典作家(老子、庄子)生活的历史环境和多多有很大不同,但是他们对"道"之不可言说的坚持与对言说之局限的强调都与他们对智性、分析性语言的反对有关,也与他们对日常经验与知识的反抗相关。多多对人类经验、知识过度膨胀有自觉的警惕:"艺术、诗歌发展到今天,所谓'心硬'的意思,也是知识侵入的结果,为一棵草流泪,这么简单的事情,我敢说多少人都不

---

(1) Maghiel van Crevel, *Language Shattered:Contemporary Chinese Poetry and Duoduo*, Leiten:CNWS Publications, 1996, p.255.

(2) 多多:《诗人社会是怎样一个江湖》(访谈),载于《南方周末》2010年11月17日。

会做到，所以我讲这是一种非常普遍可悲的状态。这种状态又是必然性的，它是文明的结果。"[1]在多多看来，当今的文化是理论过度发达的时代，由于智性与知识的膨胀，诗人的创造力受到了严重的威胁。因此，多多自觉警惕知性语言（尤其是理论与批评）对诗歌的侵入："……现在人们除了批评不知道要说什么的时候，我是完全有意识地抵抗，我可以不说话没有关系，一切都可以从我的诗中出来。"[2]

基于这种考虑，多多有意不去写理论和批评文章，在其近40年写作生涯中，从未破例，这在中国现代诗人中是比较罕见的。不过，这并不意味着多多没有诗学思考；恰好相反，多多自20世纪70年代开始写作以来，在诗学上一直非常自觉，也自成体系。不过其思考并没有以理论、批评的方式表达出来，"他不要把它拆解出来，他就完全寓于他的诗歌之中"。[3]他选择在诗歌中寓示他的见解。这种表达思想的方式，不仅使其观点获得了具象的美学形式，也使诗歌本身具备了沉思与形而上的质地。多多的诗歌在达到很强的思考力度的同时，又保持了很强的诗性力量与美学特质，从而成为一种"多多式"的"元诗"（Metapoem）——既是诗歌作品，又是关于诗的思考。

自20世纪80年代中期以后，多多逐渐从早期的社会性、政治性内容"内潜"至诗歌表达本身，他越来越多地思考诗歌如何表现世界的丰富性与完整性，也越来越自觉，也越痛苦地意识到语言的局限与边界。如果说诗歌的理想（"道"）无法被语言穷尽——甚至可能被语言损坏的话，那么诗歌如何维持这两者之间脆弱的平衡呢？这个问题经常萦绕在其诗歌之中，他在观察、表现世界的同时反思其表现本身：

夜所盛放的过多，随水流去的又太少

永不安宁地在撞击。在撞击中

有一些夜晚开始而没有结束

---

(1) 多多、金丝燕：《诗，人，和内潜》，见《迎接新的文化转型时期——〈跨文化对话〉丛刊（1—16辑）选编》（乐黛云、钱林森、金丝燕主编），上海文艺出版社，2005年版，第189页。

(2) 凌越：《我的大学在田野——多多访谈录》，《多多诗选》，花城出版社，2005年版，第278页。

(3) 同上，第279页。

一些河流闪耀而不能看清它们的颜色

有一些时间在强烈地反对黑夜

有一些时间,在黑夜才到来

女人遇到很乖的小动物的夜晚

语言开始,而生命离去

——《北方的夜》(第二节,1985年)

在这节诗里,事物与时间都处于一种美妙而难以名状的律动状态中,仿佛水波一般一波一波涌入读者的眼帘,这种律动与其语言本身的音乐性律动互为表里。[1]值得注意的是最后一行,它像一个外来者一样扰乱了前面的诗行宁静的律动状态:多多强调,当语言开始时,生命反而离我们而去了。在这样一种无法名状的状态中,语言的出现显得多余,甚至有害,它扰乱了诗中的物象与时间的生命。正如庄子所云:"无名无实,在物之虚,可言可意,言而愈疏。"(《庄子·则阳》)对于"无名无实"的境界("道"),言说是有害无益的。除了上面的这首诗以外,在多多诗歌中这类反思语言有限性的作品还有很多,如《语言的制作来自厨房》《小麦的光芒》等。

但是,这种理解方式必然将人们引入一个两难处境之中,那就是,诗歌的理想("道")的境界既然无法言说、难以名状,可诗歌又必须用语言来表达,那岂不自相矛盾?多多是如何处理不可言说之"道"与言说(诗歌写作)本身的冲突呢?这个问题曾把一些学者引入歧途。柯雷《粉碎的语言》一书在分析了多多若干诗作(包括我们上面分析的那首)后,总结道:"多多的语言是无法控制的,不足以再现现实,因而也意味着不适宜和他人交流。对于多多诗歌而言,解决问题的方法是承认没什么可说的,没什么是非说不可的,而且其实什么也没说,已经说过的完全可以用别的方式说。"[2]我对柯雷对多多诗歌的深入研究素感钦佩,但还是难免对此极端之论感到惊讶——这个断语实际上也意味着多多的诗歌语言完全是无法交流、无法理解的,在艺术上是

---

(1) 我在另一篇文章中讨论了此诗语法结构对其音乐性的贡献,此不赘述,参阅李章斌:《多多诗歌的音乐结构》,载于《当代作家评论》2011年第3期。

(2) Maghiel van Crevel, *Language Shattered*, p.255.

没有必然性和合法性的。如果多多诗歌正如柯雷所云的话,任何对它们的研究(包括柯雷的)也就丧失了存在的意义。

笔者的见解与上面恰好相反,尽管多多的诗作和言论经常出现对"语言"的负面评价,但这并不意味着他在语言操作层面上蔑视诗歌——他那些对语言的否定见解其实是对语言之有限性的认识,因此也不意味着他的语言操作缺乏必要性与合法性,大部分多多诗作并不是无法理解、无法交流的。

要达到对多多诗歌的全面理解,必须对前述"道"与言的矛盾深入分析。实际上,多多本人对此矛盾有自觉的认识:"实际上,向道的境界,是语言无法呈现的。诗人的作用是什么?他就是要通过语言,通过建立语言的存在,接近这个境界,难处就在这里。"[1]一方面,"道"的境界无法由语言描述;另一方面,诗歌本身又是一种言说,只有通过建立语言的存在,诗人才能逼近这个境界。对于多多而言,得"道"并不需要抛弃语言,相反,诗之"道"的实现必须依赖更微妙的语言运作,得"道"必须同时得"诗"。于是,对"道"的不可言的坚持实际上是对揭露(语言表现)与混沌("道")之间的张力关系的追求,也是对过于明白的知识性、分析性语言的警惕。对这种悖论和张力的自觉认识与保持,在我看来,是多多诗学的核心之一。

多多一首"元诗"性质的诗歌《技》(1985年)直接表现了这个悖论。

百年来日暮每日凝聚的一刻
夕阳古老的意志沿着红墙移下
改造黄金——和锈穿红铜的努力啊

使得时间的飞逝,有如词语
浅浅地播洒过虚无,"静"
在一块高地上倾斜
——一阵铁的腥气

---

[1] 多多:《诗人社会是怎样一个江湖》(访谈)。

废墟，有如无言的词语

经历无言
蛇型地图蜿蜒
低音花朵颤抖，毛线图案斑斓

时钟王国矗立，有如可憎的寓言：

静寂的大雪百年未停，
茫茫世界供我们战栗
从眷念夕阳的铁皮屋顶站起
阅读，发生了奇迹——
崇高，即无言的凝视：

彩色石廊展现，河水丈量着河床
巨蟒纹身
挣脱豹眼中的图象

心力，聚敛秋果成熟的辉煌……

  这首诗歌很容易被理解为一幅气势恢宏的风景描写，如果不去注意诗中的"词语""无言"等词语和标题的提示的话。标题《技》引人思考：在多多的诗歌词典里，诗歌经常被称为"手艺"（"技"），最明显的例子是他那首颇有"夫子自道"性质的《手艺：和玛琳娜·茨维塔耶娃》，后者也暗示了多多把诗歌当作一种"技艺"这一观念的来源——茨维塔耶娃。

  实际上，这首诗可以说是首不折不扣的关于诗歌写作本身的诗歌，这首"元诗"寓言般地揭示了多多自身的诗歌写作。诗人在面对这样一个"茫茫世界"时，力图让词语播撒于"虚无"与"废墟"之中。这里"废墟"是"无言的词语"，它预示了一个未经词语耕耘的"前语言"世界，诗人则努力在其上建立一个色彩斑斓的世界——诗的世界。但是，诗人对世界的观察（即第六节中的"凝视"）本身又是"无言"的，这暗示着去保持世界的混沌状态和原始性，这个世界就像其后的三行诗所描绘的那样："彩色石廊展现，河水丈量着河床／巨蟒纹身／挣脱豹眼中的图象。"整首诗像是在刻画诗人自我与世界初次相遇：词语在这里处于休眠或者未被召唤的状态，世界自发向我们展示其完美而又令人战栗的完整性。

可是诗人在强调这种"凝视"的"无言"时，此诗作为一种语言操作却被完成了，它显得像是一次"神授"的自动写作。不过，最后一行的出现阻止了人们贸然做出这种判断："心力，聚敛秋果成熟的辉煌……"诗人暗示他是在用"心力"来"聚敛"他所凝视的对象。"心力"在现代汉语中一般以"心力交瘁"一语出现，这里诗人把最后一行单独成段来强调它，暗示了诗创造的艰辛与痛苦。反观前面的诗节，它们所描绘的壮阔景观实际上是巨大心力付出的成果。于是，这首诗歌潜藏了难以言状的茫茫世界与诗人的"心力"之间的张力或"对峙"。在激烈的"对峙"中，诗歌作为一种技艺神秘地诞生了。

多多诗歌中经常出现的对人类经验、语言的反省，他对超越语言的"道"的寻求与语言表现本身的悖论经常出现在他的诗歌之中，从而使他的诗歌带有明显的形而上的色彩和悖论性质，《小麦的光芒》这首诗就是如此：

闪电是个白色的织布人，毫不理会
午后一阵高过一阵的劈柴声
密林才是歌手，唱瓦沟里的草
先于我而知道的，唱竖琴被搂于割草人
怀中时唱过的，唱光所知道的
先于光所知道的，先于知道的
而知道了所有的

小麦的光芒

第5～7行以一个回环曲折的句子来实现绕口令般的音乐难度和不容

辩驳的气势:"唱光所知道的／先于光所知道的,先于知道的//而知道了所有的。"这里的悖论极其显眼:"小麦的光芒"在"知道"(知识)之前就已经知道了一切,显然它的"知道"不是人类知识论意义上的"知道"。至于它是什么,难以断言,我想只能以多多自己的术语来解释——"道"。这里"小麦的光芒"蒙上了一层迷人的形而上色彩,在我看来,多多后期诗歌的魅力与晦涩很大程度上来源于这股"元诗"性质的形而上趋向。

三、悖论的语言

前面说过,多多对当下诗歌创作中知识的侵入有自觉的警惕,这种警惕包含于他对混沌("道")与揭露之张力平衡关系的保持中。为了保持这种平衡,抵制知识语言对诗歌的侵入,多多采取了多种语言策略,其中最为明显也最能体现多多诗歌语言之本质的策略,是反对知性语言的指涉性与逻辑性,使语言本身变得自相矛盾,处处隐含着张力。在本节中,我们尝试提出一种理解悖论语言的方式,即"姿势语言"的理念,以更好地探索多多后期诗歌的特质。

来看《在这样一种天气里来自天气的任何意义都没有》(1993年)第一节:

土地没有幅员,铁轨朝向没有方向
被一场做完的梦所拒绝
被装进一只鞋匣里
被一种无法控诉所控制
在虫子走过的时间里
畏惧死亡的人更加依赖畏惧

杨小滨曾不无困惑地分析道:"(这首诗)几乎每一行诗句都在自反(self-negative)的状态下变得不可收拾,变得无法说明,无法理解,每一个词语都被出现在它之后的词引向不确定、不可能以及荒诞……

但无论如何,都暗示着一种精神的绝境。"[1]确实,这首诗(包括其诗题)句句都是悖论,充满了冲突与张力。比如"铁轨朝向没有方向","铁轨"朝向为何没有方向?没有方向又何来"朝向"?又如"畏惧死亡的人更加依赖畏惧",既然诗里的"人"畏惧死亡,为何还要去"依赖"这种畏惧呢?多多诗中类似的语句俯仰可见:"用失去指头的手指着"(《为了》),"比一个男人高,又比另一个男人的中指短"(《节日》),"像众神只在夜间寻找女人的指缝／那样地,去尽情演奏人不是人"(《节日》),"当你飞翔的臀部锁住那锁不住的方向"(《锁不住的方向》),"把一切平面重新变为障碍／以后,海底巨石滚动失语世界的轰鸣"(《影子》)。由于这些诗句显而易见的想象力与创造力,它们像塞壬的歌声一样吸引着读者和研究者,但又对我们的理解力构成了严峻的挑战。

不过,这样的语法并不是无法理解、无法说明的,更不是毫无意义或可有可无的。对于《在这样一种天气里来自天气的任何意义都没有》而言,尽管有如此多的矛盾、悖论,读者还是不难感受到诗中暗示出的绝望、虚无的情绪,而这种情绪正是通过那些"自反"语言凸显出来的。以最后一句"畏惧死亡的人更加依赖畏惧"为例,不妨先把它变换成另一个相似的句子,来看效果如何:"畏惧死亡的人变得更加畏惧了。"这样一改之后,原句的矛盾消失了,意义也明确了,但其语言的张力与微妙性远远比不上原诗。当然,原句也有"更加畏惧"的含义,但其潜台词不仅限于此。关键在于"依赖"一词,既然诗中的"人"如此畏惧死亡,而又越来越"依赖"这种情绪,那岂不是像吸毒的瘾君子一样,明知有害却又越陷越深!这是何其可怕的一种"畏惧"!

这一句的上下文也支持和强化了前面的理解,上一行"在虫子走过的时间里"里的"虫子"令人想到庄子所云之"朝菌不知晦朔,蟪蛄不知春秋"(《庄子·逍遥游》),它暗示着生命的短暂与死亡的无情。多多在另一句诗中也强调了这种内涵:"五年内,二十代虫子死光"(《五年》)。当我们考虑到诗中的"畏惧"是在如此短暂的时间内变得越来越无法收拾时,"死亡"的必然性王国就越来越压倒性地侵占

---

[1] 杨小滨:《今天的"今天派"诗歌:论北岛、多多、严力、杨炼的海外诗作》,《今天》1995年第4期,第249页。

了"人"的灵魂了。对于这样一种境况，诗人感到"无法控诉"，然而又被欲言还罢的痛苦情境所"控制"（第4行）。越是深入分析这些诗句，就越感到诗人陷于绝望之境地越深，仿佛泥潭中的溺水者一般逐渐下沉。

通过有意地"破坏"词语的字面意义，多多在其诗句中潜藏了极大的张力与曲折的感受，也有力地深入文化、心理的深层结构之中。黄灿然对此有深刻的体认："多多另一个直取诗歌核心并且再次跟传统的血脉连接的美德是，他的句子总是能够超越词语的表层意义，邀请我们更深地进入文化、历史、心理、记忆和现实的上下文。"[1]字面意义以及逻辑性、指涉性的销毁带来的并不是语义的虚无，而是更为幽深曲折的语义迷宫，它通往更为深入的文化、历史、心理结构，以及多多所谓"道"的世界。

在多多的《没有》（1991年）里，这种拆毁语言逻辑性和指涉性的冲动更为明显，也更容易让人产生误解。

没有人向我告别
没有人彼此告别
没有人向死人告别，这早晨开始时

没有它自身的边际

除了语言，朝向土地被失去的边际
除了郁金香盛开的鲜肉，朝向深夜不闭的窗户
除了我的窗户，朝向我不再懂得的语言

没有语言

只有光反复折磨着，折磨着
那只反复拉动在黎明的锯

（1）　黄灿然：《最初的契约》，载《天涯》1998年第6期，收入《多多诗选》，花城出版社，2005年版，第262页。

只有郁金香骚动着,直至不再骚动

没有郁金香

只有光,停滞在黎明
星光,播洒在疾驰列车沉睡的行李间内
最后的光,从婴儿脸上流下

没有光

我用斧劈开肉,听到牧人在黎明的尖叫
我打开窗户,听到光与冰的对喊
是喊声让雾的锁链崩裂

没有喊声

只有土地
只有土地和运谷子的人知道
只在午夜鸣叫的鸟是看到过黎明的鸟

没有黎明

柯雷认为,"没有语言"(第四节)一语有着显著的诗学性质,"它既强调了诗人在面对诗歌媒介时的能力,也强调了他的无力,因为正是用语言的方式,语言本身才被否定"。他认为在《没有》里面,表达一个事物的词语导致了这个事物本身的缺席或不存在,因此,这里的语言已经完全排除了现实。[1]柯雷的分析在逻辑上看起来能够自圆其说,但他过于拘泥于某些诗句(如"没有语言")的字面含义,忽视了它们出现的语境与全诗的结构,因此把这首诗理解为对作为诗歌媒

---

(1) Maghiel van Crevel, *Language Shattered*, pp.251–252.

介的语言的否定,也有把问题简单化之嫌。前面我们分析到,多多并未否定语言操作本身(恰好相反,他对其意义极为重视),而"没有语言"一句也不能理解为多多对语言作为诗歌媒介的否定陈述。综观全诗,它由三行诗节与单行诗节相互间隔而成,而且每一个单行诗节都是对其前面的三行诗节的内容的否定;而有的三行诗节又是对前面的单行诗节的否定,比如第八节说"没有光",第九节又说"光与冰的对喊",显然在逻辑上自相矛盾。因此,读者也不能骤然下判断说单行诗节比三行诗节有更大真实性。这些诗句就像多多另一首《元诗》所云:"它们是自主的/互相爬到一起/对抗自身的意义/读它们/它们就厮杀"(《字》)。如果按照日常语言的逻辑去理解这首诗歌,可以说诗中所有叙述都是"假陈述",因而诗歌也就完全排除了与现实的关系(正如柯雷所云)。但是这样一来,"没有语言"一语也可以说是没有意义的陈述,因此也不能引申出这是诗人对语言的否定这个结论。可见,柯雷的分析路径实际上自相矛盾,按照日常语言的逻辑性与"语言—现实"的直接指涉关系来理解多多的诗歌,必然举步维艰。

第一节提到过道家和多多对于悟"道"的见解,就是要敢于抛弃知识论与因果论的理解方式。如果简单地凭着一些因果逻辑推理和一些套用某些多多诗句的字面意义,就断言多多诗歌的语言如何,只会离多多诗歌的本质越来越远。首先来观察"没有语言"的上下文。它实际上是对上一句"除了我的窗户,朝向我不再懂得的语言"的否定(每个单行诗节都是如此)。应当注意的是,写这首诗时(1991年)的多多正居住在荷兰,多多曾说他不会用荷兰语,也不学荷兰语[1](可见,此诗的陈述与现实还是有曲折的关联)。结合上一句,"没有语言"这句就不难理解了:面对着自己不懂的语言,语言有没有又有什么区别呢?可见它强调的是诗人与外界的隔绝感,这也呼应了第一节的中"没有人向我告别/没有人彼此告别"。对于身处异国且不懂当地语言的流亡诗人而言,这种隔绝感实在是再平常不过了。其实,这两行

---

(1) 多多、金丝燕:《诗,人,和内潜》,载于《迎接新的文化转型时期——〈跨文化对话〉丛刊(1—16辑)选编》(乐黛云、钱林森、金丝燕主编),上海文艺出版社,2005年版,第182页。

诗歌更应该理解为一个(跨段的)句子:"除了我的窗户,朝向我不再懂得的语言(以外)∥没有语言。"这种解读同样反映了诗人与他人、世界的孤立与隔绝之感。可见,把"没有语言"理解为诗人对语言作为诗歌媒介的表达能力的质疑是没有道理的,全诗也并未暗示诗人在操作语言上的无能为力。

更重要的是,仅仅强调"没有语言"而忽略它的前后文是对多多整首诗,乃至所有诗作的语言风格的否定与扭曲。在多多诗歌中,这种相互矛盾、相互"厮杀"的语言非常常见(详前),只强调"厮杀"双方中的一方显然对另一方极不"公平",也无意中抹除了多多语言中的内在张力与潜在意义。按照这种固执于部分语句的字面意义的解读方式,多多的很多诗句和言谈都会无法解释。例如多多曾说"无语的时候,词语仍是中心"[1],试问,这到底是在肯定语言呢,还是在否定它呢?这里着重剖析柯雷的观点,并不是否定柯雷在多多研究上付出的努力,而是因为它典型地反映了那种按照日常语言和逻辑来理解多多诗歌的方式,按照这种理解方式,人们势必掉入多多所设置的语言陷阱中,我们需要一种超越日常经验与逻辑的方式来理解多多的诗歌。

《没有》一诗中不断重复的"没有""只有"等句式让我们想到了布莱克默尔(R.P.Blackmur)所提出的"作为姿势的语言"(language as gesture)概念。在他看来,很多杰出作品的语言常常摆脱日常的语言模式与字面意义,从而获得一种"姿势意义";而使语言成为"姿势"的重要途径之一便是各种形式的重复(如格律、押韵和复沓等),让语言具有秩序和音乐性。[2]这种方式也体现于多多诗歌中。在《没有》里,多多反复使用"没有""只有"领起的诗句,从而使它们不再是简单的对现实的肯定或否定,而获得了某种字面以外的意义。整体来看,"只有"往往暗示了诗人心中仅存的渺茫希望或期待,而其后"没有"句式的出现则覆灭了这种希望,这种对立模式在诗中反复上演,在诗歌的

---

(1) 多多:"第三届华语传媒最佳诗人奖"受奖演说,载《当代作家评论》2005年第3期。
(2) R.P.Blackmur, *Language as Gesture : essays in peotry*, New York:Harcount Rrace and Company, 1952, pp.20–21.

最后达到了高潮:"没有黎明"宣示了诗人内心极大的矛盾与痛苦。[1]

从韵律上来说,互相间隔的三行诗节与单行诗节之间的区别是有潜在含义的,三行诗节是一个逐渐向高潮推进的旋律,而其后的单行诗节则从顶点急剧俯冲而下。整首诗歌是不折不扣的"对位"/"复调"(counterpoint)结构,由两种截然有别的音调(三行诗节与单行诗节)组成,两种音调之间的对立与情绪的对立互为表里,它们之间的激烈冲突本身就显示了诗人内心的矛盾和痛苦。在多多诗歌中,除了《没有》之外,我们还在一系列的诗歌中看到这种通过词语之间的悖论、重复与音乐性的建立,使得语言获得明显的非常规意义的做法,例如《归来》《依旧是》《节日》《为了》等。在这些诗歌中,一些简单的日常用语(如"瞬间""依旧是""为了")在诗中变得意义异常丰富的同时,又具备了微妙的音乐力量,它们几乎成了多多的"注册商标"。

多多诗歌语言的突出特色便是极大的矛盾与张力,这种矛盾与张力在重复与音乐结构中愈演愈烈,从而使语言获得了超出日常语言的潜在含义。这一点与超现实主义诗歌颇为接近,在布莱克默尔看来,超现实主义诗歌的主要追求就是"有意地从语境中抹除正常的意义模式,从而释放'语言的姿势'"[2]。在我看来,多多诗歌与超现实主义诗歌本质上的相通之处,不仅在于意象的夸张构造,更在于这种有意打破正常的语义模式以获得某种"姿势"意义的做法。在日常语言中,人们不会将某种现实同时描述为"是"/"不是","有"/"没有",也就是说,人们必须做出"是"/"否",也就是此非彼的元语言选择。而在诗歌中,完全可以存在亦此亦彼,乃至非此非彼的情况。而且,通过重复、变化和音乐结构的建立,语言得以释放其姿势意义,自相矛盾的陈述完全可以以具备丰富的对话性与多义性,以及复杂的意义和情感的张力。在这方面,多多诗歌在现代汉诗中具备突出的典范性。

---

(1) 布莱克默尔书中也分析了莎士比亚戏剧《哈姆雷特》和《麦克白》中的两段文字,以说明某些词语在反复使用中是如何改变其本来的意义,成为一个姿势,这与多多的这些词语颇为相似,可互相参照,见R.P.Blackmur, *Language as Gesture : essays in poetry*, p.15.

(2) Ibid, p.19.

四、结论

与古诗相比,现代汉诗一直因为其形式自由和意义晦涩的总体趋向而备受争议,也饱受诟病。多多诗歌又可以说是现代汉诗中意义最为隐晦的作品之一。阅读他的作品不仅对普通读者,甚至对研究者的理解力与感受力也构成了挑战。多多在20世纪70—90年代一直处于诗坛的边缘,除了几个较有识力的诗人与批评家之外,很少有读者关注他的作品。这除了其个人的性格因素以外,主要的原因是其困难的形而上诗风和悖论重重的语言风格,更深层的原因则是其诗歌习尚与当代中国读者品位之间的巨大差距。然而最近十年来,随着中国诗歌走向的变化和多多作品可获得性的增加,他在中国诗界的声誉与日俱增。可以说,多多诗歌的接受情况本身就反映了中国诗坛习尚的变迁。他对日常经验与语言模式的挑战、对新的诗学境界和诗歌范式的追求,他在意象与修辞上大胆的创造性,已经越来越多地得到了读者的认同和诗人的响应。

钱锺书在谈到诗歌里的种种自相矛盾、违背逻辑和不符常理之处时,曾引古人李重华之言以述其意:"诗求文理能通者,为初学者之言也。论山水奇妙曰:'路径绝而风云通。'路径绝,人所不能通也;如是而风云又通,其为通也又至矣。"[1]径路之绝,体现的是人的理性的有限性,是日常经验与逻辑难以到达之处,而风云又通,体现的是人对无限性的渴求(也就是多多所谓"道"的寻求),也是对语言未照明、未到达之处的探求。在这条通往"风云"的路上,多多可以说是走得最远的当代诗人之一。■

---

(1) 钱锺书:《钱锺书论学文选》(第4册),花城出版社,1990年版,第198页。

暮晚的向道　多多研究集

一

"诗人的真正传记就像鸟类的传记一样……是他们所发出声音的方式。"(布罗茨基《潮汐的声音》)作为一名发出特殊声音的诗人,多多已经进入了当代汉语诗歌的传统。对于汉语而言,他的诗歌如果不是一次地震,至少是一次不可回避的事件,也许只有在忠实于这次事件的基础上,处于成熟过程中的汉语诗歌才能拥有属于自己的发声装置。

当代汉语的特殊情形决定了一名当代诗人并不是要在与大师们的声音谱系中进行不断辩驳、反抗、摧毁(虽然不排除与翻译的无限搏斗)中逐步建立起自己诗歌的节奏、频率和音质。相反,在多多开始写作的时候,在当代汉语诗歌异常贫乏、薄弱的环节上,多多的诗歌以开创性的语言顷刻之间就建构了一种积极的、清晰的语言气候。他那些一开始就显示出"不可一世"高度的作品,形成了具有特定浓度和温度的诗歌云层,这些诗歌已经凝聚为一种传统,嵌入汉语的大气结构之中。构筑这些云层的原初物质则是多多的声音,这种声音以鲜明的样态栖止于汉语的上空,逐渐开拓出诗歌的疆土,培育出汉语的独特地貌、生态和人的生活。

当然,多多并不是将写诗视为歌唱的诗人,虽然他早年的确学习

骄傲的听觉——论多多 ※   胡桑
※《诗建设》2011年第2期。

过美声唱法，并且"是一个永恒地唱不上高音的男高音"(《北京地下诗歌(1970—1978)》)。多多是一名纯粹的、自觉的抒情诗人，他将诗歌剥离出政治、文化、历史、经济、情感、存在甚至音乐等误区的单一磁场，而恢复为对词语和生存自身的多维度感受。所以，多多诗歌中的声音并不具备通常意义上的歌唱性元素，而是充盈着在诗歌内部的、凭借着他对语言本身的敏感向母语核心冲刺的回声。而且，多多诗歌的纯粹性，并不体现为自我封闭的词语拼盘，相反，他的诗句一再地突破词语的外壳而进入其语义场的核心地带，并总是试图侦破出裹挟着历史与时间痕迹的诗歌信息，从而更新着这个时代的生存感受，提炼出生活中的结晶体。的确，读多多诗歌的第一印象是，他在诗歌里独立出了一个自我规范的王国，可是，经过仔细辨认就会发现，这个王国依然属于人世的综合，它承受着外部现实的压强，又保持着自身内部系统的法则。多多的声音凝聚于语言内部，又向外承受生命和世界的击打。

词语的搏击法则在多多的诗歌中承担了关键动力，他的词语总是相互对抗、摩擦、撕扯、咬合，从而产生出不被日常语义所蒙骗的陌生音色。这种声音的存在使多多从一开始就超越了意象写作和象征写作，从而进入语言的核心。多多善于倾听词语裂隙间的声音。在多多的诗中，词语往往是"自主的／互相爬到一起／对抗自身的意义"(《字》)。多多甚至将词语置入一个模棱两可的"危险"境地，但正是在这种险境中，词语成功摆脱了日常语义的束缚，进而飞升起来而产生出高超的音乐效果。由于拒绝了日常语义的捆绑，多多的诗歌甚至具备了虚构的意义：他的诗"只有虚构在进行"(《在这样一种天气里来自天气的任何意义都没有》)。这并不是说，多多的诗歌不食人间烟火，而是指他的诗歌具有对经验进行变形、易容的能力。这种变形是一种高端的虚构，而只有虚构的声音才能从根本上调整日常的听力。多多诗歌中遍布着这种振奋听觉的声音，它可以是"一丝比忧伤纺线还要细弱的声音"(《北方的声音》)，可以是"从花朵中开放出来的声音"(《大树》)，也可以是"一万把钢刀碰响的声音"(《一个故事中有他全部的过去》)。一门语言最精准、最深邃的听力必定是由这门语言的诗人所训练出来的。多多就是这样一名技艺高超的词语调音师，他持续地训练着汉语的听觉。

二

早在20世纪70年代初,多多就挺进汉语的"内陆"而成为一名"陌生人"。据多多自己声称,他真正的写作开始于1972年。《当人民从干酪上站起》的第一个词就为他找到了站立在这个世界上的原点:诗歌("歌声")。歌声,按照布罗茨基的说法,就是"重构的时间"(布罗茨基《文明的孩子》)。击碎并重构现实,忠实于自己,又吸纳并且试图澄清外部世界,这是一种具有自身法则的诗歌魔法。

多多的语言并不服从现实的必然法则,而一意孤行地向可能性的高空攀升,从而树立了他作为一个如此深入地挺进汉语腹地的源头性诗人的形象。他总是站在时代的裂隙中,或者说,他总是站在语言的内部。多多正是借助陌生的声音而实现拯救词语的任务:不断地清洗被滥用的词语。在这首诗中那些以黑色为基调的句子里,诗歌的肌肉受语言的脉搏驱动,充满着紧张、对立和反讽,完全不能与语言的日常逻辑直接对应,而这是诗歌这门艺术的基本律令,通过改变语言,从而改变对生活的感受以及生活本身。每一个时代都需要自己的诗人来更新语言系统。在写这首诗的第二年,多多有一首《手艺——和玛琳娜·茨维塔耶娃》。在这首诗中,多多已经抵达了那个时代最为陌生的语言地带:

我写青春沦落的诗
(写不贞的诗)
写在窄长的房间中
被诗人奸污
被咖啡馆辞退街头的诗
我那冷漠的
再无怨恨的诗
(本身就是一个故事)

我那没有人读的诗

正如一个故事的历史

我那失去骄傲

失去爱情的

（我那贵族的诗）

她，终会被农民娶走

她，就是我荒废的时日……

——多多《手艺——和玛琳娜·茨维塔耶娃》（1973年）

这样的诗句暗示，多多的诗一开始就已自觉地与波德莱尔开创的现代诗歌传统"焊接"在一起。他继续沿着波德莱尔的道路行进，书写现代性黄昏中的恶的美学："被破坏的美"（《女人》）。用多多自己的语言来说，他的诗从"指缝中看世界"（《鳄鱼市场》）。在写作初期，"多多的诗从一开始就由于缺乏那种对光明的遐想而显出绝对的晦暗"（杨小滨《今天的"今天派"》）。多多诗歌的另一个可贵之处在于，身体总是在场的，即主体承担着时代的恶，并没有将痛苦轻易推卸给不正当的时代。现代诗歌总是站在自己时代的阴影里，它在源头上就与颓废并肩而行，多多写于1976年的《教诲》，其副题即"颓废的纪念"。而在《手艺——和玛琳娜·茨维塔耶娃》这首诗里，多多反复地申诉自己诗歌的质地与属性，这是一种与时代悖反、充满失败感的诗，但又透露着无可救药的骄傲，使诗歌成为不能被现代性消费的神秘余数。在语言中自觉，必然会携带着语言的骄傲。多多用一种傲慢而幽深的语言写诗，他的骄傲是一种现代诗的骄傲，他甚至写过："整个英格兰，容不下我的骄傲。"（《在英格兰》）正是这种骄傲，让多多在某些时刻甚至触碰到马拉美的诗歌本体论——将诗歌视为一种"与语言独处"的"专制性幻象"（弗里德里希《现代诗歌的结构》）。多多曾经这样写过："要是语言的制作来自厨房／内心就是卧室。他们说／内心要是卧室／妄想，就是卧室的主人。"（《语言的制作来自厨房》）这是一种无功利的妄想，证明诗歌是一门自由而充满可能性的手艺。在与《手艺——和玛琳娜·茨维塔耶娃》创作于同一年的一首题为《诗人》的诗中，多多甚至将诗人设想为一个"一事无成"的"脆弱的帝王"：

> 披着月光，我被拥为脆弱的帝王
> 听凭蜂群般的句子涌来
> 在我青春的躯体上推敲
> 它们挖掘着我，思考着我
> 它们让我一事无成。

多多的诗歌抵达了现代诗歌的高度。他的许多句子是对语言自身的幻想——"听凭蜂群般的句子涌来"，仿佛语言获得了自觉的生命力。"词，瞬间就走回词典／但在词语之内，航行。"（《归来》）这使得多多的诗歌具备了隐秘而独立的内部空间，其强大的磁场调适着任何时代的想象力、情感甚至良知，犹如急流中的巨石，改变着水流的方向和形状，自身却岿然不动。在政治抒情时代，多多的诗显得狂暴、晦暗而不负责任；在文化抒情时代，他的诗又过于自然、清晰、准确、天真而又幻想；在形式抒情时代，他的诗又显得充盈、孤僻、恋旧，杂糅着难以辨析的声音而不够纯粹；而在叙事抒情时代，多多的诗又显得完整、高傲，凭借抽象的羽翼而不肯着陆。多多的诗完成了个人精神的验证，抵挡住了每个时代的诱惑和骗局，他的诗拒绝被改写，甚至摧毁了每个时代贫瘠、屈服、麻痹的幻觉，多多的诗也从来没有被任何一个流派、任何一种口号钳制过。

三

正如在诗歌中所写，多多相信"一种解散现实的可能性"（《我姨夫》）。但，多多的诗并不是封闭自身、纯粹幻想的产物，反而随处鸣响着事物的声音。只不过，他拒绝了现实的习惯性语法，而使事物恢复了语言意义的自由："我相信天空是可以移动的。"（《我姨夫》）因为，多多对事物秉持一种"翻译"的态度。在一首叫作《走向冬天》的诗里，多多就出色地倾听过事物翻译自身的声音："五月麦浪的翻译声，已是这般久远。"正是通过事物持续地翻译和重构,多多"为自己找到了提升万物的瞬间,诗的语言将获得突然的和精确的亮度"(格仁拜因《蚂蚁般伟大》)。只有对语言本身和人类生存极度敏感的诗人,才不至于迷恋词语表面的绚烂和零落造成的幻象。多多强调过自己诗歌的清晰和准确,那是一种内在的清晰。

多多的声音往往是暴烈的、高傲的,这源于他甘愿接受词语声音的命令,他的许多句子溢出了日常语法所能忍受的最大限度,而在那一瞬间,经验本身也得以超越。多多诗中的一些词语经常上升为强制性力量,而命令诗人发声。最具爆发力的是这样的句子:"死亡的命令是 / '继续悲悼。'"(《授》)

"我是在风暴中长大的。"(《北方的声音》)多多是一个风暴之子,他能够将诗歌置入一种临界的张力中。换句话说,多多的诗歌具有史蒂文斯所谓的诗歌内部的暴力,它可以用来纠正世界,但这种暴力绝非从20世纪80年代开始流行并弥漫的口语诗歌所误解的道德意义上的暴力,后者已经溢出了诗的边界,从而抵消了诗歌的力量。诗歌的技艺是从属于诗歌种族的契约,而不是坦克、舌头甚至唾沫所标榜的杀伤力。正如黄灿然所说:"多多的意义就在于,他忠于他与诗歌之间那个最初的契约,直取并牢牢抓住诗歌的核心。"(黄灿然《最初的契约》)

> 当他敞开遍身朝向大海的窗户
> 向一万把钢刀碰响的声音投去
> 一个故事中有他全部的过去
> 所有的舌头都向这个声音投去
> 并且衔回了碰响这个声音的一万把钢刀
> 于是,所有的日子都挤进一个日子
> 于是每一年都多了一天
> ——《一个故事中有他全部的过去》(节选,1983年)

诗歌不是封闭的器皿,而是洞开的窗户。在这首《一个故事中有他全部的过去》的开头充满着一种高亢的声音:"一万把钢刀碰响的声音。"敞开"是多多诗歌中的基本姿态,意味着一种无限的开放性,在这种开放的空间中,声音获得了辽远的回声。多多不惮于将身体带入诗歌,"遍身朝向大海的窗户"是对自己身体的最大胆的想象,而这个身体此时要被打开,朝向"大海"这个外部空间,然后出现了"一万把钢刀碰响的声音",这种极具暴力性的声音,逼迫着身体接受声音风暴的撞击。"大海"是多多热衷的一个语象,它代表多多诗歌中的广阔空间,尤其惊心动魄地出现在下面这个句子里:"看过了冬天的海,血管中流的一定不再是血／所以做爱时一定要望着大海。"(《看海》)类似的词语还有"北方"、"田野"、"暴风雪"("暴风雨")、"风"、"天空",等等。这些语象都是"听觉之内的殿堂"(希尼《归功于诗》),它们拥抱多多诗歌的声音,并将它带向辽阔而深邃的远方。在这里,多多的诗句已经彻底胀破了里尔克所书写过的句子:"我认出了风暴,激动有如大海。"(里尔克《秋日》)在多多的诗句中,这种向外敞开时的领受与迎接风暴的击打,由于"声音"这个特殊的修辞而更加内在化了,只有最"内在"的耳朵才能倾听事物的声音。于是"一个故事中有他全部的过去"这个句子顺其自然地出现了,声音引发出一个深邃的时间维度。接下来"所有的舌头"继续加强前面的声音,然后诗歌达到一个高潮:"于是,所有的日子都挤进一个日子／于是每一年都多了一天。"诗歌归根结底是一门时间的艺术,通过语言的书写、对声音的倾听,诗歌最终改变了时间的日常形态,从而可能导致生活态度的改变,诗歌的功能也就在这一瞬间完成了。多多的声音是一种"在你自己的存在中抓住已经占有和突破了你自己的东西"(阿兰·巴丢《伦理学:关于恶的理解》)。多多具备一种瞬间抓住突破性声音的能力。

多多极为喜欢书写的一个词语是"马",它的语义是丰富而多变的,在《我读着》一诗中的"马"与"父亲"同构,与大地紧密联系着。有时候,"马"代表着多多凝视这个世界的目光:"从马眼中我望到整个大海。"(《火光深处》)这是一种极具内爆力的目光:"在马眼中溅起了波涛。"(《冬夜的天空》)它也可以用来表达离乡或出国后的忧伤:"从马的嘶鸣中辨认乡音。"(《总是》)这是一种形而上的乡愁,是诗歌与人在这个向着现代性冲刺的时代被剥离大地后而具有内在的怀旧。但是,大部分时候,"马"是多多的诗歌声音的化身,它代表多多诗歌的基本姿态：行走于大地之上，而面向天空吟唱。在多多笔下，"马"经常是一种声音的存在："马蹄声中依然有语气，有语法，／有预感：还有诗行呵。"（《小麦的光芒》）马的嘶鸣声则十分接近于多多那种暴烈、严厉而又温暖的声音。"马"甚至是诗歌纯粹性的变形，在那种迅疾而流畅的奔跑中，马的身影抵抗着这个日益世俗化的世界，也是多多个人孤绝精神的证明。在一首直接命名为《马》的诗中，多多将"马"视为"旧世界的最后一名骑士"。关于马与声音的诗句更是遍布于多多的诗歌中："我的头肿大着，像千万只马蹄在击鼓。"（《一个故事中有他全部的过去》）"世界是个大窗户窗外有马／在吃掉一万盏灯后的嘶鸣。"（《北方的夜》）"马蹄声，在响亮的铁板上开了花。"（《笨女儿》）"他的结核，照亮了一匹马的左肺。"（《我读着》）"听马尿又要顺着马腿淌下时的炮声。"（《总是》）

四

高傲的声音并没有导致多多诗歌脱离地面而变得与人生存的世界无关，相反，多多发明了一种在自然语象与人世语象之间搏斗的修辞，从而将词语都转化为人存在于其中的空间，使诗歌中的声音具备了栖止之所。最为奇特的是创作相隔十余年遥相呼应的关于月亮的两句诗："月亮亮得像疤痕"（《大宅》）和"月亮亮得像一口痰"（《看海》）。多多书写对事物的感受，总是切近的，他敢于承担事物的重力，比如，他常常写到"额头"这个词，而这个词又常常伴随着一些比较强力的自然事物而出现："在光的磁砖的额头上滑行"（《爱好哭泣的窗户》），"雪锹铲平了冬天的额头"（《春之舞》），"走在额头飘雪的夜里"（《依旧是》）。又比如"犁"（"犁沟"）这个词将诗人的感受束缚于大地，传达着农业文明在疯狂的现代进程中的内在记忆与痛感："有一张犁让我疼痛／北方闲置的田野有一张犁让我疼痛。"（《北方闲置的田野有一张犁让我疼痛》）"犁尖也曾破出土壤，摇动／记忆之子咳着血醒来。"（《当春天的灵车穿过开采硫磺的流放地》）"我的腿是一只半跪在泥土中的犁。"（《十月的天空》）多多出国后，"犁"则演化为一种切身的乡愁:"是我的翅膀使我出名,是英格兰／使我到达我被失去的地点／记忆,但不再留下犁沟"(《在英格兰》);"一张挂满珍珠的犁／犁开了存留于脑子中的墓地"(《那些岛屿》);"从海上认识犁,瞬间／就认出我们有过的勇气"(《归来》)。

从树的任何方向我都接受天空
树间隐藏着橄榄绿的字
像光隐藏在词典里

被逝去的星辰记录着
被瞎了眼的鸟群平衡着,光
和它的阴影,死和将死

两只梨荡着,在树上
果实有最初的阴影
像树间隐藏的铃声

在树上,十二月的风抵抗着更烈的酒
有一阵风,催促话语的来临
被谷仓的立柱挡着,挡住

被大理石的噩梦梦着,梦到
被风走下墓碑的声响惊动,惊醒
最后的树叶向天空奔去

秋天的书写,从树的死亡中萌发
铃声,就在那时照亮我的脸
在最后一次运送黄金的天空——
——《什么时候我知道铃声是绿色的》

"树"是另一个在多多诗歌中占据独特位置的词语,它也具备声音的存在，比如这首诗中"树间隐藏的铃声"响彻始终。与"马"的迅疾而开阔的声音不同，"树"的声音更加切近大地。它可以是一种怀旧的事物，比如，当它突然叠映在阿姆斯特丹的河流影像之中时，就将时间移植入异国的空间："十一月入夜的城市？唯有阿姆斯特丹的河流／突然／我家树上的橘子／在秋风中晃动。"（《阿姆斯特丹的河流》）作为多多诗歌气候培养的主要生物中，"马"是主要的动物，而主要的植被则是"树"。当然，在多多诗歌中，"树"是语言的存在，这首诗中"字""词典""记录""话语""书写"等词语都指向语言自身和书写行为。更重要的，"树"是天空（"暴风雪""暴风雨""风""天空"）与大地（"北方""田野"）的辩证法，使多多的诗歌在开放的同时又向内凝聚："从树的任何方向我都接受天空。""树"又是光与阴影的辩证法，它在光线之下制造阴影："光／和它的阴影，死和将死／两只梨荡着，在树上。"现代诗歌（以及艺术）的一个重要成果就是对阴影的发现，即在现代性的光明中发现被遮蔽的阴影。对阴影的发现，使多多在20世纪70年代就专注于书写黑暗、颓废和失败者。而在80年代，他同样持续地以"被俘的野蛮的心永远向着太阳"，去"解放被春天流放的消息"。于是，诗歌接下来出现了最阴森的几行："被大理石的噩梦梦着，梦到／被风走下墓碑的声响惊动，惊醒／最后的树叶向天空奔去。"诗歌最后一句达到了声音最开阔、最高的瞬间。"运送黄金的天空"是多多诗歌中尤其壮丽的空间，里面回荡着多多最高傲而严厉的声音。这是一种专制性的命令，它回应着荀红军翻译的曼德尔施塔姆遥远的命令："黄金在天上舞蹈／命令我歌唱。"（曼德尔施塔姆《我懂得直哆嗦》）

这首诗中还出现了"果实"，尤其是"梨"，这也是多多使用频率很高的词语。"果实"和"梨"常常是一种温暖、欢愉的记忆："依旧是七十只梨子在树上笑歪了脸。"（《依旧是》）"滞留于屋檐的雨滴／提醒，晚秋时节，故人故事／撞开过几代家门的果实／满院都是。"（《四合院》）"果实"在这首诗里，则是另外的形象："果实有最初的阴影。"多多善于发展现代诗歌的反讽，他总是开掘出一个词的最大限度的语义潜能，使他的诗歌具备了不稳定性和诸多可能性，因而也具备了抵抗阐释的能力。比如，"梨"这个词具备了阴影深处的寂静，在他的一些诗中,"梨"也是多多诗歌中完成、寂静的一面:"寂静……/是一只只迷人的梨/悬着。"(《爱好哭泣的窗户》)"连这只梨内也是一片寂静。"(《歌声》)善于书写声音的诗人,必然善于倾听寂静,就像透彻地生活的人,总是能够领悟死亡,暴烈的人则往往能够拥有极致的温柔。在《诗人之死》中,多多就吟唱过:"呵,寂静,那温柔的寂静。""呵,寂静,那永恒的寂静。"对于多多而言,"寂静,是一面镜子。"(《爱好哭泣的窗户》)在多多诗歌中,寂静是绝对的声音,从中能够映射出世界的秘密以及诗歌的本质。寂静,是向内在极限的窥探,下面这首名为《歌声》的诗最能说明这一点:

歌声是歌声伐光了白桦林
寂静就像大雪急下
每一棵白桦树记得我的歌声
我听到了使世界安息的歌声
是我要求它安息
全身披满大雪的奇装
是我站在寂静的中心
就像大雪停住一样寂静
就连这只梨内也是一片寂静
是我的歌声曾使满天的星星无光
我也再不会是树林上空的一片星光

"但不许说静默只是静默。"(《节日》)风暴般的声音和绝对的寂静赋予多多诗歌无限的张力,也使得他的诗歌体现出难得的综合、圆满,以及最内在的骄傲。的确,多多的诗歌并非总是高傲、严厉的,它们有时候显得异常温暖,这是多多诗歌不可或缺的一面:"当他们向黎明的街心走去/他们看到了生活。"(《同居》)"我认出了自己的内心:/一阵血液的愚蠢的激流/一阵牛奶似的抚摸/我喝下了这个早晨/我,在这个早晨来临。"(《关怀》)"你们回家时的那把旧椅子一定年轻,一定地。"(《看海》)"秋雨过后/爬满蜗牛的屋顶/我的祖国/从阿姆斯特丹的河上,缓缓驶过……"(《阿姆斯特丹的河流》)

五

多多诗歌的语言基本质地是可以清晰辨认的，除了对词语自身的幻想外，他的诗歌恰恰还表现出一种对生活广阔而微妙的感受力，尤其是在被广为解读的《我读着》一诗中。他的诗进入了现代生活的晦暗核心，而不是潜逃出来。"诗的天赋就是使个人的兴奋能够成为社会所接纳的一种能力。"（奥登《一场虚拟的审判》）但是，他没有直接书写社会的现实状况、日常生活，而通过词语的隐喻性转化呼应着变迁中的历史与生存。"马""犁""树"等语象都是多多试图与当代中国的历史生存取得联系、和解的意象，尤其在多多出国后，这一和解就显得更加迫切，需要"记忆，在瞬间找到源头"（《归来》），从而验证自我生存的正当性和合法性。

自然语象经常占据着多多诗歌的基本组织，这是多多对当代中国历史生存的基本体认、反讽和怀疑。不过，多多因而也可能会被误解为一个自然诗人。然而，多多的对抗性修辞，在自然与人世、外部与内在的紧张和摩擦中，多多最终成为一名能够触摸内在真实的语言诗人，在他的笔下，各个词语互为他者，相互竞争，在他的诗歌中营建起一个开放的空间，而他那严厉而又温暖的声音就回荡在其内部。在发挥最佳的时刻，多多的诗就能够在词语的个人兴奋和对世界的广阔感受力之间取得完美的平衡。《回忆与思考（组诗）》《青春》《手艺》《鳄鱼市场》《一个故事中有他全部的过去》《北方闲置的田野有一张犁让我疼痛》《北方的海》《北方的声音》《北方的夜》《看海》《我读着》《依旧是》等都是这方面的典范之作。

但是，倾心于声音的一个危险是耽溺于对词语的遐想。多多写于20世纪90年代的诗歌中，有很多首是借助词语自身的滑行来展开诗行的，而20世纪80年代的一首《是》则是先兆，这是他向由狄兰·托马斯和史蒂文斯开创的诗歌传统进行靠拢的结果。他会集中地冥想数字，这在《五亩地》中表现得比较节制，而在《五年》中则变得肆无忌惮。在20世纪90年代，他写得相当多的一种类型是对某个副词的强制性的遐想，这些词通常被设置为诗题，从而上升为主导诗歌的内驱力："一定是"、"没有"（1991年、1996年、1998年分别有三首题为《没有》的诗）、"常常"、"只允许"、"依旧是"、"为了"、"还在"（《五亩地》的第四部分），等等。这依然是多多对声音探索的一个成果，即借助词语自身的连接、转折、串联、延宕来获得声音在诗歌中犹如音乐一般的词句节奏与情感布局。然而，这种书写方式带来的另一个后果可能是，对词语的过度关注以及单个词语的频繁出场，使得诗句转折、变形、跳跃的开阔维度得到了限制，从而抑制了诗歌感受力的多向性。正如贾鉴所指出的："关于语言的一个悖论是：一方面，它可以支持想象力不断掘进，以探求某种表达的极限；而另一方面，当它被作为本体不断放在感觉的显微镜下无限放大，实际上又是对语言的所指范畴和经验领域的一种无限减缩。"（贾鉴《多多：张望，又一次提高了围墙……》）一个极端的例子是两首在语义上相互悖反的诗——《锁住的方向》和《锁不住的方向》，意义的辩驳与厮杀走向虚无，致使诗歌在意义的竞技场败阵而迷失自我。诗歌如果没有强大的自制力，就会轻易地被纯粹游戏所俘获，那么，诗歌将与人类的经验渐行渐远，以至于蜕变为一堆无意义的能指飘浮物、一个意义的黑洞，这在非非主义诗学中已经得到验证。诗歌只有具备倾听人类经验的高超听觉，才能发明出一个时代绝妙的声音。

在大部分时候，尤其是20世纪80年代和20世纪90年代初期，多多的语言才华依然使他能够在语言的狭隘空间中寻找到众多突破口，而为诗歌打开意想不到的局面。然而，从20世纪90年代中后期开始，一个微妙的变化依然发生了，他的声音走向局促，尤其是那首著名的《四合院》。而在多多最近的诗中，那种开阔的自然空间、人生图景和响亮的声音已经变得十分稀少，转而沉溺于对词语的沉思之中：

为绝尘。埋骨处，无人
词，拒绝无词
弃词量出回声：

身世的压力场

从消逝者怀里

成长为无时

无时或永续

没有共同的词

我们没有，他们没有

没有另外的寓言

　　　　——《存于词里》

王东东在《多多诗艺中的理想对称》一文中说过，多多是当代最为接近保罗·策兰的汉语诗人。然而，无论在声音的广度和高度上，在对汉语自身的考量上，在外部世界与语言内部世界的巧妙平衡上，多多是与保罗·策兰完全不同的诗人。而在这首《存于词里》，对"无"的体验和逼问（"无人""无词""无时"），使多多的诗开始突入一个存在的晦暗深壑，隐喻性得到进一步加强，将汉语带入一种当代诗歌所缺乏的对存在本身的沉思。但是声音出乎意料地开始凝缩，变得如絮语一般轻微，以往折射着当代中国的历史感受光泽的、富于生长性的词语被一系列否定性词语所排挤，诗歌变得晦暗不明，以至于不像是从一个写过《手艺》《一个故事中有他全部的过去》《看海》《我读着》《阿姆斯特丹的河流》的诗人的肺腑间发出来的。不过，多多毕竟是一个具有不断更新汉语的能力的诗人，一旦回忆起在诗歌中曾经创造的"全部的过去"（《一个故事中有他全部的过去》），多多就可以"从被搁浅的人走出来"（《写出：深埋》），就会继续发出属于自己的声音——那个风暴般严厉又果实般温暖的声音，而我们的耳朵只需要"保持一种听力"（《北方的记忆》）。■

暮晚的向道　多多研究集

自2004年多多归国后,他的诗歌渐受关注,其情形正如诗人黄灿然所描述的,"近年来,中国诗歌的核心回响着一个声音:多多的诗……"[1]然而,当普通读者寻觅多多的身影时,他的诗却以其魔鬼般超现实的夸张变形、词语的扭打较劲、直面灵魂的重磅出击,"成功地"和读者拉开了距离。他的诗才具有一种排他性——难以模仿和进入,这一点同海子形成了鲜明的对比。海子在去世后很长一段时间里曾被视为"诗歌王子"而风靡诗界,为众多诗歌爱好者竞相模仿,结果很多模仿之作形神俱妙,几近以假乱真。同样是极具特色的诗人,海子显然比多多有"亲和力"得多,所以多多的诗歌注定是孤独的,实际上,谁又能说这个诗人又不是孤独的呢?"除了他的诗,我想不出他与谁或者什么能够长久相处并相安无事。或许正因为有了他的诗,多多才成了这么一个与人难以相处的人。他如今远在荷兰,越活越孤独。他身旁会有什么朋友?他只有自己跟自己说话。"[2]诗人芒克如是说。

尽管多多诗歌"排他",尽管阅读他的文本会存在诸多困惑和不解,多多还是被当作"诗歌奇才"式的人物被人们口口相传,他的诗作得到的赞誉也越来越高。对于这一现象,贾鉴在《流散与归来——

---

(1) 黄灿然:《最初的契约(代序)》,见《阿姆斯特丹的河流》,北岳文艺出版社,2000年版。
(2) 芒克:《多多》,见芒克的博客 http://blog.sina.com.cn/s/blog-48869fDc010002f4.html。

"巨型玻璃混在冰中汹涌":论多多诗歌中的"力"※　　　　　　　　闫文
　　※《华文文学》2012年第2期。

多多诗歌二人谈》一文中有很独到的见解:"多多回国算得上是个诗歌事件,而且具有一定的象征意义,当年被视为'反叛者'的'朦胧诗人'正在回归……我们明明不懂,或者没读过他们,但就是要崇拜他们,因为我们知道他们曾经很神秘,在我们的想象中,他们有的还带有政治对抗的意味。现在回来了,我们现在就是一个急需'英雄'的时代。"[1]诚然如此,当下诗歌陷入了很大的困境:"软骨病"盛行、群体复制、自我陶醉、诗意流失……唯其如此,才迫切需要一种"英雄"的力量来支撑塌陷的意义世界。

正是在如此情形下,多多的诗歌以其非同一般的"力"震撼人心。翻开近年关于多多的评论文章,会看到出现频率最多的标签之一就是"力量",尽管这个标签会被加以形形色色的修饰。如王家新在《火车站,小姐姐》一文中写道:"从一开始他就是一个顶着死亡和暴力写作的诗人。"[2]贾鉴在《多多:张望,又一次提高了围墙》中则认为:"他的意象不可谓不精妙,它们有着视觉上的巨大冲击力……一种超现实的蛮力。"[3]那么,究竟哪些因素促成了多多诗歌中的"力"呢?

内在的"硬气"

不可否认,多多早期诗歌凸显出强烈的意识形态批判情结,但多多绝不是一个政治诗人,只是他们那一代人的生活几乎只剩下"政治"和"革命"了,所以"朦胧诗"就展现出一种精英意识与政治文化的碰撞和交会,而多多不是这样。他实际上自始至终都在做一件事情:他在完美一件诗歌的手艺,在惨淡经营一个语词的世界。所以和北岛的诗歌相比,多多的诗歌和政治的关系就很隐蔽了。确如有论者阐释的:"多多的诗无疑具有意识形态的反抗性,但多多的诗既是政治性的,又是非政治性的,更准确地说,他用诗歌规训了政治,以艺术征服

---

(1) 贾鉴、汤拥华:《流散与归来——多多诗歌二人谈》,见《华文文学》2006年第1期。
(2) 王家新:《火车站,小姐姐》,见《天涯》2001年第6期。
(3) 贾鉴:《多多:张望,又一次提高了围墙》,见《华文文学》2006年第1期。

了题材。"[1]那个年代给予多多的是一种"硬气",带点"左派"的气质,却不是题材上的政治诗歌。

可以说,这种"硬气"、不妥协、倔强的气质贯穿多多诗歌始终,所以给人以超拔的力量之感,它总能够揪住读者的审美细胞,使其为之震撼而慨叹不已。如《从死亡的方向看》(1983年):

从死亡的方向看总会看到
一生不应见到的人
总会随便地埋到一个地点
随便嗅嗅,就把自己埋在那里
埋在让他们恨的地点

他们把铲中的土倒在你脸上
要谢谢他们。再谢一次
你的眼睛就再也看不到敌人
就会从死亡的方向传来
他们陷入敌意时的叫喊
你却再也听不见
那完全是痛苦的叫喊!

从死亡的角度来看人生,依然不会"鸟之将死,其鸣也哀;人之将死,其言也善",这就是多多的方式。即便到一切终结之时,也不会和世界随便和解,也要以一种决绝的、彻底的姿态和世界抗衡到底,拒绝和谈、拒绝媚俗、拒绝顺着"他们"的心思走。多多的立场就是如此鲜明,多多不是软弱的无原则主义,多多就是如此强烈地、执着地去叫嚣,如此立场鲜明,旗帜昭彰,多多就是多多,别人无法模拟的多多!"从死亡的方向看"人生,诗人一开始就抛出了极限心理承受的极限、时间的极限。又是"总会看到",看到那些一辈子让自己耿耿于怀的人和事。其实"他们"在"你"心里占据多么重要的位置,彼此是

---

(1) 王光明:《论"朦胧诗"与北岛、多多等人的诗》,见《江汉大学学报》2006年第3期。

多么心心相通。"总会随便地埋到一个地点，随便嗅嗅，就把自己埋在那里。""随便嗅嗅"有拟物化的倾向，诗人果断脱去人的外装，主动降级而化为动物，脱去人的文明和虚伪的细节，只是为了更好地表达赤裸裸的内心呼喊。虽然"总会随便地埋到一个地点，随便嗅嗅"，但"就把自己埋在那里"，正好埋在"让他们恨的地点"，可见"你"和敌手的势均力敌，像一张紧张蓄发的弓弩，强烈的火药味，一触即发，但还总是隐忍着！

作为敌手，"你们"真是彼此太了解，了解对方的痛处和隐痛。轻易不会放开对方，厮杀、扭打，但是这一切还要静悄悄地发生，还要披上文明的外装，这就是多多文字的力量感，就如同鲁迅笔下的"无物之阵"，实际上暗流已经波涛汹涌，汇聚着各种可能，仇恨、咒骂、厌恶，但是表面依然静悄悄的，不光如此，还要给它回归到墓地的慈悲和安静。这样的情节、这样的刻骨、这样的撕扯的张力，只有在多多的诗中才有淋漓尽致的展现。看看，外表有多么祥和而友好，"他们把铲中的土倒在你脸上"，"他们"甚至会掉下慈悲的眼泪，揣测一下"他们"的心境吧：强烈的快感，像一杯合口味的浓酒，在心中迅速地酝酿发酵，但是表面上带有慈悲和哀伤，多么出彩的表演。而你呢，"你"这位从不妥协的人，"你"现在低下头去，按捺住胸中所有的情绪，去感谢"他们"——"还要再谢一次"，强烈的戏剧冲突在这里掀起高潮："再谢一次"！

死亡的确是永恒的安静，诗人也似乎享受这种"和谐"了，"眼睛再也看不到敌人"。但是看不见，不代表心已经沉寂了，灵魂的触须像狗一样四处嗅，像雷达一样接收所有敏感的信息。哦，不要认为这一切已经完结，对待世界的不妥协，会深深刻在墓碑上，让所有的后来人、让所有的过路者触目惊心。所以，当眼睛闭上，听觉就格外发达了。"他们陷入敌意时的叫喊"，"你"完全是可以听见的。"你"知道自己可以听见的，但是"你"假想自己听不见，但"他们"还是叫了，甚至歇斯底里地呐喊……那种"痛苦"的叫喊，又何尝不是"你"自己发出的叫喊，一场无声的战争打得惊心动魄。一面叫喊，一面不听，这种张力推动了诗情的再次高潮。多多就是以这样的力度，摒弃了一切软绵绵的抒情与温情、玫瑰色的浪漫以及假面与虚飘。

显然，多多的诗歌所表达的情绪带有鲜明的个人特征，他对生命、人生的体察携带着沉痛、暴烈和不妥协的因子。但如果他的诗歌仅仅是表达一己的悲欢，是引不起年轻一代读者强烈的共鸣的。"黎明的枪口余烟袅袅／炉火霞光一夜的音乐，都在做梦"，经历"文化大革命"的一代人或许能够体会其诗中的言外之意；未经历那个时代的人，能借诗感悟，多艰的命数总是不期然地降临在去往欢乐的路上。犹如"张望，又一次提高了围墙"，读者无不能领悟到其在回不去时又思念不尽的纷乱情绪，词语的碰撞增强情感撕扯的意味，更能符合当下人诸多内心复杂的情境。因而，多多诗歌中的欢乐和痛苦又不仅仅是个人情感的宣泄，大部分时候它是带有一种承载着集体记忆的诗作，所以才具有这种深深打动人心的力量。

多多说写诗是一种修行，他主张"借诗还魂"，他写作一首诗歌要经过反复多次的修改，一个灵感要经过很长时间的酝酿发酵，才能成为成熟的诗作，这就是其所谓的"修行"的过程。

在这个过程中，诗人极力要做到的大概不光是磨炼语言的技巧，还要去除自己诗歌中私人化的情绪化的成分。这样一来，我们读到的这种具有冲击力和生命蛮力的"硬汉"气质的诗歌，才具有发人深省的力量并使读者铭记不忘。

"超现实"与怀乡之"马"

中国诗歌在当下，已经带有越来越明显的"临摹生活"的特征。诗评家陈超指出："对于许多诗人来说，写诗要有对日常生活'硬事实'和已成的情感经验的'仿真性'。诗人要做的工作就是对这些'可靠'的材料进行提炼、组织，谁干得出色，谁就赢了，这也带来了现代诗准确、恳切的意蕴和语调，我想将这种写作概括为'我看到，我写出'。相对于这种流行的写法，当下诗坛遭到背弃或抵制的是'我写出，我看到'的写作。诗人凭借丰盈的想象力和神奇的语言天赋，写出什么才出现（看到）什么。"陈超同时也指出了这路写法遭到背弃或抵制的原因："其一，这路写法比较容易蒙事，使众多骨子里没啥名堂的'嗜诗症'患者,凭一点点怪癖和把玩语言的技巧来瞒天过海,读者一旦识破,就会产生抵制心理,并广泛迁怒于所有这类诗人;其二,优异的超现实主义诗歌,需要真正的才能,这种才能对诗人而言就是原创力,对读者而言就是敏识能力,而具备这种真正才能的人过去、现在,甚至将来永远都是极少数的。"[1]

而多多就属于这个"我写出,我看到"的类型。正如他的一句诗写道:"'喀嚓喀嚓'巨大的剪刀开始工作／从一个大窟窿中,星星们全都起身／在马眼中溅起了波涛"(《冬夜的天空》)。这完全是诗人的想象世界,一个类似童话的世界。其实,这个初晴的冬夜是多么静谧——尽管有大剪刀在工作、星星们起身、波涛溅起在马眼中。这是典型的"以动衬静"的手法。乌云骤去的夜空有种神奇的安神力量,如果仅仅用叙述的笔法看到并写出,那么诗人心绪的表达就大打折扣了。"星星们全都起身",凸显夜空的寥廓和晴好;而"在马眼中溅起了波涛",既能让人想象出夜空的颜色,又能体会到诗人愉快而要跳跃起来的心脏——构成一个充满童趣的神话世界。

诗人臧棣曾谈及他对多多诗歌的看法:"多多是我们诗歌中的达利式人物,想象力怪诞,然而又能在细节上展示出迷人的精确。"[2]众所周知,达利是西方超现实主义绘画大师,金属钟表和马是他艺术世界的经典形象,从他的著名代表作《记忆的永恒》《鞍马与时间》中可见一斑。达利通过"马"这种背负重任、慢慢行走、压抑的形象表达个体的无意识内心世界。无独有偶,"马"亦是多多诗歌中常见的意象,但多多的"马"带有更多的梦呓气质或者文化隐喻,承载多种阐述模式的意象。"马"不仅启发人们的想象力,诱发人们的幻觉:"'谁来搂我的脖子啊!'／我听到马／边走边嘀咕"(《冬夜的天空》),"马蹄声,在响亮的地板上开了花"(《笨女儿》),而且以非同凡响的力量,揪住读者的思路,使其在多多诗歌的潜意识世界中探索:"北方的脏话,突然停止／马粪中的稻草,飞向天空／马死前,马鬃已经朝天飞卷／而马蹄声中依然有语气,有语法／有预感:还有诗行呵"(《小麦的光芒》)

---

(1) 陈超:《〈我读着〉:"我写出,我看到"》,载于《特区文学》2004年第4期。
(2) 臧棣、西渡:《假如我们真的不知道我们在写些什么》,载于《山花》2001年第8期。

和"马"联系在一起的还有诸如"小麦""田野""牛""冬日""雪""耗子"等铭刻着诗人青年时代生活记忆的意象，它们共同构成北方中国独有的那种苍老而浑厚、沉默而生动的生活场景。多多说"我的大学就是田野"，他在自己的诗中，时而热情地拥抱这些北方的田野，时而伤感地怀念，时而又是冷言冷语地反讽，然而始终逃不出这种自然界所赐予的深刻的生命体验。"北方田野"给多多的是气质的锻造和诗情的研磨，当然多多依然不会忘记给它们披上超现实的"时髦"外装：

被来自故乡的牛瞪着，云
叫我流泪，瞬间我就流
但我朝任何方向走
瞬间，就变成漂流

刷洗被单簧管麻痹的牛背
记忆，瞬间就找到源头
　　　　——《归来》(1994年)

题为《归来》，来自故乡的牛，这个行动迟缓、性格木讷、表达方式直接的动物，被它瞪着，一定别有一番摄人心魄的力量。通过这种纯粹和一对一的直视，诗人不仅看到了家园故国，还看到了过去，看到了自己内心深处的怀念，所以很自然地"云／叫我流泪，瞬间我就流"。多多这些带有怀乡主题的诗句，总是那样真诚，完全剥去他诗歌中经常出现的"硬汉"气质，没有了狂躁和暴力，有的只是浓重的忧伤。但是他的语言仍然具有穿透力，那些看起来没有任何技巧可言的诗句，仍然蕴藉着诗人饱满的情感：瞬间就流泪，能读出诗人隐忍的乡情郁积已久，一经触发泪水便冲破心底防线而决堤"瞬间，就变成漂流"，又可体会到诗人对于流散身份的无奈——归来是片刻的，能在瞬间结束，漂流是永久的，却能在瞬间完成，瞬间自己又转变成一个无可皈依的人，注定游离于漂流的岁月长河中；"瞬间就找到源头"，可见记忆不曾中断，甚至已经被塑造成诗人的性格，铭刻于灵魂的某处。

在多多这里，不一定非得有某种张力，饱蘸的情感、语词的锤炼一样有震撼的效果。有些时候，他的想象是如此深刻，如此自然，那种不合逻辑的并列事物的方法显得怪异却真实，一点儿都不用怀疑它牵强或者矫情。那种形象的契合同样似乎并非诗人别具匠心的有意安排，而是诗人任凭想象驰骋，对事物之间"特殊相似性"直觉把握的结果，完全是天然偶成：

雪锹铲平了冬天的额头
树木
我听到你嘹亮的声音

我听到滴水声，一阵化雪的激动：
太阳的光芒像出炉的钢水倒进田野
它的光线从巨鸟展开双翼的方向投来
巨蟒，在卵石堆上摔打肉体
窗框，像酗酒大兵的嗓子在燃烧
我听到大海在铁皮屋顶上的喧嚣
　　——《春之舞》（1985年）

此诗一开篇，就是纯粹的多多式句子，怪诞、强势，以一种不容置疑的口吻，把读者拉进了他合理变形的世界：雪锹如何铲平冬天的额头呢？无非是雪化了。但经过诗人这样的表达，读者瞬间就能感觉到春天到来的那种摧枯拉朽不可抵挡之势。树木发出"嘹亮的声音"，它们在春风的召唤下，义无反顾地加入苏醒、复活的行列。事实上，在多多的诗歌中，大部分能发声的事物，其声音都是"嘹亮的"，或许和他是男高音有关，或许出于诗人对那种刚健挺拔的力度美的欣赏。更神奇的在于，"太阳的光芒"竟然成了"刚出炉的钢水"被"倒进田野"，这其中传达的不光有热量和热情，还有可触碰的质感，难怪称作"春之舞"，大自然的热情可谓来势汹涌。诗人将受情感激发产生的灵感转变为创作过程，将自己内心的荒诞、怪异加入外在的客观世界，将人们熟悉的东西扭曲变形，再以精细的写真技术加以肯定，使幻想具有真实性。光线成了"巨鸟展开双翼"铺天盖地而来，巨蟒在"摔打肉体"以释放激情，窗框像"酗酒大兵"用"燃烧"的"嗓子"狂叫不止，大海也"在铁皮屋顶上""喧嚣"，光、声、动感融合成一个狂欢的"春之舞"，准确而精妙的夸张和变形使得热烈的春天活灵活现地出现在读者面前。

诗人由太阳的光芒联想到刚出炉的钢水，就是形象联想，超现实的技巧之一。它指的是通过对事物之间"特殊相似性"的把握，而由一个形象联想到另外一个形象，这类联想的特点是，它只注意事物之间的"特殊相似性"，而不考虑它们表面是否相像。它包含着诗人对生活的独特体验，而这种体验又是通过带有极大跳跃性的形象思维获得其现有的外在形态的。形象越难以解释，表面越是矛盾，越是容易产生如梦如幻的效果，就越是具有巨大的感染力量。而多多的诗中充满形象联想："云朵，是一堆堆大笑的乡下新娘／十二月神奇的心跳／只是一阵陈旧的朗读……"(《冬日》)，"你拉开抽屉／里面有一场下了四十年的大雪"(《地图》)。如此地矛盾和难解，却又有一种让人着迷的力量。

如果说"马""田野"等诸多意象给了多多抒情的底色，那么"大海""河流"等意象具有的一种神奇的催人幻想的力量，则构成多多诗歌中的血液。自古以来，水就是非理性的象征。大海的浩瀚无际、动荡不安、变化无穷足以激发人的潜意识中疯狂的力量。但无论是狂涛骇浪还是风平浪静，大海永远是无路之途，所以大海又是难以征服和把握的，这样就更激起人的向往和征服的欲望，是大海的魔力造就了人类充满不安的想象：眼前无边无际的世界使我们震惊。"疯狂是乱岩突兀的理性水流涓涓的外表，也许正是因为在古老的想象中疯狂具有流体的本性，我们的文化中才出现了若干重要的主题，如：醉酒是一种短暂的、不固定的疯狂；气郁是一种轻度疯狂，是在有内热和精神过于兴奋时人体内逐渐聚集而形成的一种模糊的、弥散性的气；忧郁是静静的、黑色的水，是泪水汇聚而成的郁愤之湖；还有性兴奋带来的精神错乱及其不可控制的发泄。"[1]大海,作为一种呈现生命本原的意象,在多多的诗歌中反复出现。

> 看过了冬天的海,血管中流的一定不
> 再是血
> 所以做爱时一定要望到大海
> 一定地你们还在等待
> 等待海风再次朝向你们
> 那风一定从床上来
> ——《看海》(1989—1990年)

大海赋予人们别样的激情和想象。波德莱尔说:"要看透一个诗人的灵魂,就必须在他的作品搜寻那些最常出现的词,这样的词会透露出是什么让他心驰神往。"[2]多多诗歌中经常出现的汹涌澎湃的大海,不光呈现诗人对生命和人生的独特感悟,也被作为一种集体无意识,勾起读者对大海的想象:

> 北方的海,巨型玻璃混在冰中汹涌
> 一种寂寞,海兽发现大陆之前的寂寞
> 土地呵,可曾知道取走天空意味着什么
> ——《北方的海》(1984年)

北方的海被看成冰中汹涌的"巨型玻璃",这是一种极富想象力的形象联想,它颠覆了读者对大海的感官印象,变得有质感而带有伤害性。大海经过陌生化和变形,成为令人不熟悉的现实,但它的另一种阐释的自由却已经升腾而起。不过,仅仅这些还不够,诗人还执拗地物化对大海的感受,"取走天空"这一想法怪诞异常,可又完美地阐释了"发现大陆之前的寂寞"。这一"专制性幻想"颠覆了空间秩序,

---

(1) 福柯:《水与疯狂》,见《福柯集》,上海远东出版社,2003年版。
(2) 转引自[德]胡戈·弗里德里希《现代诗歌的结构》(李双志译),译林出版社,2010年版,第31页。

这种幻想强行让距离最为遥远的物象相连，如"倾听午夜大海辽阔的沉寂我的额头／冷静得像冬天的暴风雪"(《告别》)，我的额头之于冬天的暴风雪，风马牛不相及但是却又惊人地相似。这种幻想又让显明之物与想象之物相连："两千匹红布悬挂桅杆／大船，满载黄金般平稳"。

忧郁的船经过我的双眼
从马眼中我望到整个大海
一种危险吸引着我——我信
分开海浪，你会从海底一路走来
陆上，闲着船无用的影子，天上
太阳烧红最后一只铜盘
然后，怎样地，从天空望到大海
　　　　——《一种眩晕的感觉》

好像月亮巨大的臀部在窗口滚动
除我无人相信
如果我是别人
　　　　——《火光深处》

"分开海浪，你会从海底一路走来"，这是梦境中才会出现的真实，这种宏大的场景却又是从最小的可能性开始——"马眼中"，沉浸在马眼中想象的"我"被一种危险情绪吸引，并渐入佳境。一大一小形成激烈的反差，并由此构成鲜明的诗性张力。诗人的想象力也如同定格动画，陆地上闲着船无用的影子，太阳红成铜盘，这些经典的带有焦灼气质的意境把诗的情绪凝练焙烧，为的是下面的缓冲；然后，怎样地，从天空望到大海。"月亮巨大的臀部"又展现诗人擅长的怪诞的手法，仍是一种专制性幻想，把完全不相关的意象进行焊接，给读者带来的是审美和想象力的挑战。幻想赋予不和谐音以图像模式，频繁出现的还有锐利的词汇的不和谐音，就是将异质事物或价值浓缩在最短小的语言空间中的词群。那本可以让人觉得舒适惬意的遭受猛然冲击，这大多是在多多诗歌的结尾处，来自一个突然插入的粗野或庸俗的词。

语词和句法的魔术

如果说归纳诗歌里出现最频繁的意象就能够探求出诗人对什么心驰神往，那么找出诗人常用的词语也能达到同样的效果。多多诗歌偏好用一些总括式的词语，如"一定""所有的""全部是""依旧是""只有""没有""每个""全（部）""一切""任何""始终"……这些词语的共同特征是：绝对的肯定或否定，能够强烈地表达出诗人的情感倾向。它们是一种幻想的权力手段："他的体内已全部都是死亡的荣耀／全部都是，一个故事中有他全部的过去""所以一个故事中有他全部的过去／所以一千年也扭过脸来——看"（《一个故事中有他全部的过去》）。这些不容置疑的程度副词为读者带来深刻的阅读体会，它是诗人用诗歌来处理生命和时间的独特方式。时间，这个被人类永恒景仰的名词，又因为生命的一次性、不可重复的"轻飘飘之状"，而给人们带来畏惧之感。为此，人们总会把美好的期望寄予未来——人类、历史、文明总会在未来的某个时间达到预期的发展，而显然这是一个自欺的骗局。达利的画中总会出现的奇形怪状的、呈疲软之态的钟表，便揭示了就个体生命、个人经验而言，时间其实是个充满诡异气质的弹性空间，它是感性的，而不是我们印象中那个分分秒秒毫厘无差地飞逝而过的金属质地钟表所塑造的时间，它是属于记忆的——你生命中那么多日子，可能只有一天会让你觉得尤其漫长、色彩绚烂。时间不是永恒的线性发展，人的生命旅程、社会文明的发展史亦不是总呈现上升趋势的抛物线状，总会有一次"境遇"，它将成为你人生的一次标志性的经历，它是个人自由选择的结果，但这种结果的形成以及它的影响却不是个人能够自由选择的，它成为一次鲜明的烙印，甚至塑造你的性格，所以"所有的日子都挤进一个日子""一千年也扭过脸来——看"。唯其有了这样的词语，读者才能更直接地感触到诗人成熟而敏感的思考力。它们既是诗人内心情绪的迸发，也是我们所能幻想到的并用于手边的权力手段。

有时,这些词语强行取消事物属性的界限、地域上的界限或其他界限。这种带有强制气质的幻想伸出了手搅乱现实,丢弃现实,搓揉出新的超现实。

满山的红辣椒都在激动我
满手的石子洒向大地
满树,都是我的回忆……
　　——《告别》

站在麦田间整理西装,而依旧是
屈下黄金盾牌铸造的膝盖,而依旧是
这世上最响亮的,最响亮的
依旧是,依旧是大地
　　——《依旧是》

你们经过的树木一定被撞出了大包
巨大的怨气一定使你们有与众不同
的未来
因为你们太爱说一定
像印度女人一定要露出她们腰里的肉
　　——《看海》

多多诗歌中经常出现大量单调而固执的重复和毫无支撑的词语链条,如:

没有人向我告别
没有人彼此告别
没有人向死人告别,这早晨开始时

没有它自身的边际

除了语言，朝向土地被失去的边际
除了郁金香盛开的鲜肉，朝向深夜不闭的窗户
除了我的窗户，朝向我不再懂得的语言

没有语言
　　　——《没有》(1991年)

实际上这种大量的重复，并没有造成理解上的互文效果，只是将主题变得更加支离破碎。阅读多多的诗歌，一个难以避免的问题就是其诗歌的难解性，造成这种难解性的因素，重复、省略、移置应该是功不可没的。"这早晨开始时"和"没有它自身的边际"这两句之间又形成了急促的转折，非但不能帮助理解，而且更增一层云遮雾绕的效果。《没有》一诗中，"语言"和"土地失去的边际"组合，"郁金香"和"盛开的鲜肉"组合，完全像是梦中人的呓语，没有规律和逻辑可循。这里的单调重复就起到一个作用，也是一个弥足珍贵的作用——为诗歌的语言造势，即增强语势，强调一种难以排解的痛苦：在离别和失去之际，身份的缺失以及陌生感带来的心理落差。读这首诗，如果抓住了"没有""语言""被失去"这几个词语，就不难理解诗人耿耿于怀的是什么了。很显然，这种重复也能增强其诗歌的音乐效果，使之显得铿锵有力。

是早晨或是任何时间，是早晨
你梦到你醒了，你害怕你醒来
所以你说：你害怕绳子，害怕脸
　　　——《早晨》(1991年)

歌声　是歌声伐光了白桦林
寂静就像大雪急下
　　　——《歌声》(1984年)

这类重复在多多诗歌中比比皆是。那么，重复发挥的是什么作

用呢？"首先它以平滑循环有效地阻断了本文原本可以延伸的可能，增加了本文的封闭性。其次，重复是以同中有异的方式进行，每一次重复都一方面包含对上一次的肯定，一方面又明确对上一次予以否定，这种相互肯定与否定，产生的是重建与解构的双向运动，势均力敌，结果是既未真正肯定什么也没有真正否定什么，存在因此显得荒谬。"[1] "是早晨或是任何时间，是早晨"，显得有些莫名其妙的思维方式，究竟是什么时间？无从而知，但诗人的本意也不在于告知确切的时间，这样一来荒诞的效果就形成了。

在构造语言的张力方面，多多似乎别具一番天赋，他的诗歌中呈现出大量张力的奇观——由转折构成的落差："整个英格兰，没有一个女人不会亲嘴／整个英格兰，容不下我的骄傲"（《在英格兰》），以及对词的解构："秋天是一架最悲凉的琴／往事，在用力地弹着"（《告别》），还有悖反性词汇构成的句式："我们反复说过的话它们听不见／它们彼此看也不看／表面上看也不看"（《灌木》），甚至意象的留白，如："突然／我家树上的橘子／在秋风中晃动／我关上窗户，也没有用／河流倒流，也没有用"（《阿姆斯特丹的河流》）……不一而足。

  土地没有幅圆，铁轨朝向没有方向
  被一场做完的梦所拒绝
  被装进一只鞋匣里
  被一种无法控诉所控制
  在虫子走过的时间里
  畏惧死亡的人更加依赖畏惧
    ——《在这样一种天气里来自天气的任何意义都没有》

语言的自相矛盾、相互撕扯挤压、生硬地破裂，在这短短几句中并现。长长的题目已经够惊世骇俗，然而题目中又混含着语意似是而非的重叠和自相矛盾。"土地没有幅员，铁轨朝向没有方向"，形成了意义消解和荒诞的开端；"被一场做完的梦所拒绝"，又是对我们理解

---

[1] 沈天鸿：《现代诗学形式与技巧30讲》，昆仑出版社，2005年版，第218页。

力的挑战;"被装进一只鞋匣里,被一种无法控诉所控制",这时诗人带给我们的是"第二十二条军规",解构理性的"怪圈";"在虫子走过的时间里",这又是多多的拿手好戏之一——借助"童话"去营造荒诞的效果。"畏惧死亡的人更加依赖畏惧",这种悖反式的语言诠释了灵魂无可皈依的困境,充满强烈的撕扯的张力。

"童话"最引人注目之处在于,它借助叙述上的确定性表达出了荒诞,而且它知道,即使荒诞也是不够的。多多确实是个编写童话的高手,他的童话里面充满了荒诞、另类、活泼或诡异的气质。"孤寂的星星全都搂在一起/好像暴风雪/骤然出现在祖母可怕的脸上/噢,小白老鼠玩耍自己双脚的那会儿/黑暗原野上咳血疾驰的野王子"(《马》)。读多多的诗歌,读者会惊喜地发现其中一半是带有童话色彩的,这体现了诗人未泯的童心,亦是一种莫大的幸运,因为用孩子的眼睛来看世界并且幻想世界,用童心去感受世界,敏感、小心翼翼、狂欢、扬扬得意,诸多斑斓的情感世界,是那些走向成人世界的大人逐渐丢弃并且再也找不回来的东西,其实就是创造力。他的孩子般的淘气还处处体现在对词语的解构上:"一定会有一个月亮亮得像一口痰"(《看海》),"太阳像儿子一样圆满"(《密周》),"四季,雪有着粉红色的肉"(《冬夜女人》)。诗人对太阳、月亮、雪等意象进行解构,对传统的审美体系构成一个有力的挑战。

同样,诗人在句式的安排、布局方面也别有一番用心,如《在墓地》:

在墓地,而没有回忆
有叹息,但是被推迟
蒙着脸,跪下去

唱

没人要我们,我们在一起
是我们背后的云,要我们靠在一起
我们背后的树,彼此靠得更近

唱

因为受辱
雪从天上来,因为祝福
风在此地,此地便是遗忘
越是远离麦地,便越是孤独

收听

然后收割,寒冷,才播种
忍受,所以经久
相信,于是读出;

有

有一个飞翔的家——在找我们。

此诗中,两个"唱",一个"收听",一个"有"均独立成段,让人觉得非常突兀却又新鲜无比,不由得揣测作者所要强调的"唱"和"收听"有什么用意。"唱"的主体是谁?为何要唱?而"收听"呢?简直像是一个恶作剧,作者似乎用一种戏剧化或者说喜剧性的轻描淡写的方式"唱"出生命的不可承受之轻。"唱""收听"等这些带有恶作剧色彩的词语,和生命的孤独、寒冷、痛苦形成了强烈的反差,更增加了一份摄人心魄的力量。然而,也可以理解这些单独成段的词语使整首诗场景化,变得真实而生活化起来,带有小人物独特的对待生活的融通和逆来顺受,增加一份反讽的效果。当然这一"唱",也可以让人联想起戏台上那些咿咿呀呀唱将起来的戏子,或者那些在墓地边哭告的人们,但无论怎样,孤独和寒冷之感被唱成艺术与形式的时候,唱的主体自己都觉得是一种表演。就是这种"咿咿呀呀"的方式又彻底解构了生活的严肃一面,真正地成为一种"轻",然而却是不可承受的"轻"。■

暮晚的向道　多多研究集

一

当人民从干酪上站起

歌声,省略了革命的血腥
八月像一张残忍的弓
恶毒的儿子走出农舍
携带着烟草和干燥的喉咙
牲口被蒙上了野蛮的眼罩
屁股上挂着发黑的尸体像肿大的鼓
直到篱笆后面的牺牲也渐渐模糊
远远地,又开来冒烟的队伍……
1972 年

从早年青春和语言的双重叛逆,到对盲目、黑暗命运的深度挖掘,到后来对家园神话的铸造,这就是诗人多多所走过的"里程"。这样一位诗人是以《当人民从干酪上站起》为起点的——它写于1972年,那还是"文化大革命"后期,一个仍处于语言禁锢的年代。

"当人民从干酪上站起"
——读多多的几首诗※

王家新

※《上海文化》2012 年第 4 期。

首先,"当人民从干酪上站起"这个题目本身就很"怪异",并富有挑战性,人民不是从"土地"上站起而是从为中国读者所很陌生的"干酪"上站起,这不仅给人以极大的阅读困惑,也明显带上了一种"异国情调"。显然,诗人想要以此颠覆并置换那个时代诗的修辞基础。

而诗人这样写,和他惊人的早熟有关系,和他在那时满怀"犯罪感"所偷吃的禁果,如陈敬容译的《波德莱尔》、戴望舒译的《洛尔迦》、"供批判使用"的苏联"解冻文学"作家爱伦堡的《人,岁月,生活》(其中大量涉及曼德尔斯塔姆、茨维塔耶娃等诗人的创作和诗句)等也有很大关系。甚至可以说,这对多多成为一个诗人产生了决定性影响。也正是这种影响,使他一开始就确定了以陌生化和异质性的语言为自己的目标,并作为对那个时代的反叛和疏离。

"歌声,省略了革命的血腥",如同该诗的诗题,诗的第一句也同样惊人。不过,这里的"歌声",我们需要给予更多的留意,因为它具有多重指向,或暗含了诗人自己要以诗的声音以摆脱历史噩梦的努力(对此,我们不妨想想诗人史蒂文斯的话:诗的可贵在于它"是一种内在的暴力,为我们防御外在的暴力")。总之,这第一句诗就具有了诗人一开始就追求的语言的"多义性",它让我们不得不反复思量这两种歌声的差异及同源性。

而接下来的"八月像一张残忍的弓",这是对革命年代北方暴烈的八月最"传神"的描述。很可能,这也是诗人对他在白洋淀插队期间结识的诗友根子的名句"四月是末日"的一种回应(据诗人讲,那时他和根子都还没有读到艾略特的"四月是最残忍的季节")。就是这句诗,顿时使全诗拉紧了它的语言的张力。

正如多多的很多诗所表现的,诗人是一位北方之子,他对这片土地爱恨交加,他也从这片"食肉"的土地深处汲取了一种近乎神秘的能量。接下来诗的场景和细节,都取自那个年代的北方乡村,同时也都带上了隐喻的意味:它的儿子恶毒,喉咙干燥,牲口被蒙上了野蛮的眼罩,更使人震惊的,是"(牲口)屁股上挂着发黑的尸体像肿大的鼓"这一句,它"勾画"出一个野蛮、"肿大"、疯癫的时代,并隐喻了一种蒙昧的命运。而这一切,接下来被诗人准确地称为"牺牲"——

现代造神运动中的荒谬牺牲。

至于全诗的最后两句，不仅很形象，富有动感，也再次强烈暗示了命运的循环性，诗人采用的手法，如同电影镜头的推拉，又把我们置于那不可抗拒的"冒烟的队伍"之中。

这就是一位诗人最初的发声。它明显有别于同时代早期朦胧诗中的那种二元对立叙事（诸如光明／黑暗、正义／非正义、人性／非人性，等等）。这也说明，多多从一开始就把自己的创作建立在一个更深刻也更个性化的基础上，并从中获得了其声音的权威。

二

白沙门

台球桌对着残破的雕像，无人
巨型渔网架在断墙上，无人
自行车锁在石柱上，无人
柱上的天使已被射倒三个，无人
柏油大海很快涌到这里，无人
沙滩上还有一匹马，但是无人
你站到那里就被多了出来，无人
无人，无人把看守当家园——

这是诗人2004年归国后，在海南大学任教期间写下的一首诗。短短一首诗，是一个时代的深刻写照，而且充满了让人难以阐释的东西。

首先来看诗中的意象，它们格外醒目而又耐人寻味。可以说这些意象有意无意间都暗含了某种对比，如果说"台球桌""巨型渔网""自行车""柏油大海"这类意象指向了现代文明，"残破的雕像""柱上的天使""马"等则显然是来自传统文明，并和诗最后的"家园"相联系。这样，这些意象的对比就折射了诗的主题，折射出处在转型期的各种冲突和危机。而与这些意象相关联的动词,如"对着""架在""射倒"和"涌(来)"等,也都强烈暗示着我们都已感到的不合逻辑。

但这首诗并不单是意象的对照,它还上升到"有与无"的关系层面。诗的起句"台球桌对着残破的雕像,无人",一下子就定下了一种空荡的基调,接下来每一句中的"有"与"无"都耐人寻味,或是隐喻着世界的物化、存在的空虚、正义的缺席、精神的失落,或是指向"家园"所受到的巨大威胁("柏油大海很快涌到这里,无人"),甚或提示着个体存在的"剩余"——"你站到那里就被多了出来,无人。"这直截了当的一句,让我们深感痛彻,我们甚至还有点不敢面对那种荒凉和寂静,你还需要走到那里吗?"你站到那里就被多了出来",而且是"被"多出来的!

更让人把握不定的,是前七句每句句末的"无人"及最后一句的"无人"。它可以读解成"没有人",但随着诗的层层递进,"无人"仿佛已由一种陈述("没有人""没有任何人")变成了一个"名词":你不能说那里没有人,因为"无人"就在那里,同样,你不能说没有人把看守当家园,因为"无人"正在那里。这样,诗就达到了对一种更高、更无形的存在的命名:无人。

这里我们不禁想到了多多所推崇的策兰。策兰在其诗中就多次运用了"无人"这一指称,如《赞美诗》中的"无人",如同有的研究者所指出的:"这里大写的'无人'(Niemand)仿佛已经由否定性的'没有人'变成了一个肯定性的'位格'(Person),'无人',如同多变的奥德修斯回答独眼巨人的问题:我是'无人'。"《赞美诗》中的一切,就向着这"无人"绽放。策兰写给巴赫曼的《日复一日》中,也有着这样一个结尾:"一个明日/跳入昨日,我们拿来,/丢失了那盏烛光,我把一切/扔进无人的手掌。"在这样的诗中,命运会从明日"跳入昨日",在这种跳跃中,丢失了那盏烛光,手掌也成了"无人"的手掌。

而多多的这首诗呢?那一连串的"无人",虽然也可以读解为"没有人",但在"没有人"的"那里",依然有某种存在见证着日渐荒芜的家园。正如在我们的研究生课堂讨论中刘思伯同学所指出的:这一连串的"无人""字面上都相同,但是如果深入诗的语境中,'无人'的重复带来的绝不仅是单调的重复，更是一种逐渐深入的情感和力度，像一枚铁钉一点点深入地钉到我们的生命里，越是无人似乎越有一双诗人之眼在注视着，使整首诗在看似单调的节奏中，隐现着多重层次、含义和视角。"

存在即是"色与空"，诗人也许还受到这种佛家观念的影响。不过，无论我们怎么来看这首诗中的"无人"，贯穿其中的基本情绪却可以被我们所感知。因为一层层的转换和递进，这首诗到最后不仅更沉痛，也更耐人寻味了：当我们以某种痛苦的视觉面对这片大地，还有一个可以"栖居"的家园吗？有，依然有——那只能是诗的"看守"本身！这也正提示着在现时代作为一个诗人的责任，即把"看守"本身当家园，看守住我们残破的雕像，看守住那些未被射倒的天使，看守住沙滩上的"那匹马"（因为柏油大海很快涌到这里），看守住我们古老的语言，作为一个诗人，即意味着他已被永久地托付给这种"看守"，因为——"无人"！

在课堂讨论中，王耀伟同学也正是这样来理解的："在死亡的大屠杀之后，策兰试图重新创造一种语言……'无人'便成为策兰寻找诗歌语言的载体。而多多本人在经历上与策兰有诸多相似之处，他在20世纪80年代末离开自己赖以创作的故土，进入异域并坚持用母语创作，最后定居海南，诗人回归母语却发现'无人，无人把看守当家园'。因此，这'无人'便象征着多多老师向策兰致敬，并思考'家园'丧失后，'看守'已成'家园'，只不过我们的一切都将从'无'开始。"

诗无定论，重要的是它能否激发我们去思考，召唤我们去思考。我们看到，多多近些年来的创作，既立足于当下的现实经验，又越来越趋向于一种玄学式的感知，他的这首《白沙门》，就让我们想到史蒂文斯所说的"本地的抽象"。也正是以这种"本地的抽象"，诗人打通了"知性"与"感性""有与无""缺席与在场"，等等。总之，这种"本地的抽象"，已不是现实的简单"反映"了，如同那些伟大的艺术作品，它指向了一种"存在之诗"。

三

我始终欣喜有一道光在黑夜里

我始终欣喜有一道光在黑夜里
在风声与钟声中我等待那道光
在直到中午才醒来的那个早晨
最后的树叶做梦般地悬着
大量的树叶进入了冬天
落叶从四面把树围拢
树,从倾斜的城市边缘集中了四季的风——

谁让风一直被误解为迷失的中心
谁让我坚持倾听树重新挡住风的声音
为迫使风再度成为收获时节被迫张开的五指
风的阴影从死人手上长出了新叶
指甲被拔出来了,被手。被手中的工具
攥紧,一种酷似人而又被人所唾弃的
像人的阴影,被人走过
是它,驱散了死人脸上最后那道光
却把砍进树林的光,磨得越来越亮!

逆着春天的光我走进天亮之前的光里
我认出了那恨我并记住我的唯一的一棵树
在树下,在那棵苹果树下
我记忆中的桌子绿了
骨头被翅膀惊醒的五月的光华,向我展开了
我回头,背上长满青草
我醒着,而天空已经移动
写在脸上的死亡进入了字

被习惯于死亡的星辰所照耀

死亡，射进了光

使孤独的教堂成为测量星光的最后一根柱子

使漏掉的，被剩下。

1991 年

　　作为一个诗人，多多一开始就走在一条孤绝的语言之途上，到写这首诗时，他有了一次更令人惊异的诗的迸发。他所深入的精神的黑夜，他在异国他乡的那种经历，也把他带向了这"一道光"。

　　而这不是一般的光，是诗人要"逆着春天的光"走进的"天亮之前的光"，是经历了太多的生与死才能迎来的照亮和启示，甚至是大地上留下的"最后一根柱子"所要去测量的光。

　　因此，这绝不是我们通常所看到的那种"光明与黑暗"的简单修辞，这是一场更神秘的风暴的聚集，它在打开我们所有的精神维度的同时，也势必会造成一种崩溃——寻常的语义结构的崩溃。

　　的确，要说出这首诗的含义是困难的。像作为诗人的多多，从来不是靠通常的理性而是靠一种诗的"本能"讲话的人。他的诗，也往往用悖论语言来勉力描述。我们只能说它的"关键词"是风、树、光、死亡、字／语言，等等。在这首诗中，这些词语和意象相互关联，而又相互揭示，一直把我们带到那启示的一刻。

　　风，一直在多多的诗中吹着，"在树上，十二月的风抵抗着更烈的酒／有一阵风，催促话语的来临"（《什么时候我知道铃声是绿色的》），在这首诗中，它变得更强劲了，当然，我们也看到一种同样强劲的角逐，如果说风被"误解为迷失的中心"，而人，就在这个迷失的中心与它周旋着，"迫使风再度成为收获时节被迫张开的五指"。而"指甲被拔出来了"这个隐喻，也只能是语言本身的惨痛。在这场角逐中，诗所能捕捉的，只是一丝"风的阴影"，正像诗人在另一个地方曾说过的那样："在我们陈述时，最富诗意的东西已经逃逸……词从未在我们手中，我们抓住轮廓，死后变为知识。"

　　树，正是树"从倾斜的城市边缘集中了四季的风"。在这首诗中，首先是诗人"在直到中午才醒来的那个早晨"所看到的树——而它的

"最后的树叶做梦般地悬着"。随着"大量的树叶进入了冬天""落叶从四面把树围拢",诗"确定"了这棵生命之树。在诗人的倾听中,正是它在抵抗着风也在聚集着风。但诗人还要逆着风与光走下去,在那"天亮之前"的光里"我认出了那恨我并记住我的唯一的一棵树",这是启示性的一刻,也是对生命的爱与恨的本原的最终辨认——正是这样一棵被"认出"的树,成为该诗的一个核心意象,它提示着一种生命的永在。

应该留意的,是这句诗中的"恨"字,如我们的全部语言文化传统所提示,它提示着一种情感的爱恨交加的强度、深度和纠结程度,可以说正是通过这种"恨"字,诗人"进入大地,属于大地",他与这片他所反抗和背离的土地有了一种宿命般的联系。也正因为"恨",所以"记住"。而认出了这棵唯一的"恨我并记住我"的树,一切都将复活,"在树下,在那棵苹果树下/我记忆中的桌子绿了……"就在那里"我回头,背上长满青草/我醒了,而天空已经移动",一位直抵存在本源和诗的创化之境的诗人,就这样在完成着生与死的置换,而那"写在脸上的死亡进入了字",也成为语言,被吸收为语言。

但是,还有光,那更高处的光;还有死亡,比生命更富有生命的死亡。正是在那被照亮的一刻,"死亡"也再次出现了,"死亡,射进了光",或者说,这光本身就吸收了死亡。这是死亡之光,这也是最终的度量。一切都消失了,正是这射进的死亡,"使孤独的教堂成为测量星光的最后一根柱子/使漏掉的,被剩下"。

这就是全诗最后留下的意象,它使人不由得战栗,但同时它也具有了启示录一样的效果。什么将"漏掉"?被"剩下"又意味着什么?诗人当然不会明说,也不可言说,但我们却可以设想,这是一场与死亡的徒劳角逐,也是一场与时间的最终赌注,而在这一场角逐中"漏掉"的,或许正是某种词语的幸存。

早在年轻时代,诗人就曾写道"八月像一张残忍的弓",现在,他的语言之弓依然是那么残忍,那么饱满。

还应留意的是全诗的节奏和语速,与开头从容徐缓的长句相比,诗到后来越来越短促有力,诗人以这种方式,最终达到了他的领悟和肯定。一位逆着风、逆着春天的光,走在一条孤绝的语言之途上的诗人,就这样把他所经历的一切,把风、树、光、死亡,如策兰在《带着来自塔露萨的书》中所写到的那样,一并写入"那伟大的内韵"。■

暮晚的向道　多多研究集

在当代诗坛,"技艺"获得了虽无法确指但却神灵般的地位,就像萨满信仰渗透民间一样深入每个为诗歌写作奉献精力与才华的诗人以及批评家心中。还在20世纪90年代,诗人臧棣就批评了王家新对待"技艺"的轻蔑态度。他借用哥特弗里德·贝恩的话,指出"技艺是现代诗歌在内容普遍的颓败中将自身作为内容来体验的所有艺术努力的标志",甚至更激进地将"技艺"表述为现代诗歌的特征和本质。[1]臧棣的这一说法当然没有获得直接的、表面上的认同,暗地里却一直被奉为圭臬。与臧棣这一说法相应和,也流传一个有关诗人形象的说法,一改灵感横溢的创造天才,诗人一度被定义为手工艺人。如诗人蔡恒平,有首诗的题目就叫《汉语——献给蔡,一个汉语手工艺人》。相比天才,手工艺人虽然突出了在本分中工作的自矜谦卑,但也富有某种强烈的宗教意蕴。[2]

　　如果往前追溯,也许这一历史线索,还可以推进到20世纪80年代初的文学"新时期"。其时"文化大革命"刚刚结束,"朦胧诗"突然之间从人们习惯的报纸、语录、口号、政治抒情诗的世界中显豁出

---

(1)　臧棣:《后朦胧诗:作为一种写作的诗歌》,载于《文艺争鸣》1998年第3期。
(2)　在蔡恒平囊括了其小说与诗歌的文集《谁会感到不安》的封面上,也有一行醒目的红色小字:蔡,一个汉语手工艺人。参见蔡恒平《谁会感到不安》,安徽教育出版社,2011年版。

"技艺"的当代政治性维度
——有关诗人多多批评的批评※

余旸

※ 原刊《中国诗歌评论》2012年第1辑。文中所引多多的诗句,出自《多多诗选》,花城出版社,2005年版。

来。它不同寻常的表达方式，冒犯了已被政治思想运动规训过的思维习惯，而"朦胧诗"之得名，就是因为有批评家气愤地应激喊出了"令人气闷的朦胧"(1)。这些不同寻常的表达方式，迅即被孙绍振预言般地总结为"新的美学原则在崛起"(2)，随后，青年批评家徐敬亚将之理解为新诗的现代倾向，认为"一套新的表现手法"，也即现代技巧正在形成。而"朦胧诗"尚未完全确立自己的经典地位，各地大小诗歌群落里更年轻的诗人们纷纷揭竿而起，抛出宣言，进行了各种各样的"语言冒险"。他们在一个更开阔、复杂的社会文化空间里，探索诗歌的道路。在当时冲破一切的、携带了杂耍、江湖习气的寻找写作可能性的混乱实验中，"技艺"终于冲出了樊笼，展现出了炫人夺目的非凡舞姿。虽然其后反"技艺"的莽汉般打闹仍不时喧腾，但"技艺"却在沉默中获得了统治的合法性，不仅成为进入诗歌写作殿堂的专业许可证，而且也成了权衡诗歌地位高下、维持诗坛秩序的标高。这时笼统归结为"技艺"的各种各样的美学技法，似乎脱掉了它们与社会政治历史的复杂纠结关系，近乎变成了一个自为自在的独立领域，神秘而不可预测，出现了考德威尔指认的在发达资本主义社会才会出现的诗歌现象：

> 诗人成为一个"高级趣味的人"……他开始把"技术才能"同"社会功用"对立起来，把"艺术"同"生活"对立起来。技术工作者的特殊形式的商品拜物教是"技术拜物教"，技术现在似乎成为与社会价值相对立的一种客观事物。艺术品的价值因而存在于它本身之中并为它本身而存在了……(3)

从某一个层面来看，诗坛出现了一种较为奇怪的诗歌现象：在"技艺"面前，错综复杂的社会历史判断，似乎无法勘破这个神秘的自为

---

(1) 章明：《令人气闷的"朦胧"》，载于《诗刊》1980年第8期。较为有趣的是，文中批评的"朦胧"诗，是老诗人杜运燮的《秋》与年轻诗人李小雨的《海南情思》，而不是后来被指认为"朦胧诗人群"中年轻诗人的诗。

(2) 孙绍振：《新的美学原则在崛起》，载于《诗刊》1981年第3期。

(3) [英]考德威尔：《幻想与现实——诗歌起源研究》，见《考德威尔文学论文集》(陆建德、黄梅、薛鸿时等译)，百花洲文艺出版社，1995年版，第110页。

存在。换句话来说,在这种技巧自为自在的过程中,我们的社会、历史、政治观念,几乎变成了徘徊在这个坚固堡垒边缘的流民。一旦"朦胧诗"时代曾经出现过的各类思想文化互生互长的短暂蜜月期过去,它们也就迅速地分离,我们有关社会、历史、政治观念的进展与探讨,也可以不耐烦地离开那个城堡,最终让其变成鲁滨孙的孤岛。

如此就涉及一个基本的诗歌判断——虽然听起来像个老问题,那就是,我们如何重新理解在"技艺"后包含的政治思想观念、价值体系,或者,如何使用一种新的眼光来打量那些似乎没有归属、专属诗歌这一特殊领域的"技艺"呢(与此同时,在当代被普泛化到了修辞程度的"技艺",正在被遍布城市通衢大道两端的广告模仿与继承)?它们的存在,一直在保证诗歌的特殊性意义;它们的运用,已被误解般地追认为诗歌的本质,尽管在当下的诗歌场域里,当"技艺"蜕化为繁复的修辞时,积累起了诗歌从业者某种专业性的厌倦,但诗人批评家们每次仍然还是义无反顾地将"技艺"推到了批评的最前沿。

讨论"技艺",将之作为一个问题来考察,是因为在当代如国民经济般表面繁荣实际虚高的诗坛中,涌现出一个越来越明显的趋向,也可以将之看作是一个诗歌现象:多多以及多多相关评论的出现。尽管当代诗歌批评多少已沦为裹挟着"圈子""友情"的商品购销,一直以来,多多却是例外(之一)。相当多的诗人及专业批评家,无论左右、长幼,都撰文高度评价与推崇多多的诗歌。更有甚者,在获得了更有公信力的安高诗歌奖(来自国内诗歌同行评选)的10年后,一个噱头更大——媒体渲染为"小诺贝尔奖""战胜了村上春树"等——的奖项,2010年度纽斯塔特国际文学奖戴到了多多的头上。[1]一时之间,采访遽增,评论暴涨。实际上,更为隐秘却真实的情况是,从2004年多多回国后,关于多多的评论已经几何级数地增长起来,其中又以青

---

(1) 媒体用"小诺贝尔奖""战胜了村上春树"等吸引眼球的标题渲染"纽斯塔特国际文学奖"的重要性,这些炒作与国内"与有荣焉"显得振奋的诗人,都试图将多多与诺贝尔文学奖这一权威标准靠拢——多多自身成就未必需用文学奖来衡量,多多本人还是坦承了这个奖项的具体情况,清除了某些不着边际的虚妄迷雾:"在美国,我感觉美国人是不关心这个奖的。他们关心的是美国图书奖、普利策奖,因为那是针对美国人颁给美国人的奖。……就是俄克拉何马州地方报纸登了,学报登了,但是据说大学(俄克拉何马大学)就靠这个奖获得很大的影响力。"见凌越访谈《多多:变迁是我的故乡》,载于《时代周报》第113期,后又发表于《名作欣赏(鉴赏版)》2011年第5期。

年人占据绝对多数,就连多多自己也认识到了这点:"我想作为青年人来讲,或者说青年诗人尤其有可能接受我的诗。"[1]在不是为了虚妄名声与蝇头小利,或迫于交情,批评费力又容易讨不了好的当下诗坛,出现如此多认真而细致的专业批评,"多多现象"是个奇迹。且随着学院学术体制巨无霸般的扩充发展,覆盖了门庭冷清的诗歌研究,多多的诗歌也卷入了当代学术知识生产的装配线上。一切的迹象都显示着"经典化多多"的运动已经开始,且还在持续进行中。

考察一下有关多多的批评,有个较为有趣的发现:虽然众说纷纭,角度也不太一致,相关讨论的焦点却不约而同地集中在多多突出醒目的语言技艺上,借用首届今天诗歌奖的授奖词,那就是"诗艺上孤独而不倦地探索";一旦触及多多诗歌的主题内容时,讨论多多如何展示"人类生存困境"时,往往语焉不详、含糊笼统,或高渺地不着边际,诗歌的社会性维度被忽略,呈现出脱历史脉络和脱现实情境化的特征。[2]因此,对多多作品进行细致解剖,还原作品产生的历史印迹,并对有关多多的批评进行翻检、再批评,也许有利于显豁当代诗歌以及批评存在的问题与盲区。

一

关于诗人多多的诗歌批评,不得不提香港诗人黄灿然。他对多多

---

(1) 以笔者狭窄的阅读视野所及有如下诗人、批评家对多多的诗作进行了较为严肃的批评:凌越、木朵、王东东、胡桑、夏可君、杨小滨、吴季、黄灿然、李章斌、王家新、[荷兰]柯雷、林贤治、贾鉴、陈晓明、李扬、龚盖雄、张闳、李景冰、唐晓渡、王光明、陈超、闫然、汤拥华等。在排除了以中国人民大学为主的众多的多多诗歌朗诵会与诸多采访中的阐释解读外,这个名单也许还可以罗列下去。

(2) 补充说明:对多多写于1972—1974年的诗作,相当多的批评家已对之做过政治化的解读,但大多数评论过于匆忙地将多多的写作与"文化大革命"的时代气氛联系起来,这样的大政治化解读,同样是一种去历史化的批评。实际上,多多对"文化大革命"的认识较为复杂,联系他所身处的环境,虽缺少资料佐证,但还是与当下对"文化大革命"理解有较大差异。多多回国后接受凌越采访谈及"文化大革命",虽然有着时间变迁与空间转换的因素,但有别于一般对"文化大革命"的认知。结合同时生活在白洋淀农村的芒克、周舵、林莽等的回忆,以及北岛的小说《波动》,同样可以感受到区别。荷兰的汉学家柯雷是较早研究多多的学者,其对多多诗歌的描述,就已有的少量文章来看,虽涉及"文化大革命",避免不了的政治评论,但感觉缺乏必要的社会背景知识的储备与感受,而他对多多的系统研究还没翻译过来。由于不曾花费精力直接阅读,进行全面了解,甚为遗憾。

的"技艺"进行了最初但较为完整的评价,几乎为后来有关评价定下了基调:

> 他(多多)把每个句子甚至每一行作为独立的部分来经营,并且投入了经营一首诗的精力和带着经营一首诗的苛刻……多多的激进不但在于意象的组织、词语的锤炼上,而且还在于他力图挖掘诗歌自身的音乐,赋予诗歌音乐独立的生命。[1]

黄灿然对多多诗艺全面的展示与总结,将评奖语中"诗艺上孤独而不倦地探索"落实到了较为具体、精准的层面。不过,一旦涉及诗歌展示的内容方面,黄灿然几乎不置一词,主动放弃了评价。以《阿姆斯特丹的河流》为例,黄灿然第一个出色地阐释了该诗在音乐与视觉意象配合的精妙处,突出了诗歌语言造境的灵视能力,也使该诗成为多多的名篇之一。在多多的诗歌朗诵会上,这首诗往往成为年轻诗人向多多表达敬意而朗诵的保留节目。对多多的"技艺"品鉴之余,诗歌的内容——流落异国诗人的复杂境况窄化为较为熟悉的主题,中国形象也被简化为以庭院中的橘子树为代表的文化符号,几乎不在黄灿然的评价之列。而黄灿然的这一批评模式,在多多的诗歌批评中较为典型。

在众多的批评中,必须提到年轻的诗人批评家王东东。相比其他人的批评,他的讨论较有新意,相对完整地讨论了多多诗歌的总体社会历史维度,也触及了多多诗歌主题的转向与变化。从"革命—后革命"的宏观框架下出发,他认为:马克思主义化的黑格尔辩证法过程,即肯定—否定—肯定,足以概括多多一生难以逃脱的生存境遇的历史性内容。借助这一较多观念痕迹的批评视野,他发现多多诗歌意象中"历史秩序"与"自然秩序"发生过重大转变:

> 当"后革命"诗人成为纯粹的抒情诗人,他不再慷慨地将自然视为对历史的反映,在作诗法上为"应和",而是看到了自然对历史性存在的征服,历史,尤其是革命历史也被纳入了自然时间中接受自然事物的打量。……无法解决的生存性悖论和悖论

---

(1) 黄灿然:《多多:直取诗歌的核心》,载于《天涯》1998年第6期。

性生存的紧张,差不多完满地转化到了语言紧张性和紧张的语言里。在这里,也要归功于语言……由现代辩证法转化为古老的自然精神系统,在诗人那里形成了基于自然典律的自然诗学,对于慰藉人心,后者比系念于斗争诗学和革命诗学显然更可靠。[1]

按照王东东的理解,"革命"时期表现挣扎、斗争的革命话语借用象征手法完成了对农业自然物象的征服;进入20世纪80年代的"后革命"阶段,"历史话语"拥抱"农业自然物象"却纳入了古典中国的自然诗学传统。这一自然诗学传统,可以对应为在访谈与获奖感言中多多一再披露的理想之"道":天人和谐。王东东分析了多多的自然诗学系统所具有的意义:词语的社会史进程——难免带有革命、唯科学主义和进化论的色彩,得到了省察,甚至被纠正,而呈现出了一种词语的自然史的外貌,词的暴政变成了词的风景。

王东东随后追问这一变化为何发生,也即多多选择中国古典诗学的自然主义传统作为诗歌归属的社会历史原因,讨论的视角又转回到了"革命—后革命"的逻辑框架:对于多多这样的"后革命"诗人来说,宗教和国家皆已构成不了诱惑。与此相互发明的是,多多找到的自然,就好像是一种来自循环的也是封闭的时间(空间)的安慰,这种时间是农业文明的时间……

虽然王东东较为清晰地指出,还在20世纪80年代中期,多多诗歌的这种转变已经蔚然成风,但笼统的"革命—后革命"的评论框架能否准确地评价多多的诗歌轨迹?在具体的讨论中,这一评价系统将多多对"农业自然物象"的引入与发展,统一为"农业自然文明",是不是忽略了较长时间的写作过程中其他具体因素的介入作用?以王东东分析过的《通往父亲之路》为例,父子两代人通过趋同的"挖掘母亲"的动作相互连接起来,构成了整个星球的运动:

我们的身后

跪着一个阴沉的星球

---

[1] 王东东:《多多诗艺中的理想对称》,见于中国艺术批评网下的文学批评栏目,网址为 http://www.zgyspp.com/Article/y2/y14/200712/9705_3.html。

穿着铁鞋寻找出生的迹象。

如果说"冬天的笔迹，从毁灭中长出"还弥散出无法自抑的时代阴沉气氛，但在这种多米诺骨牌般传递的发掘动作后，整首诗却从那种"云投在田野中的小屋的阴影"中走出来，变成了一种蕴含着自我循环的原始生命力量。这一表现，在1984年的《北方的海》中，获得了另外的呈现方式：

但是从一只高高的升起的大篮子中
我看到所有爱过我的人们
是这样紧紧地紧紧地紧紧地——搂在一起……

这种自我循环的生命力，以大家庭的形式出现，富有浓郁的中国文化特色，虽然也可以用"农业文明"来涵盖概括，但这一"农业文明"的发掘能否放置在"革命—后革命"的框架下讨论，则需要更为细致周全的考察。简单来说，多多的象征主义诗歌抒情方式，导致其诗歌的意象不得不依赖与启用这些带有农业文明特征的自然物象，但在对这些自然物象的使用方式上，前前后后，连带生活处境的转变，其实发生了多次至关重要的变化。有必要详细探讨多多诗歌主题的前后变化，将内容的探讨深入某一地步，才能甄别笼统的评价，进行更为准确的评价。

考察多多诗歌变化的轨迹，从最早写诗的1972年开始，经历了一个被众多批评家指认的怀疑"太阳"时期，而流传在白洋淀知青群中欧美黄皮书在头脑中发酵，多多也写出了展现异国想象与情欲恶狠但又胆怯发作的诗。"文化大革命"中，白洋淀的知青诗人们，一方面，感同身受巨大的政治压力投下的某些阴影（如写诗会遭到审查，恋爱与非法同居顶着舆论与犯罪的压力），另一方面，田野铺展的广阔农村天地，也意味着难以言喻的放肆与快活。对此，芒克回忆早年四处串联狂欢般游荡的文章可以印证。北岛的小说《波动》，描述的也是"文化大革命"那个特殊年代的故事。小说呈现出北岛风格的冷峻与忧郁，但某些细节透露出溢出时代氛围外的生活气息。尽管后来"文化大革命"与知青叙述中,充满苦难与阴暗,但在这种集体性的氛围中,小说还是出现了黑市、香烟、秘密恋爱及游荡的痞气兼侠气的秩序外人物,正如多多在《鳄鱼市场》里所写的"不良少年"。

我们生出了
再也不知羞耻的招风耳
以及——不良少年脸上
在春天绽开的癣

不过,多多诗歌写作的这一时期并没持续多久。联系国内的整个文化思潮氛围,可以发现,伴随着"文化热"的兴起,"寻根文学"的印记与威尔士诗人狄兰·托马斯的影响叠加在多多随后的写作中,原始的农业自然意象迈进了诗行,开始了辉煌灿烂的超现实表演。更早时期,如王东东所说,诗人将自然物象和生产物象也当作革命物象来书写,"牲畜被征用,农民从田野上归来／抬着血淋淋的犁……"(《年代》1973年),但1984年前后,这一对"农业自然物象"的想象,携带着原始的、农耕记忆的内掘特征,同时又表现出生死角斗的动态挣扎感:

北方闲置的田野有一张犁让我疼痛
当春天像一匹马倒下,从一辆
空荡荡的收尸的车上
一个石头做的头
聚集着死亡的风暴

被风暴的铁头发刷着
在一顶帽子底下
有一片空白——死后的时间
已经摘下他的脸:
一把棕红的胡子伸向前去
聚集着北方闲置已久的威严

春天，才像铃那样咬着他的心
类似孩子的头沉到井底的声音
类似滚开的火上煮着一个孩子
他的痛苦——类似一个巨人

在放倒的木材上锯着
好像锯着自己的腿
一丝比忧伤纺线还要细弱的声音
穿过停工的锯木场穿过
锯木场寂寞的仓房
那是播种者走到田野尽头的寂寞

亚麻色的农妇
没有脸孔却挥着手
向着扶犁者向前弯去的背影
一个生锈的母亲没有记忆
却挥着手——好像石头
来自遥远的祖先……

写于同一年（1983年）的《一个故事中有他全部的过去》里，星星、耗子、菌类、蟋蟀也参与了人的挣扎与死亡过程：

当星星向寻找毒蛇毒液的大地飞速降临
时间也在钟表的嘀嗒声外腐烂
耗子在铜棺的锈斑上换牙
菌类在腐败的地衣上跺着脚
蟋蟀的儿子在他身上长久地做针钱
还有邪恶，在一面鼓上撕扯他的脸
他的体内已全部都是死亡的荣耀
全部都是，一个故事中有他全部的过去

在这些诗作中,大自然的斗争与衰亡交替到个人的生死与荣耀当中,展现出了当时社会历史所特有的时代氛围(《从死亡的方向看》《你好,你好》《灌木》《天亮的时刻》《噢怕,我怕》《春天的灵车穿过开采硫磺的流放地》等都具有类似的氛围与特征)。正如多多表述的:"大自然的意象也是我终身不能忘记的,我十六岁那么痛苦的在田野,我的大学就是农村就是田野。"当田野作为人类学的勘察对象出现时,带有农业痕迹的自然意象在多多的诗歌中,呈现出狄兰·托马斯那种将人与自然、生与死焊融混合的原始的生命力。不过,相比托马斯那种弗洛伊德式的欲望死亡纠结的生死本能,带有威尔士风俗,色泽热烈斑斓,多多这一时期的诗歌,却笼罩着"文化大革命"时代的集体氛围,显得阴郁冷凛。托马斯诗歌里飞扬动荡的生命动感,在多多这里却变成某种紧张悖谬的斗争感,但是现实社会的残酷,还是转换成为自然物象那令人战栗的勃勃生机。[1]在《北方的夜》中,当城市的社会景观已经改变毁灭了农业自然生命力时:

在牧场结束而城市开始的地方
庄稼厌倦生长,葡萄也累坏了
星星全都熄灭,像一袋袋石头
月光透进室内,墙壁全是窟窿
我们知道而我们应当知道
时间正在回家而生命是个放学的儿童
世界是个大窗户窗外有马
在吃掉一万盏灯后的嘶鸣

农业文明的自我循环却从废墟中诞生出原始的勃勃生命:

一只大脚越过田野跨过山岗

---

(1) 探讨多多受到狄兰·托马斯以及塞尔维亚·普拉斯的影响,不是本文重点。除了上面指出的近似外,多多诗歌中的某些原型意象如海、星星,如果说不是来自托马斯的话,至少两者也有一定的关联性。而狄兰·托马斯对多多的诗歌节奏的影响,是多多自己承认的,并将之命名为"词组节奏"。具体参见凌越《我的大学是田野——多多访谈录》,见《多多诗选》,花城出版社,2005年版,第272页。

史前的人类，高举化石猛击我们的头
在我们灯一样亮着的脑子里
至今仍是一片野蛮的森林
一些鹿流着血，在雪道上继续滑雪
一些乐音颤抖，众树继续付出生命
开始，在尚未开始的开始
再会，在再会的时间里再会……

与此类似，他的"北方"及"冬天"系列，呈现出一派寂寥、孤绝、神秘荒蛮的史前废墟般的氛围，同时快乐与喜悦反而从死寂中勃发萌生出来，所以在《北方的夜》中像石头般熄灭的星星，到了《冬夜的天空》里则跃跃生光：

"喀嚓喀嚓"巨大的剪刀开始工作
从一个大窟窿中，星星们全都起身
在马眼中溅起了波涛

多多随后就抑制不住地高声喊出来：

我在寻找我的爱人
踏在自行车蹬上那两只焦急的香蕉
让木材

留在锯木场做它的噩梦去吧
让月亮留在铁青的戈壁上
磨它的镰刀去吧

不一定是从东方
我看到太阳是一串珍珠
太阳是一串珍珠，在连续上升……

在《冬日的女人》那里，诗人对农村女人的审视也具备了文化人类学的视野：

这张过于善良的脸，总让我想起
一块自愿接受运斧的寿材
那会眨眼睛的窗框
当然就是你善良的耳朵

在一开一合。还有一双红肿的手
像甜菜冻在地里

同样是善良的……
过去是神话，酒浆四溢

多多塑造的北方女人形象，蕴含着集体的文化意识，而这种对古老生活原型的想象与向往，又可以转变成对城市生活的不满，多多也就借机方便地将诗人理解为恢复原始生活想象的祭师般的人：

可爱的时间被花吃掉了
生活是被马吃掉的青草
无法相信，田野是虚假的
无法相信，生活是虚假的

大海也许是曾经装满沙子的鞋
张大嘴巴的鱼干也许就是
三千年前的船。你的生活
对头吗？你，满意自己吗？

鱼被煎过了，盘子在变形
羽毛在男人身上更邪恶了
伤心商店里的一切

我全都看过了

请送我一双新手吧，诗人
的原义是，保持
整理老虎背上斑纹的
疯狂。

以此为视野发展的原点，文化寻根的视野，拓展到当代生活中，原始的生命力爆发在他所描写的生活——春天到来的细节里：

巨蟒，在卵石堆上，摔打肉体
窗框，像酗酒大兵的嗓子在燃烧
我听到大海在铁皮屋顶上的喧嚣
　　　　——《春之舞》

最能表明多多这一时期诗歌视野变化的是《中选》一诗，写于1987年。故事的主干，延续早期诗作《蜜周》时期的线索，从题材上看，不再是顶着压力的恋爱亲昵，很可能是未婚先孕，但与前一时期描写时代压抑氛围下偷尝禁果前后骄傲又羞耻的别扭心绪不同，诗歌描述的事件轮廓依然还能辨认出时代气氛，但诗歌的某些部分，突破社会事件的坚硬轮廓，渗透出了原始的生命强力：

大海，就在那时钻入一只海蛎
于是，突然地，你发现，已经置身于
一个被时间砸开的故事中

一些星星抱着尖锐的石头
开始用力舞蹈
它们酷似那男人的脸

与星星、大海这种原始意象所代表的丰沛生命力相反，自然界的树木这个时候却配合那个谐趣而邪恶的医生形象出现：

喊声引来了医生

耳朵上缠着白纱布
肩膀上挎着修剪婴儿睫毛的药械箱
埋伏在路旁的树木

也一同站起
最后的喊声是：
"母亲青春的罪！"

自然物象与社会现象的互相交织缠绕，成为多多越来越经常使用的一种手段或技巧，展现出了一幅幅斑驳的超现实图景。不仅在社会生活中呈现出自然原始的生命现象，自然物象的描写也呈现出了社会中的械斗、野蛮与凶残：万物与人一样，充满了恐惧。《风车》一诗，对物的咏唱转变成对人的命运的注译：

而，我们的厄运，我们的主人
站在肉做的田野的尽头
用可怕的脸色，为风暴继续鼓掌——

《搬家》一诗反其道而行之，有些黑色幽默的味道：我搬家，不是将家搬往人类密集居住的城市，而是搬往原野。谁知道呢，原野早就布满了与"我"相同想法的人类，"他们"已经动摇了根基，使一向岿然不动的大地都受了伤，变得惊悸：

每个人的手是一副担架的扶手
他们把什么抬起来了
——大地的肉
像金子一样抖动起来了。

幽默的是，当人类群体将家搬进自然原野时，自然物却忍受不了人类，它们模仿人类，像插标卖首的人一样，也要搬离，远离人类：

四周的树木全学我的样儿
上身穿着黑衣
下身，赤裸的树干上
写着：出售森林。

自然物象与社会现象的交织，有多种多样的表现方式，它不仅仅表现为互相地伤害与模仿，或者说是自然的社会化，与此同时，也出现了马克思所谓"人的自然化"：

手抓泥土堵住马耳，听
黑暗的地层中有人用指甲走路！

同样地，我的五指是一株虚妄的李子树
我的腿是一只半跪在泥土中的犁
我随铁铲的声响一道
努力
　　　　——《十月的天空》

双向的交织互动，多多要传达的，是一种死生交替的自然历史观——斗争就是交换生命：

就在棺木底下
埋着我们早年见过的天空
稀薄的空气诱惑我：
一张张脸，渐渐下沉
一张张脸，从旧脸中上升
斗争就是交换生命

自然的，最终要平息入自然，社会生活的失败与挫折也交会在自然展示的风云中，田野最终接纳了所有的激动、所有的恩怨情仇，在毁灭与失败之后，新的一轮生机又渐次展开：

向日葵眉头皱起的天际灰云滚滚
多少被雷毁掉的手，多少割破过风的头

入睡吧，田野，听
荒草响起了镀金的铃声……
　　　　——《十月的天空》

二

后来，多多出国，诗歌的主题随之发生了不同程度的偏移。如果说《我读着》一诗仍然延续了20世纪80年代中后期发展出来的"人的自然化"理解，那么90年代后其视角却发生了变化，"渗漏"出异国消息：

当我就要变成伦敦雾中的一条石凳
当我的目光越过在银行大道散步的男人……

"我读着"，这个提纲挈领全诗的短语，搁置句首，造成了排比复沓的沉思节奏，拉开了"我"与"父亲"的适当距离，回忆语调笼罩全诗。在次第展开的"我读着"中，"父亲"的出现呈现出人马的形象。"原始化"的"动物"与人的结合混融，延续了多多以往的想象逻辑，但由于在回忆的领悟中次第展开，过去"交换生命的斗争"的紧张感与动荡感，转化为回忆所独有的、安静深思的气氛，互戕杀伐的憎恨与依恋、人与自然交织的斗争错乱感，终于在异国他乡，呈现出"天地不仁，以万物为刍狗"的秩序感：

我读到一张张被时间带走的脸

我读到我父亲的历史在地下静静腐烂

我父亲身上的蝗虫，正独自存在下去

如果说《我读着》这首诗与出国前的写作还藕断丝连，写于同一年（1991年）的《没有》，则主题发生了根本的改变，转为较为具体地展现初到异国他乡遭遇的孤绝：

没有人向我告别

没有人彼此告别

没有人向死人告别，这早晨开始时

没有它自身的边际

除了语言，朝向土地被失去的边际

除了郁金香盛开的鲜肉，朝向深夜不闭的窗户

除了我的窗户，朝向我不再懂得的语言

没有语言

只有光反复折磨着，折磨着

那只反复拉动在黎明的锯

只有郁金香骚动着，直至不再骚动

没有郁金香

只有光，停滞在黎明

星光，播洒在疾驰列车沉睡的行李间内

最后的光，从婴儿脸上流下

没有光

我用斧劈开肉，听到牧人在黎明的尖叫
我打开窗户，听到光与冰的对喊
是喊声让雾的锁链崩裂

没有喊声
只有土地
只有土地和运谷子的人知道
只在午夜鸣叫的鸟是看到过黎明的鸟

没有黎明

一连串的"没有……"的排比否定句，叠浪一般剥夺了他在异国获得的零星意义的碎片，赤裸裸地表达了他所面对的孤绝。"除了郁金香盛开的鲜肉，朝向深夜不闭的窗户／除了我的窗户，朝向我不再懂得的语言"，具体地点出了他待在冰雾封锁的荷兰的窘境：言语不通，孤独一人。即使颠簸途中存在一些意义不能明确的视觉碎片："只有光，停滞在黎明／星光，播洒在疾驰列车沉睡的行李间内／最后的光，从婴儿脸上流下"，也由于无法交流，无法使用异国语言来表达，这些碎片还是呈现出无意义的性质，所以，他断然而决绝地喊出了"没有光"。

在表达异国生活的孤绝处境主题的同时或稍后，与出国前的写作相比，多多的诗歌主题发生了根本性的转移，无时无刻不与他身处异国的处境发生密切关联，最为明显的是"祖国"一词的出现。且不说《阿姆斯特丹的河流》《在英格兰》里或沉郁地坦白，或疼痛地叫喊出来，《依旧是》《归来》《四合院》《忍受着》《小麦的光芒》《总是》等诗，一再确认出了掩饰不住的中国痕迹，表现出对中国文化身份的认同与依恋，就连他离国五年后的诗歌里也是充满了类似的可以分辨出来的对个人处境的抒写：

隔着人世做饼，用
烤面包上孩子留下的齿痕

做床，接过另一只奶嘴

做只管飞翔的鸟

不哭，不买保险

不是祈祷出来的

不在这秩序里

从不做梦

这首写于1994年的诗里，多多对资本主义制度下的生活态度做了某种交代：他既不愿为自己孤绝的处境软弱地哭泣，也不接受西方福利制度下的保险政策，更不相信依赖宗教式祈祷就有获得感。这节末尾，他极端清醒地端出了底牌：自己就不在西方的社会秩序中，而这正是"从不做梦"的确凿含义：接过另一只奶嘴，做只管飞翔的鸟。在随后的诗节中，他所诉诸的自然物象的生存状态反而比拟对照为异国艰难生存状态下的"颇示己志"：

做无风的夜里熄灭的蜡烛

做星光，照耀骑马人的后颈

做只生一季的草，作诗

做冻在树上的犁

做黑麦，在风中忍受沉思

从不做梦

做风，大声吆喝土地

做一滴水，无声滴下

做马背上掠过的痉挛

做可能孵化出父亲的卵

诗歌最后三行"从夺来的时间里／失眠的时间里，纪念星辰／在头顶聚敛谜语的好时光"，透露了在这种拒绝做梦的坚硬姿态背后的支撑：追忆，在辗转反侧的时间里，思念人与自然相融互动的好时光。从对好时光的限定语来看，多少与他在白洋淀知青时期的农村生活相关。

综上所述，多多出国后，诗歌主题多与去国怀乡的诗人所不得不依赖的记忆相关。当记忆触摸不到实际中国时，将不得不依赖文化典籍传达出来的文化中国、农业中国。按照访谈的说法，多多辗转流落在荷兰、英国、加拿大等地，并不主动学习荷兰语与英语。布罗茨基所谓密封舱——母语，对流亡诗人的赐予，这个时候其实与失去的一样大。换句话来说，记忆主题，搅合着西方社会那恼人的风景，改变了多多诗歌中常用的意象的使用维度与方向。这些原始意象，如海、风、树、马、手、雪、鸟，来自自然界既存在于过去又延伸到现在、未来，转化为对个人身处欧洲——以荷兰为主处境的表达与描述。

以"海"的意象为例，这一意象贯穿多多前前后后相当多的作品。在写于1984年的《北方的海》里，"大海"流动，代表了一种人类世代交替、相互庇护的生命连带感："从一只高高升起的大篮子中，我看到所有爱过我的人们紧紧地紧紧地搂在一起"；而在《过海》（1990年）里，"海"的意象发生了偏差，首先"海"与"河"有了区分：

我们过海，而那条该死的河
该往何处流？

这里，"海"对出国的诗人说，可以是现实层面的，但又因为"该死的河"使它具备了隐喻意义：作为一个中国人，一生就像一条奔腾的河流，最终要汇聚到亲人与同胞构筑的、活人与死人交替循环的人类之海。离开中国，我们的人生（被汉语所构筑的意义的河流）出现了断流，所以多多说"我们回头，而我们身后／没有任何后来的生命"。虽然"海"依然还是"人类之海"——人类经验的总汇，但一旦"过海"来到国外，空间与语言的隔阂就添加到这"海"的内涵中，因此多多才说，亲人们"则在遥远的水下呼吸"，生活在汉语的汪洋大海中，而去国离乡的人一旦渡"海"，就面对着迥异的语境、语言：

对岸的树像性交中的人
代替海星、海贝和海葵

> 海滩上散落着针头、药棉
> 和阴毛——我们望到了彼岸？

上述四行诗，自然有不同的阐释维度，但无论如何，可以读作诗人对当下置身的异国进行现实的同时隐喻的描绘与批评。当多多说"所以我们回头，像果实回头／而我们身后——一个墓碑／插进了中学的操场"时，呈现出某种无可奈何的决绝：在出国之前，某种意义上"我们"已在汉语文化的大海里滋育为成熟的果实，因此，我们的回望只能是果实般的回头，但在中国的亲人们看来，从古老汉语的文化海洋的角度看来，离开国家到另一种语言下生活的孩子，却像夭折的中学生而已。所以随后作者借助一个在人类的海边哭孩子的中国老妇人的形象，阐明了生命延续的神秘：没有死人，河便不会有它的尽头……在这里，"海"的意象虽然继承了20世纪80年代中后期的意义，但已经发生了重点变化，过"海"，本身就提示了这种跨文化的变迁，而海岸线的风景也大为迥异。在写于1989—1990年的《看海》里，这一点得到清楚展现：

> 那记忆也是，一定是
> 死鱼眼中存留的大海的假象
> 渔夫一定是休假的工程师和牙医
> 六月地里的棉花一定是药棉
> 一定地你们还在田间寻找烦恼
> 你们经过的树木一定被撞出了大包
> 巨大的怨气一定使你们有与众不同的未来
> 因为你们太爱说一定
> 像印度女人一定要露出她们腰里的肉
>
> 距离你们合住的地方一定不远
> 距离唐人街也一定不远
> 一定会有一个月亮亮得像一口痰
> 一定会有人说那就是你们的健康

再不重要地或更加重要地，一定地
一定地它留在你们心里
就像英格兰脸上那块傲慢的炮弹皮

当诗人说"春天的风一定像肾结石患者系过的绿腰带／出租汽车司机的脸一定像煮过的水果"，多多显然是在批评西方异国：

> 没生活方式了吧，都异化了，都文明了。从心理上说，在西方，一切都人工了。我们和大地、自然、历史、记忆的情感联系，在那儿全没有。到欧洲乡村也没有，再美也不对劲。十五年，我总算适应了。[1]

在《归来》（1994年）里，"大海"的意象再次出现：

从甲板上认识大海
瞬间，就认出它巨大的徘徊

从海上认识犁，瞬间
就认出我们有过的勇气

"大海"的意象再次与去国离乡这一行为联系起来，细化为这一行为中包含的犹疑、勇敢与恐惧。在离国五年的时间里，"鞋里的沙子已全部来自大海"：五年漂流的历程，像在"海边"行走，认识"大海"。戏剧性的变化发生在紧跟而来的四句：

刚刚，在光下学会阅读，
瞬间，背囊里的重量就减轻了；

刚刚，在咽下面包时体会，

---

[1] 见《时尚杂志》采访稿——《多多：卓绝和个性》，载于《时尚·Esquire》2005年8月号。

瞬间，瓶中的水已被放回大海。

"在光下学会阅读"，同样既可实指也可看作隐喻的描绘，对比上文分析过的《没有》一诗所展现的孤绝的姿态，此时，流落异国的生活处境，通过诗人的体验与感受，也即诗里的"阅读"，对诗人展现出新的意义来，不仅使诗人卸掉了去国时的沉重负担，还如同瓶中的水——个人经历的碎片，放回了大海——人类经验的汇流与发源地。不过，这种汇流，不是融入异国的生活秩序，而是遭遇并融入不期而至的故国记忆，在汇流的同时诗人也最终确认了自己脱根离源的漂流状态：

刷洗被单簧管麻痹的牛背
记忆，瞬间就找到源头

不能完全确认这里的"单簧管"，就提示了诗人所处的异国背景，但通过"刷洗"这一精细的、需要耐心的动作，"记忆，瞬间就找到源头"。恰如后面紧跟着的暗示，记忆寻找到了源头是通过运用母语写作来实现。一旦我们通过母语写作，刷洗记忆找到了源头时，"词，也就瞬间走回了词典"，汇入了负载着古老文化与经验的词典，个人的经验也融入文化的汪洋大海中，也正因为如此，在负载了古老文化传承的文化之内航行，却"让从未开始航行的人，永生——都不得归来"。当记忆与语言相互"发明"时，多多的"归来"就不再是空间上的返归中国，而是通过融汇于他所理解的古老的文化，实现了在古老文化海洋的遨游。所以，在这个意义上，多多说，自己根本就没有所谓离开文化之根的航行远离的行为，自然也没有什么归来一说："永生——都不得归来。"

在好的状态下，多多依靠"追忆"建立和祖国的联系的写作，会抵达文化与母语的乳汁与源头，但是，依靠语言虚构的记忆，有时却不得不搁浅在具体的历史生活中，自身的物理存在，无法与语言虚构的景象达到如鱼入水的和谐状态，反而坠入精神的绝境。在《这样一种天气里来自天气的任何意义都没有》（1992年）里，如杨小滨分析的：当这种身处异国的精神绝境被总结为"也不会站在信心那边，只会站在虚构一边"时,"这种虚构的概念也变得不安和岌岌可危","当此诗结束于'只有虚构在进行'的陈述时,'虚构'不再是作为同虚妄的'信心'相对的力量",恰恰作为无法对抗物理现实而赤裸裸地悬搁在那里,[1] 显露出绝望中的希望——不妥协的硬汉精神,即当"虚构"自身的意义已经被取消的时候,"虚构"还是梗着脖子继续进行。与这首诗写于同一年的《在墓地》多多以另外的方式表达了这种"绝不妥协"的精神的内涵:

收听

然后收割,寒冷,才播种
忍受,所以经久
相信,于是读出:
有
有一个飞翔的家——在找我们。

多多展现的精神绝境,类似于克尔凯郭尔意义上的"亚伯拉罕",他遭遇到上帝的考验,其中似乎没有任何缓解与宽松的回旋余地,连虚构也无法来填补,除了忍受,除了相信的信仰态度外,别无他法。

如果说包括了《依旧是》(1993年)在内的上述诗,清晰地呈现了多多流落异国、处于孤绝境地通过回忆来重塑希望的历程,那么《地图》(1990年)、《五年》(1994年)、《北方的记忆》(1992年)等诗里却更为直接地透露了个人的生存真相:过去离别的场景闪现在"午夜的大汗"与"黎明的急雨"中,身处异国旅馆,记忆的断片孤悬在异国的城市背景中,无法延续下去:"犁,已脱离了与土地的联系"。作者只能画画,向壁而对:"我,用你的墙面对你的辽阔"(《北方的记忆》);《地图》里,半夜不能安眠的诗人,受某种因素影响,开始对话"旧我",暗示出他当初出国的特殊心理,隐晦地折射出特殊历史经验所体验的真实心态;《五年》一诗,对照诗中"五杯烈酒,五只蜡烛,

---

[1] 杨小滨:《今天的"今天派"》,载于《今天》1995年第4辑。

五年／四十三岁，一阵午夜的大汗"，可以确定此诗的背景心态，也即午夜梦回后，四十三岁的多多直面出国五年后艰难生活进行自我的精神鼓劲，同时又在骄傲地宣称：

五日五时五分五只蜡烛熄灭

而黎明时分大叫的风景不死

头发死而舌头不死

从煮熟的肉中找回的脾气不死

五十年水银渗透精液而精液不死

胎儿自我接生不死

五年过去，五年不死

五年内，二十代虫子丝光。

三

在诗中探讨个人异国生存的具体境况与心理历程的同时，伴随着"记忆"主题的开掘，一个"飞翔的家"开始寻找多多。考察多多出国后的诗作，1993年后，探讨个人异国生存困窘与挣扎的诗已经少见，诗歌越来越明显地呈现出一个新的主题：在记忆与文化认同的展开与深入中，一个古老的、来自记忆，混合了农业文明印迹的文化祖国在其诗中显影。

《依旧是》一诗，写于1993年，多次借助了王家新提及的"中国性"经验，而如某些批评家曾指出的，这个"中国性"的经验，确定性质的话，可以视之为农业文明的文化经验。其中的农业自然物象获得了一种新的想象秩序，呈现出既激动蓬勃又温暖，也伴随着清冷沧桑的特质，它们也不再冲突绞杀，而是各得其所。诗里行间有种浸润在记忆中的款款深情：秋天自然物象的奋力生长的蓬勃与收获的热烈，深秋初冬时的冷清，夹杂着父母之间家居生活的细节，而下雪天里牛舌的温暖，父母的死亡，等等，都皈依于"依旧是"这个短语的统摄力里。超现实的笔法，依附于内蕴在中国人记忆中的文化集体意识，反而折射出异国诗人那个农业文化中国的自我想象性质。在后来的写作中，这个农业文化中国的形象，继续延展在如《五亩地》（1995年）、《小麦的光芒》（1996年）、《忍受着》（1998年）等诗里，呈现出不同的想象姿势，最后在《四合院》（1998年）里达到了极致。

批评家王东东借助他的逻辑，认为"后革命"诗人如多多，由于所经历的人生现实和社会变迁，一方面忌讳人格神的现身，亦即超越精神的完全实现；另一方面又忌讳其（上帝）在人间的代表的现身，亦即国家、民族等集体性事物在诗中的再次出场。因此对"后革命"诗人来说，宗教和国家皆构成不了诱惑。与此相互发明的是，多多找到的自然，就好像是一种来自循环的，也是封闭的时间（空间）的安慰。

从以上的分析来说，王东东的这个判断，虽然敏锐地辨识出多多诗歌中社会意象与自然物象逻辑交织的特征，但由于将三四十年来具体变化的历史进程，强行塞在"革命—后革命"的黑格尔辩证法的大框架下，具体到多多身上，就来得过于笼统，对处境的辨认缺乏细致入微的精确，也就带来略显僵硬的思辨逻辑。人的现实或历史处境，不得不被较为笼统的思辨所抹平或忽略。

将多多在国外诗作中呈现的"中国"形象，定义为"农业文明"的文化符号，虽然有一定的概括性，但这一笼统的说法，如果作仔细辨析的话，恰好可能遗漏了更为细致具体的历史化的语境，反而泄露了批评家们推重技艺、盲视社会历史政治内容的集体无意识。以《五亩地》为例，诗里行间借助的农业经验，来自个人记忆，即使从诗句所显示的痕迹来透视，也并不仅仅一句"农业文明"就可以解释清楚，更多经验其实来自社会主义农村的经验——如果需要进一步加以明确的话，是社会主义初期北方农村的回忆：

五亩地，只有五亩地
空置不种，用于回忆。

《五亩地》可以明确地解读出他通过回忆表达他们那一代人所应该具有的、较为微妙的政治社会态度。因此下面将以对《五亩地》的具体分析来探讨多多如何处理这种触及复杂社会政治的历史记忆。

该诗分为九个部分。第一部分清晰地展现了传统农村秋收季节充满活力的丰收景象：

置身秋日的原野，读下消逝的时节，
秋光，怎样爆开橘子的四壁？
虚无的仓库，怎样存放秋天的谷粒？
烟，曾怎样升起？有风时节，
少年怎样扬手走过麦地？

第二部分则以去国离乡后置身的欧洲场景——威尼斯、葡萄牙、罗马、巴黎、苏格兰——时刻对比记忆中中国农村的景象，坦露难以抑制的对土地的向往，并在记忆中展现中国农村火辣热烈的劳动场景：

多少小白教堂，像牡蛎壳粘靠在悬崖边缘；
多少飞倦的大鸟，像撑开记忆的油纸伞。
我在童年见过的海，是一只七百年前的大青碗
此刻，大海是亿万只嘶叫的海鸥的头。

举着火把出门，为见识大海。
彻夜倾听海底巨石滚动的声响，
为见识冬日大海的凄凉。在冬日
的威尼斯吃章鱼，
手，依旧搁在锄把上。
葡萄牙海上的云让我醉，
指头，依旧向往泥土……

多久了，种麦时节，少年伙伴
四季，都是火焰！

第三部分延续了第二部分的记忆，但主题的偏重，从劳动场景转

向混合了农业印迹的大自然的奥秘,并透露出无限的思念:

> 最明亮的星星周围也有马群的嘶叫声。
> 雨声中,有从草原上空降下的玛瑙;
> 锣鼓声中,有乡间邮差绿色的头发拂动;
> 麦田间有教室,教我听
> 大河闯开冬日土地的嘶裂声。
> 听春日的酵母在地下喘息;
> 听葵花开放时孔雀无端的鸣叫;
> 听树木在创造性的爆炸声中成长;
> 我朝任何方向走都是五月,
> 我听到草向原野蔓延的喧嚣。
> ……
> 隔着大海,也能轻吻!
> 隔着时间,却不行!

第四部分仍然延展记忆,内容则以农村人的劳作与日常生活为重心,传达出了浓浓的依恋之情:

> 四月,我的四月还在。
> 还在被扁豆枝散发的清香触痛,
> 黑发男孩还在蓖麻地里练习游泳。
> 还在辨认六月肺病女子的歌声
> ……

不过,需要确凿了解与辨析的是,虽然多多将记忆中的农村生活理解为"旧神在此,土地坚实"的两千多年来的传统生活,但诗歌中的细节却一再提示我们,这是发生在1949年后的北方农村:

> 那片饱受虐待的棉花地还在
> 万人合力拔麦的图景还在。

四

在对多多的诗歌进行了长途跋涉式全面浏览与辨析后，终于可以返回话题的中心来。如果我们阅读有关多多诗歌的评论，抛开批评中出自礼貌及不得不为之的敷衍文章，以及多多超现实主义的表达手法容易引发的费解的因素外，正如前文指出的，绝大多数的批评家注意力聚焦在诗歌的"技艺"方面；就此而言，可以说以黄灿然的《多多：直取诗歌的核心》为发端，引发了随后一系列的有关多多诗歌技艺的批评。在对多多的诗歌技艺表达了几乎是无保留的惊叹与赞赏的同时，众多批评家一再忽略了多多诗歌的"技艺"本身存在的危机与限制。而能够对多多的诗歌的"技艺"存在的危机与局限做批评的前提，却集中表现在诗歌呈现的内容上。可以说，在对"技艺"进行辨析时，诗人批评家的判断力或有意或无意地自动停止了工作，批评仅仅变成了赏析式的品鉴，或对多多诗歌技艺高超的服膺与赞叹，再一次确认了这些批评家本人的"语言本体论"的信仰。但"技艺"的维度不仅涉及了诗歌表达的丰富全整与否——"怎么写"，其实更涉及诗歌表达的主题方面——"写什么"。换句话来说，诗歌的社会政治历史维度同样也要介入对诗歌"技艺"的探讨中来，这也是避免"诗艺"仅仅堕落为修辞技巧，或将风格理解为仅仅是一种可操作的语言程序的唯一方式，诗歌判断力的马达最终渴望着轰隆隆地工作。

当代开展的相关新时期以前的历史与思想讨论，为我们接近五六十年代以来的社会主义农村，建立批判性的内在视野提供了一个视野广阔、思绪复杂的现实图景。在美好童年与接踵而至的灾难间，多多采取了一种迅速道德化的信仰姿态："给予，而不回答；肯定，但不确定；信！"最终通过克尔凯郭尔解读的亚伯拉罕式的信仰态度，将矛盾安置到设想出来的美好的农业文明的秩序中。在金丝燕对多多进行步步紧逼式的采访中，这个问题以较为隐晦的方式显露出来。金丝燕追问多多：

> 你对于往事的追忆已经变成对于一种依恋的时候，往往会产生一种危险……对于往事的依恋，就是希望在文学中建立一个美

好的理想，但这样就会产生一种危险，当你把一个往事的依恋投影在文学上时候，这个时候，你的触觉、你的批评就会变得非常夸大，你对现实的批评，对外来的批评会变得非常夸张。[1]

依照金丝燕的追问逻辑，当追忆转变成依恋时，可能会形成一个危险，言外之意即缺少反思导致既无法看清当时生活过的社会主义农村经验，也无法看清与理解欧洲的资本主义生活，因此这时"你的触觉、你的批评就会变得非常夸大"。多多如果不是出于回避，就是没有理解金丝燕话中之话的重心所在。他以"夸张"为艺术表现手法，以"依恋"为写作动力答非所问地避开了其中隐含的批评。

五

与多多越来越抽象、缺少深度辨析的"祖国"记忆模式息息相关，多多2004年回国后越来越呈现出一种写作危机。这一危机主要表现为深度意象的象征主义写作自身携带来的，无法准确抒写具体经验的困窘。在对中国当代场景进行抒写时，多多的诗歌语言不是用人类经验，放大夸张了当代中国的具体经验；就是靠局部细节，缺失上下文的历史维度，转化为极端经验，日益暴露出他强力意志式样的象征主义抒情方式在认识论上的失当，与对具体经验层次辨析能力的缺失。可以说，20世纪"90年代诗歌"观念中表现出对"80年代诗歌"自我反思的批判维度，在多多身上仍具有一定的批判效果，虽然时至今日，"90年代诗歌"提倡的"历史意识"已经显露出自身的致命缺陷。

按照杨小滨的说法，多多的诗歌写作方式，表现为"抒情的灾难"："出示一种绝对性的语式，同时通过语义上的自我分裂显示出这种绝对性的崩溃"，多多的诗歌成为"宏大抒情"之死的最佳范例。[2] 许多批评家之所以津津乐道于多多诗歌的语言"技艺"，正是由于多

---

[1] 多多、金丝燕：《诗，人，和内潜》，《迎接新的文化转型时期——〈跨文化对话〉丛刊（1—16辑）选编》（乐黛云、钱林森、金丝燕主编），上海文艺出版社，2005年版。
[2] 杨小滨：《今天的"今天派"》，载于《今天》1995年第4辑。

多的诗歌为批评的解剖刀提供了随处可见的手术台。多多的写作方式，可以归结为"深度意象"的象征主义，在简短诗行中呈现不可弥合的巨大张力，以最基本意象的二律悖反平衡在奇崛的句子里。而他对"诗艺"孜孜不倦的追求，在诗歌节奏上做出的卓越奉献，也为这种批评提供了坚实的基础，但从另一方面来看，这一戏剧性的抒情方式所呈现出的经验，已经最大限度地削减处理具体经验的针对性，容易模糊批评家的视野，导致他们毫不费力地将诗歌与诗人的个人与历史语境割裂开来，认识论上呈现出汤姆·斯莱所称谓的"深度意象"诗接受过程中的"非历史设定"："诗歌是能够陈述绝对真理的，只要诗人所唤起的意象是从那些未被历史和理性的魔爪玷污的、足够深的来源中涌出。"[1]王家新与柯雷有关多多诗歌中经验普遍性与特殊性的争论，就涉及斯莱提出的诗歌现象。而王家新尽管指出了多多诗歌经验的"中国性"，但这一"中国性"由于笼统模糊，仍然是去历史化的。与这种割裂的、去历史化的理解方式性质相同，一些批评家如胡桑就将多多诗歌表述为一种形而上的思辨能力。

如果说，多多出国后写作的诗歌表现为一种紧缩性的追忆，决裂的充满张力的抒情方式，已经最大限度地呈现出诗人内心的紧张与绝望，传达出诗人局部的真实处境。但这一处境中需要加以分析展开的，在笼统的追忆性抒情中，往往却被漏掉。而在"追忆"中寻找到的，融合了青少年经验带有农业文明气息的文化中国，像唐诗宋词一样，重新激发出潜藏的集体记忆，但我们生活其中的现实中国却发生了天翻地覆的变化，多多所向往、记忆中的农业社会迅速消失。其消失的原因，渗透在我们正在进行的历史中，正如同多多童年记忆中忽略掉或没有更深理解的社会主义农村一样。他所谓"天人和谐"的传统，最终因为缺少了对传统社会的深入了解，不得不沦落为纸上的"美学"。这个封闭在"美学"中的农业文明，如此脆弱，激发起处在激变当中的中国人的集体记忆，赢得了较为普遍的认同与接受。但在归国后的写作中，要处理当下的历史经验，多多这一深度象征主义写作方式，暴露出无法掩饰的危机，某些诗歌，扭曲了我们当下正在经历中的经验。

---

[1] 汤姆·斯莱：《太多的空气：特朗斯特罗姆》（胡续冬译）。似乎该篇文章尚未刊行，只在网上流传。网址为 http：//www.douban.com/group/topic/22921138。

这一危机,也与他对正在剧烈变化中的中国的陌生息息相关。[1]

方便列举的例子是以下的一些诗,如《白沙门》:

> 台球桌对着残破的雕像,无人
> 巨型渔网架在断墙上,无人
> 自行车锁在石柱上,无人
> 柱上的天使已被射倒三个,无人
> 柏油大海很快涌到这里,无人
> 沙滩上还有一匹马,但是无人
> 你站到那里就被多了出来,无人
> 无人,无人把看守当家园——

近年来,白沙门开发为海口的旅游景点白沙门公园,但在 2005 年以前,它还是一片有待开发的沿海沙滩地。显然,多多诗里描写的景象,为开发前的白沙门。诗歌通过"无人"这一句尾的短语,构成了层层加重的排比。最后一句"无人,无人把看守当家园——"以顶真的修辞方式承前启后点出了诗歌主题。语气凝重、节奏铿锵,处处散发出多多独有的痕迹。但诗歌所显示的内容,显露出海德格尔意义上的"看守家园"的存在主义式理解,完全漠视了当代中国的具体生活经验,并将之上升到所谓的"无人把看守当家园"的多多式的思考角度。这首诗,唤起了许多在新批评的细读陷阱里囤积的西方知识,句中的"天使"与"马"也牵连出种种相关的文化记忆,但构成这一景象的具体的社会历史原因却湮没在这一超然的判断下。"无人"所包含的独断、专制,在层层递进中,上升为一种拒绝与(普通)人交流的蛮横。来自早年的象征主义的抒情模式,无法把握需要具体分析的生活

---

(1) 在接受凌越采访时,多多坦承了对当代中国经验的陌生:"我想说我回国以后至少有五年,我想要真正慢慢地明白过来是怎么回事(指国内的现实和气氛),是 2007 年年底才开始苏醒。……因为中间这十五年空当啊,你根本没有看到过程。再一个你的角度,你的位置是在西方看中国,不是在中国看中国,所以这个视角的调整绝对需要时间。因此我刚回来的时候就是失忆状态,而且我对国内的什么都是一种不能反应的状态。我现在也不能说我完全明白了,绝对不敢这样说,因为人家说十年嘛,这不是一个个人的事情。"见凌越采访多多《多多:变迁是我的故乡》,载于《时代周报》第 113 期,后转发在《名作欣赏(鉴赏版)》2011 年第 5 期。

经验;海德格尔意义上的"思"的高渺,终于坦露出冷酷的脸面,在这一思绪下,多多"委任自己当了清空中国人的中国文明的代表"。从这个角度来说,杨小滨所谓的"宏大叙述"在20世纪90年代中后期无论是思想还是现实层面,都分崩为混乱、复杂的碎片。

在"走进那看不见的田野:多多诗歌读诗会"上,王耀伟将多多的"无人"和保罗·策兰的"无人者"联系起来,进行深度挖掘,刘思伯则将诗中的意象进行了现代文明与传统文明的对立性列举。上述的解读方法,抛开了具体的社会关联。诗歌的词语转变成死去的大师偶像们——哈罗德·布鲁姆所谓的强力诗人的一连串的秘密接头暗号。"新批评"的细读法,最终在当代诗歌的批评解读中疯魔为古老读经术的变种。而对意象主义诗歌的阅读,至今以来,习以为见的解读,仍在区分不同的经验世界的意象——就如刘思伯对《白沙门》中意象进行工业、传统的二分法,这几乎已在当代诗歌的细读批评中变成了真理般的教条,尽管这个二分法一般来说,较为笼统、机械。这固然说明了细读实践所面临的日趋困窘的尴尬,但也从反面说明了当代的深度意象写作自身所撑开的想象空间并不一定比叙事作品所提供的维度更为宽广,虽然深度意象写作的大师们,已经把深度意象操弄得如同北京交通线路那样的缠绕与驳杂。

六

在接受金丝燕的访谈中,多多一再宣称,他反对对其诗歌进行完全社会化、政治化的解读。在他看来,这种解读"是一种暴力,它消灭诗歌应有的空间,压缩它,压缩到还原到所谓的内核"。诗歌,应该是通过言说,来挖掘存在、挖掘词语,使词语"从被现实的有限性所禁锢的内部出来"。而存在,结合了个人行为,也要触及经验,但"存在比经验要大"。

多多这种神秘化的泛语言诗歌观,带有海德格尔解读的荷尔德林的印记,在当代诗歌界已经发展成为一种不可忽略的主流意识。也许从这一角度出发,我们才能理解:为什么对多多的解读,更多从诗歌语言剧烈的张力、紧张、悖谬的"技艺"层面进行剖析，而多多的诗歌也常常被看作思辨与形象交织的形而上戏剧。

在探讨美国诗歌界20世纪六七十年代对特朗斯特罗姆的"深度意象"诗的接受时，诗人斯莱指出了一种被误读的批评现象："在这种知识气候中，批评似乎更愿意发布对艺术家的指令，而不是将其注意力转向单个的艺术作品中所包含的切实经验。"[1]多多诗歌中带有现实、政治、社会的痕迹，草蛇灰线般地隐现在节奏与变形的视觉图像中，往往也被批评家有意无意地忽略。这种毫不费力地将作品与每个诗人的个人与历史语境割裂开来的方法论，其实迎合了将诗人想象为神秘的巫师、先知，或区别于哲学家但又具备其深沉超越气质的自恋情绪。如年轻批评家胡桑可能较为真诚的评述，听起来却像出自十几年来某类诗歌观念的表达积习：

> 多多是一名纯粹的、自觉的抒情诗人，他将诗歌剥离出政治、文化、历史、经济、情感，存在甚至音乐等误区的单一磁场，而恢复为对词语和生存自身的多维度感受……他的诗句一再地突破词语的外壳而进入其语义场的核心地带，并总是试图侦破出裹挟着历史与时间痕迹的诗歌信息，从而更新着这个时代的生存感受，提炼出生活中的结晶体……它承受着外部现实的压强，又保持着自身内部系统的法则。[2]

多么完美的表达！入乎其中，超乎其外。诗歌能够实现这种更新感受的能力，原因就在于多多诗歌高超的语言"技艺"：

> 诗歌的肌肉受语言的脉搏驱动，充满着紧张、对立和反讽，完全不能与语言的日常逻辑直接对应，而这是诗歌这门艺术的基本律令，通过改变语言，从而改变对生活的感受以及生活本身。

（1） 汤姆·斯莱：《太多的空气：特朗斯特罗姆》（胡续冬译）。似乎该篇文章尚未刊行，只是在网上流传。本引文引自豆瓣网，网址为 http://www.douban.com/group/topic/22921138。

（2） 胡桑：《我所骄傲的听觉》，载于《诗建设·第二辑》，作家出版社，2011年版，第23页。

胡桑的说法，俄国形式主义"陌生化"的诗学痕迹犹在，又接受了"新批评"通俗版的张力理论，但其中包含了多少浪漫主义的傲慢与蛮横啊，不啻是"技艺"神话当代版的现身说法。"诗歌语言"许诺的"改变"，如果不被单纯理解为修辞上的刺激幻觉，往往触及不到受其他专业领域知识与实践影响的世故读者的"日常语言逻辑"的要害。在类似的表述中，所谓"语言的日常逻辑"也是个未经说明的想当然的整体、抽象的平面，从来不曾明确过，正如同诗歌批评中诗人们经常宣称要颠覆的"规范的语言秩序"。实际上，"语言的日常逻辑"不是静止不动的泥偶木胎，狐狸有多么诡秘它就有多狡猾！超级都市多么立体它就有多缠绕！它始终处在变动游移中，而且它还如资本主义一样，天然具有模仿吸纳能力，戏拟诗歌语言如电视广告，极端情况下"诗歌语言"也会无意识地蜕变为"语言的日常逻辑"。也许只有始终处在与变动、漂移的日常语言逻辑背后潜含的观点与视野的辩驳与对峙中，"诗歌语言"才能更新语言的日常逻辑，也才能使这门"纸上的事业"，不再是炫奇露怪、刺激感受的语言魔术，而是在条件具备的时候提供些微启示与更新视野，进而督促人生。针对当前过分强调"诗歌语言"特殊性的神话，萧开愚的表述更为灵活，有直接的针对性：

> 诗歌只是诗歌，不是烹调、栽培、升天或政权，它的范围极端有限。诗歌之能保证狭隘但是联动的文化性格，端靠它的触角去敏感其他部门文化的功能、形式、方法和边界的随时变动，以加强或更新自己的版本。[1]

如此，诗人获得联动的改变生活的"诗歌语言"，自身的政治、文化观点需要接受检讨，并在与其他文化领域的互动共存的辨析中滋养发展，而不仅仅是诗歌"技艺"的自在自为。批评家展开批评的前提，也不单纯是进行当代诗歌知识门槛的教育普及，更不局限于将一尊尊大师形象成功地送上诗歌殿堂的供桌，制造一轮轮的诗歌时尚，而是将批评对象置入诗歌关联的文化场域中，通过尖锐而犀利的批评展开

---

[1] 萧开愚：《当代诗歌的一些文化触角》，为北京大学中文系2011—2012学期举办的"现代诗歌与文化"系列讲座所作的讲稿。

问题,也能为在独立性、特殊性的"神话"中日渐枯竭的诗歌提供健康丰富的滋养资源。

以此观之,众多诗人或批评家聚焦在多多诗歌的"技艺"上,对其特定历史阶段写作的诗歌进行了去历史化或看似历史化、政治化,实际僵化的解读。前者是将多多的写作看作超越了地域国界的形而上的国际化写作,较好地体现了语言对"历史"的救赎或超越能力;后者则如运用有关"文化大革命"的主流叙述硬套多多"地下"时期写下的诗歌。两者不同的批评模式,其实都拒绝敞开问题的场域,拒绝历史与政治视野进入当代诗歌的分析与辩论中。

在张扬诗歌语言救赎历史或超越政治的"神话"中,需要加以辨析的是,这里的"历史"或"政治",往往建立在当代社会专业分化的知识理解上,其实忽略了当代语境这一超越或救赎的神话。如果放弃对多多诗歌中呈现的内容进行细致的"政治(历史)性"的辨析,那也只能说明,对"政治(历史)"的理解,还是建立在诗歌/政治(历史)的二元对立上。也是在这个意义上,当贺照田提出"内在于我们历史和现实"的九个"真问题"时,"中国知识界真正政治视域的阙如"这个问题被列在较前的位置[1]。上述对诗歌特殊性的想象,往往缺少对历史领域或政治领域的同情探讨,从而也就将诗歌的想象力视为对现实或历史的偏移与脱逸。在诗歌与批评中,从认识论的角度来说,除了强化诗歌自身的独特地位外,不可避免地会产生隐蔽的政治态度。这种隐蔽、褊狭的"政治"或"历史"理解与在专业分化前提下对诗歌特殊性的想象,两位一体,成为当代最为主要的诗歌意识形态。

七

简单回顾新时期以来的诗歌史,这种"技艺"崇拜现象并不是突然冒出来的。它发生在20世纪80年代思想文化解放各种人文领域短暂的蜜月期后专业分化的大趋势下,与此同时,也是西方各种诗歌流

---

(1) 贺照田:《制约中国大陆学术思想界的几个问题》,载于《当代中国的知识感觉与观念感觉》,广西师范大学出版社,2005年版,第12页。

派涌进中国逐渐形成当代诗歌知识谱系的时期。

改革开放以来，短短十几年内，以欧美为主的西方发展了一二百年的诗歌流派以"现代派"的笼统面目一股脑儿地涌进中国，在"乱花渐欲迷人眼"的广采博取后，"朦胧诗"以来的前辈诗人们依照个人经历性情或主动或被动地选择性地吸收营养，他们给年轻的后辈诗人留下了一尊尊国外请来的诗歌偶像，导致诗歌的"技艺"逐渐取得了无上的地位。遥远造成膜拜。源于对具体历史处境的无知，我们尊崇"技艺"，并不太考虑西方诗人们的价值观念、政治态度，一以贯之以普遍含糊的"人性"来囊括。所有的诗歌偶像，即使观点相反，立场截然不同，我们都慷慨地显示了同等程度的尊崇，尽管这一系列的"误读"的接受与转化，并不是没有产生相对较好的诗歌成果。但这种现象，从最恶意的角度来揣测，也许说明我们的诗人批评家只不过是无价值观的思想投机者而已；从诗歌生产资源的角度来看，在具体变动的现实社会中放弃了政治历史思想的辨析，崇拜"技艺"，则意味着当代诗人在坚持诗歌的独立性的同时，也将自己封闭了起来，或自我沉醉或任凭写作的积习支配，不过是方便地继承前辈遗产的守财奴而已，画地为牢反而窒息了诗歌丰富的可能性。■

暮晚的向道　多多研究集

一

14世纪初期，在法国奥克西坦尼南部一个叫蒙塔尤的小山村里，一位名叫皮埃尔·莫里的牧羊人与他的同行发生过一次严肃的争论："皮埃尔，别再过你那种苦日子了，卖掉你所有的羊吧！这些牲畜卖的钱可以供我们花费。我本人以后可以制作梳子，这样我们俩就能生活下去……"皮埃尔不假思索地反驳道："不，我不想卖掉我的羊。我以前是牧民，只要我活着，今后永远做牧民。"这位看起来无家无业、平凡至极的单身汉，却是个比利牛斯山"无所不在的人"，一个"快乐的牧羊人"。他食粮宽裕，也不缺少情妇，在最大限度上享受自由带来的福祉，因此可以随心所欲地谈论着"命运"。在他的个人意识里，接受命运就是要保持自己在生活中的位置，就是不脱离自己的环境和职业，而且要把自己的职业当作兴趣和生命力的源泉，而不应将它看作苦难和奴役的根源。[1]

皮埃尔·莫里这个贫穷的牧民，不经意流露出了一种极高的智慧，一种安之若素的生活逻辑。在康德（Immanuel Kant）哲学的注目下，我们发现，在这种朴素的、蒙塔尤式的"牧羊人心态"里面，存在着一

---

(1) ［法］埃马纽埃尔·勒华拉杜里：《蒙塔尤：1294—1324年奥克西坦尼的一个山村》（许明龙、马胜利译），商务印书馆，2007年版，第183—190页。

"多少代人的耕耘在傍晚结束"
——论多多诗歌中的抒情革命※   张光昕

※ 原刊《延河》2012年第3期。本文篇名取自多多诗歌《墓碑》，特此说明。

条关于自由意志与自然法则之间的二律背反：皮埃尔既过着一种放浪形骸的游牧生活，又在另一种意义上遵循着自己命运的裁定。这看起来似乎很难在个人意识里获得统一，但在皮埃尔那里，这个逻辑难题却被轻而易举地解决了：人靠土地获取食物、维持生命，最终还要化成灰土，成为土地的一部分。因而人最本质的情感是源于土地的，应该对土地对自己的赐予充满感激和悲悯。

"牧羊人心态"充满了自然天性，尽管它诞生于中世纪，然而却傲慢地拒斥了智识的围困，也悬置了神学的幻影，是普通人的生活史中一个可贵的例证，是少数聪明人的选择，也是不幸中的幸运。按照摩尔根（Lewis Henry Morgan）的分类，无论这种超然恬淡的"牧羊人心态"多么符合人类的自然天性，多么富有生存的智慧，它毕竟只能归属于"野蛮时代"生活观中一个不起眼的异端。相对于"蒙昧时代"那些朝不保夕的、挣扎在死亡线上的猎人们来说，"野蛮时代"的牧民们的日子或许配得上"小康生活"了吧。然而这种围绕游牧和种植而展开的"小康生活"，同时也盛产了弱肉强食的逻辑，这是造就斗士、征服者和篡夺者的时代，也是人对人像狼对狼一样的时代。个人和种族对生存和繁衍的强烈愿望，终于使得稳定的农业社会拔地而起，土地和土地法则成为人类共同守望的基本家园和普适契约。"农业导致了所有权、政府和法律的诞生，也逐渐把苦难和犯罪带到人类生活中来。"[1]一种进步力量产生的同时，其自身一定裹挟着对它的否定。在以农业为核心驱动力的"文明时代"里，统治集团聘请站在文明源头处的至圣先师们发明了一套规约人性的管理学，用以支撑"文明时代"的金字招牌，同时也在暗地里纵容着"野蛮时代"里的充满腥气的快乐号叫。

如果从作品中大量相近的题材和形象上来讲，多多可以被看作一位心忧土地的游吟诗人，这种永恒的情怀可以将他放置在中国诗歌史上的任何一个阶段里，因为他所瞩目的是全人类共同关注的文学母题："农民，亲爱的／你知道农民吗／那些在太阳和命运照耀下／苦难的儿子们／在他们黑色的迷信的小屋里／慷慨地活过许多年。"（多多

（1）［法］卢梭：《论语言的起源兼论旋律与音乐的模仿》（吴克峰、胡涛译），北京出版社，2010年版，第52页。

《玛格丽和我的旅行》)多多大多数的诗歌题材属于这一传统领域，即书写着自然景观以及农民在土地之上的命运，然而那种古典的宗教情怀已经被一种现代经验所取代，尤其是被20世纪六七十年代的中国经验所取代，我们看到的是他对农耕生活状态的一番别样的表述。

比如：多多的早期诗《当人民从干酪上站起》，当一个民族从一种由来已久的生产方式上抬起头来，他们究竟看到了什么？马克思（Karl Marx）站在一个欧洲人的立场上，曾把中国、印度等亚洲国家那种劳动密集型的传统农业耕作方式称为"亚细亚生产方式"，并且将它划归为人类社会发展历程中的最早形态，无论是东方还是西方，它命名了那种最初的劳作形式。"亚细亚生产方式"居然确凿无疑地在中国历史上盘踞过相当漫长的时间，如果我们稍微了解中国当下的国情的话，这种生产方式甚至时至今日还在主宰着中国主要的农业劳作传统。卢梭（Jean-Jacques Rousseau）贡献过一个很有启发性的观察，他认为："每一种技艺或风俗的起源，都与我们获取生存资料的方式有关。"[1]如果依照这一思路推断下去，那么在"亚细亚生产方式"的深刻影响下，中国文化的表意传统中也一定存在着一种与之相匹配的"亚细亚抒情方式"，而由《诗经》——这部原点意义上的中国式抒情民族志所开辟的那种"思无邪"的品质，正是为这种抒情方式所一贯秉承的衣钵。鲁迅先生简洁地概括了这种抒情方式的总体特征："其民厚重，故虽直抒胸臆，犹能止乎礼义，忿而不戾，怨而不怒，哀而不伤，乐而不淫，虽诗歌，亦教训也。"[2]在《诗经》中，尤其是那些耳熟能详的农事诗中，我们凭借着一个内化在中国人血液中的传统经验，可以明朗地领略到这种拿捏得恰到好处的"亚细亚抒情方式"。

在著名的诗篇《诗经·七月》中，那些一年到头辛勤劳作的农人们尽管要"三之日于耜，四之日举趾"，但每当迎来"同我妇子，馌彼南亩"的时刻，他们依然会因为能在田间地头吃到老婆孩子送来的饭菜而感到"田畯至喜"，仿佛在抱怨艰苦生活的同时又在炫耀着这份情感上的满足；隐者陶渊明更是对农耕生活满心欢喜，写下"秉耒欢

---

(1) [法]卢梭：《论语言的起源兼论旋律与音乐的模仿》，第53页。
(2) 鲁迅：《汉文学史纲要》，上海古籍出版社，2005年版，第12页。

实务，解颜劝农人"（陶渊明《癸卯岁始春怀古田舍二首》）这样的句子，洋溢着安贫乐道的训教意味；更不用说，在"锄禾日当午，汗滴禾下土"（李绅《悯农》）和"安得广厦千万间，大庇天下寒士俱欢颜！风雨不动安如山"（杜甫《茅屋为秋风所破歌》）这样妇孺皆知的名句中，呈现出的那个中国农民站立在土地之上的悲情形象所传达的意味了。然而，几千年来，所有这些对哀苦和艰辛的记录并没有导致诗人情绪的泛滥，这些不安定的因素，被古已有之的传统诗教以及"亚细亚抒情方式"训练有素地控制在了一个封闭的模式内部，即化育了乡土社会的情感结构之内，就像农业文明用土地将人民固定在一个地方那样，等待着那些情感中的负面因素在这个封闭的系统中自行消解。

中国现代诗人穆旦把传统中国农民形象做了一番全息式的扫描："一个农夫，他粗糙的身躯移动在田野中／他是一个女人的孩子，许多孩子的父亲／多少朝代在他的身边升起又降落了／而把希望和失望压在他身上／而他永远无言地跟在犁后旋转／翻起同样的泥土溶解过他祖先的／是同样的受难的形象凝固在路旁。"[1]（穆旦《赞美》）穆旦的描述依然遵循着"亚细亚抒情方式"的训导，尽管他的语言形式是全新的，但情感结构依然是传统的，强大的"亚细亚抒情方式"对中国诗人的深刻规训，如同那个农夫"永远无言地跟在犁后旋转"，如同"溶解过他祖先"的苍凉泥土。从穆旦对中国农民的总结性刻画中，我们见识到一种溶解在"亚细亚抒情方式"中的"土地中心主义"，这种异常顽强的精神力量始终绵延传承在中国诗歌传统的躯体之内，它由占基础地位的生产方式出发，逐渐生长，成为一种解释世界的宇宙观和人生观，并构筑了一个可供容纳国人情感方式的想象的共同体。同时，数千年的中国传统诗教早已将这种"土地中心主义"征用为一座硕大无朋的蓄水池，它充当了中国式农耕文明中统治集团和人民之间、上下社会阶级（层）之间拟达成和谐状态的一架"矛盾终端机"。从戴望舒的诗句中，我们可以看到，中国抒情诗传统中的"土地"形象具有一种转化苦难的美学使命："无形的手掌掠过无限的江山／手指沾了血和灰，手掌黏了阴暗／只有那辽远的一角依然完整／温暖，明

---

(1) 穆旦：《蛇的诱惑》（曹元勇编），珠海出版社，1997年版，第54页。

朗，坚固而蓬勃生春／在那上面，我用残损的手掌轻抚／像恋人的柔发，婴孩手中乳。"[1]（戴望舒《我用残损的手掌》）尽管历朝历代激进的统治者在打着各种旗号下发动过无数次的土地革命，然而这种上层建筑中的"土地中心主义"，却顽固地寄生其中，具有颠扑不破的自我修复能力，从来不曾动摇过。至今，在华夏同胞的情感结构中，这一核心机制依旧在发挥着作用。

在多多为数众多的以土地（田野）为题材的作品中，我们几乎看不到传统诗教传授给我们的"思无邪"所投下的灿烂身影，也就是说，一股否定性的诗歌精神开始在他的作品中慢慢苏醒，多多的创作正是以这种否定的视角为起点来编织他的个人话语的，这种新式的诗歌话语力图实现对镌刻在中国诗人身上的"亚细亚抒情方式"的扬弃，而这一任务的核心环节就是义不容辞地革掉"土地中心主义"的命，揭除尘封在中国人表意系统上的古老咒语。"寂寞潜潜地苏醒／细节也在悄悄进行／诗人抽搐着，产下／甲虫般无人知晓的感觉／——在照例被佣人破坏的黄昏……"（多多《黄昏》）在20世纪六七十年代，"朦胧诗"一代写作者及其先驱们开始自觉地酝酿着他们的批判意识和美学反叛，而在这其中，始终游离在朦胧诗群边缘地带的多多让他的诗学觉醒和现代性启蒙来得更早，而且更为彻底：

我写青春沦落的诗
（写不贞的诗）
写在窄长的房间中
被诗人奸污
被咖啡馆辞退街头的诗
我那冷漠的
再无怨恨的诗
（本身就是一个故事）
我那没有人读的诗
正如一个故事的历史

---

[1] 戴望舒：《戴望舒选集》，人民文学出版社，2005年版，第106页。

我那失去骄傲
失去爱情的
（我那贵族的诗）
她，终会被农民娶走
她，就是我荒废的时日……
　　　　——《手艺——和玛琳娜·茨维塔耶娃》

二

与朦胧诗一代的大多数诗歌写作者有所不同，多多将他的抒情视野相对固定地投射在一块位于记忆深处的魔幻之乡。这块神秘的飞地靠近着他所热爱的田野中央，被黄昏悄然潜藏在跳动的地平线之下，又像人熟悉自己的身体一样，用诗人回忆的手掌对其摩挲不已，让它的语言对等物发散着一种荆棘般的光芒，刺破人们一贯希望在诗歌中追逐的甜美想象，并试图拆解掉驻扎在中国人抒情传统中坚如磐石的"土地中心主义"。在多多的诗歌中，旧式的"亚细亚抒情方式"逐渐解体，以土地为情感皈依和冲突调和机制的传统表意体系，在新的时代面前开始露出诡秘的笑容，土地和农具之间惯常的和谐关系被利刃般的语言击溃。

具体来说，在传统耕作秩序中，能量从人体的肌肉通过"犁"的中介作用传递给土地，而相应的收益能否顺利地按原路返回，即从土地再回到人类社会，除了人在经典物理学上的虔诚投入之外，还要祈福于神祇等超验之物（主要是掌管气候和土地的神）。关于这一点，古希腊诗人赫西俄德（Hesiod）描绘了西方人最初的耕作场景："为了获得粒大实满的谷物，在刚开始给耕牛戴上颈轭，系上皮带，握住犁把，手挥鞭赶它们拉犁耕地时，你就要向地下的宙斯、无辜的德墨忒尔祈祷。"[1]中国人最初的劳作场景与此几乎是相同的，《诗经》中大量的农事诗都会郑重地描述祭神的场面。其实，农业生产与祭祀活动、经

---

(1)　[古希腊]赫西俄德：《工作与时日　神谱》（张竹明、蒋平译），商务印书馆，1991年版，第14页。

验世界与超验世界本来就是一枚树叶的两面，彼此相互关照着，这样的一种结合会让土地带上一层神秘的性质，也容易令农人们产生对土地的拜物教情结（它是构成"土地中心主义"的重要部分），这种情结在国人的情感结构中会直接体现在他们对土地本身的迷恋和热爱，梦想着自身和土地的融合。比如，中国现代诗人艾青就曾这样刻画一个农夫的形象："你们是从土地里钻出来的么？——／脸是土地的颜色／身上发出土地的气息／手像木桩一样粗拙／两脚踏在土地里／像树根一样难于移动啊／／你们阴郁如土地／不说话也像土地／你们的愚蠢，固执与不驯服／更像土地呵／／你们活着开垦土地，耕犁土地，／死了带着痛苦埋在土地里／也只有你们／才能真正地爱着土地。"[1]（艾青《农夫》）

就像古罗马的农学家瓦罗（Varrault）把农民定义为"会说话的农具"一样，艾青笔下的"农夫"几乎就是土地价值的人形翻版。统治阶级的意志会挟持"土地中心主义"，通过它，那些站立在权力顶峰而不是站立在土地之上的统治者，迫切希望看到人与土地、与农具的化合体，以便将人牢牢地拴缚在土地之上，以达到他们的剥削目的。在多多大多数描写土地的作品中，我们发现，"土地—犁—人"，这三者间那种原初的裙带关系被打破了，土地与犁之间、犁与人之间的密切联系也被绝望地切断了。善于掐住"七寸"的多多将笔墨集中在对"犁"的消极性描述上，希望用这种手段来撼动"土地中心主义"的坚实地基，进而颠覆既有的、维系在这一地基上的耕作体系和情感秩序。于是，如此这般的诗句便映入我们眼帘：

犁，已脱离了与土地的联系
像可以傲视这城市的云那样
　　　　——《北方的记忆》

水在井下经过时
犁，已死在地里

（1）　艾青：《中国当代名诗人选集：艾青》，人民文学出版社，2006年版，第127页。

> 铁在铁匠手中弯曲时
> 收割人把弯刀搂向自己怀中
> ——《走向冬天》

美国现代诗人弗罗斯特（Robert Frost）喜爱描写人与农具之间的亲密关系："树林边静悄悄，唯有一点声音／那是我的长柄镰在对大地低吟／它在述说什么？我也不甚知晓／也许在诉说烈日当空酷暑难忍／说不定它在述说这大地太寂静——这就是它低声悄语说话的原因。"[1]（弗罗斯特《刈草》）这种平和恬静的叙述再现着人与农具、与土地之间和谐的对话图景，在某种意义上说，这是"土地中心主义"赏赐给人类的诗意成分。与此相悖，多多的诗歌助长着一股否定性的诗歌精神和普遍的怀疑情绪，他策动诗歌中的"犁"纷纷罢工，拒绝了继续侍弄土地的远古使命，帮助它们果敢地从惯常的耕作秩序中解脱了自身，从而扰乱了"土地中心主义"辐射开来的权力体系。多多，这个充满破坏力的语言巫师，就像一个神情专注的印度流浪艺人，用犀利的笛声蛊惑着毒蛇跳舞。过去辛勤劳作的"犁"恨不能"死在地里"，也要挣脱土地，然而离开土地的这些革命的农具会回到它们的主人那里去吗？"收割人把弯刀搂向自己怀中"之后会发生什么？多多说："五月的黄土地是一堆堆平坦的炸药／死亡模拟它们，死亡的理由也是／／在发情的铁器对土壤最后的刺激中／他们将成为被牺牲的田野的一部分"（多多《他们》），"而，我们的厄运，我们的主人／站在肉做的田野的尽头／用可怕的脸色，为风暴继续鼓掌——"（多多《风车》），"我想了解他的哭泣像用耙犁耙我自己"（多多《北方的声音》）。在脱离土地的捆绑之后，发动叛乱的农具并没有和农民站在一起，而是恰恰相反，"犁"用它们的锋芒穷凶极恶地刺伤了主人，像它们密谋着去血淋淋地刺伤土地一样。由此，诗人由衷地感到——正如多多一首诗的名字那样，"北方闲置的田野有一张犁让我疼痛"。作为传统耕作秩序链条的中介，"犁"的破坏行动积聚了足够的能量去全面震慑、撬动并拆解"土地中心主义"的权力体制，让失去农具在先、不幸

---

(1) [美]罗伯特·弗罗斯特：《弗罗斯特诗选》（曹明伦译），四川文艺出版社，1986年版，第12页。

负伤在后的农民们孤零零地面对眼前这片凌乱的土地,承受着背叛和流血的痛苦:

> 为了双腿间有一个永恒的敌意
> 肿胀的腿伸入水中搅动
> ……
> 为了土地,在这双脚下受了伤
> 为了它,要永无止境地铸造里程
> 　　　　——《为了》

> 我的腿是一只半跪在泥土中的犁
> 我随铁铲的声响一道
> 努力
> 　　　　——《十月的天空》

当面目狰狞的"犁"从传统耕作秩序链条中自行剥除之后,既有的生产方式和抒情方式都面临着巨大的断裂。就像能量已经无法再像过去那样在"土地—犁—人"三者之间畅通地传递一样,传统的情感结构也将迎来支离破碎的危险。失去农具的农民们由于找不到情感媒介与土地的沟通,他们对土地的表意方式由此就会发生变化。在人对土地的情感结构或"土地中心主义"里,同样存在着二律背反:一方面人热爱土地,因为它养育了人;另一方面人又厌恶土地,因为它不能挽救人们悲惨的命运。在中国传统的表意系统中,即经典的"亚细亚抒情方式"中,我们从未遭遇过断裂的危机,而当"土地中心主义"的权力幻象一旦被打破,人们就不得不服从于这种二律背反,也就是不得不继续寻找农具的替代物,承续人对土地的表意通道。在这里,多多想到了一个好办法:"我的腿是一只半跪在泥土中的犁。"我们不难发现,在丧失"土地中心主义"的庇佑之后,人们开始试图用身体充当缺席的"犁",这不得不视为一种现代的、消极的智慧,一种服从二律背反的无奈表演,就像"双腿间有一个永恒的敌意"。那只"半跪在泥土中的""腿"代替了逃走的"犁",继续深入地与"土地"取得亲密联系,然而人采取的这种亲临其境的办法,却无法真正地修复他们与土地之间的和谐状态,就像四肢永远无法代替农具一样,人走入了一个尴尬的窘境:"永恒的轮子到处转着／我是那不转的／像个颓废的建筑瘫痪在田野"(《风车》)。

与其说"犁"的背叛是受惑于一种神秘的魔笛,不如说是农人暗地里导演了这场"苦肉计",试图重新拯救自己的命运,或者不如说是这些常年耕作在土地之上的人们突然被"现代性"所豢养的一只塔兰泰拉毒蜘蛛咬伤,从而扔下农具,开始疯狂地"跳舞",甚至试图用自己的身体充当丢失了的农具。原本可以视为一种人体器官的"犁"被人们自行革除了,如今那条"半跪在泥土中的""腿",其实仅仅是人类在土地面前的一条"幻肢",是一条乌有之腿,它永远都不能代替那把逃之夭夭的"犁"。这同时也是"土地中心主义"的顽固余孽在大地之上制造出的一条"幻肢",人获得了虚假的满足,等待他们的却是现实的疼痛。

这一切不过是人类自身在田间地头发动的一场"辛亥革命"而已,辫子剪掉了,牌子更换了,"土地中心主义"依然我行我素,并没有引起"思想深处的革命"。然而在此刻,走失的"犁"并没有丧失行动力,而是开始关注另一片田野,继续着它的原初使命:

一张挂满珍珠的犁
犁开了存留于脑子中的墓地:
在那里,在海军基地大笑的沙子底下
尚有,尚有供词生长的有益的荒地。
——《那些岛屿》

只允许有一只手
教你低头看——你的掌上有犁沟
土地的想法,已被另一只手慢慢展平
——《只允许》

在人类与"土地中心主义"的长期博弈过程中,先后受雇于双方的"犁"在引发传统耕作秩序的断裂之后,终于觉察到江湖之凶险莫测,于是决定在另一种意义上解甲归田。在经历了叛离土地、刺伤主人的腥风血雨之后,这把疲倦的"犁"开始为人们开垦"存留于脑子中的墓地",并且同时努力"辗平"它的主人"掌上"的"犁沟",其结果是,"记忆,但不再留下犁沟/……/从指甲缝中隐藏的泥土,我/认出我的祖国——母亲/已被打进一个小包裹,远远寄走……"(多多《在英格兰》),"遥远的地平线上,铁匠和钉子一起移动/救火的人挤在一枚邮票上/正把大海狂泼出去/一些游泳者在水中互相泼水/他们的游泳裤是一些面粉袋/上面印着:远离祖国的钉子们"(多多《地图》)。后来,多多远离了祖国,开始了远涉重洋的漂泊生活,这位在农耕文明哺育下的中国诗人,开始携带着他心爱的母语穿越大海:"从海上认识犁,瞬间/就认出我们有过的勇气"(《归来》)。在多多后来的诗歌中,我们找到了一把海上的"犁",和多多一样,它也在接受海洋文明的洗礼,告诉我们比土地更宽阔的乃是海洋。这把海上的"犁",为我们提供了一种转化的契机,为迷惘于土地之上的人们指明了一条解救之道。在这种意义上,多多的作品为我们开辟了这片"看不见的田野":

> 走在词间,麦田间,走在
> 减价的皮鞋间,走在词
> 望到家乡的时刻,而依旧是
>
> 站在麦田间整理西装,而依旧是
> 屈下黄金盾牌铸造的膝盖,而依旧是
> 这世上最响亮的,最响亮的
>
> 依旧是,依旧是大地
> ——《依旧是》

由海洋之"犁"的指引,多多用他的词语之"犁"引领我们走进这片"看不见的田野"。在这里,"犁"所耕作的不再是真实的、广袤的土地,而是人类记忆的疆域。记忆会将一切过往的褶皱全部展平,让人们以一种平心静气的态度来跟随语言的犁头去再次亲近久违的、留有余温的土地。词语之"犁"借机告诉我们,还有比海洋更宽阔的,那就是人的心灵。而记忆正是从人的心灵深处汩汩流出的清冽山泉,它绵延的流动性可以轻而易举地把我们带到现实中再也回不到的地方,带我们回到曾经与之朝夕相处的土地之上:"麦田间有教室,教我听/大河闯开冬日土地的撕裂声"(多多《五亩地》),"只允许有一个记忆/向着铁轨无力到达的方向延伸——教你/用谷子测量前程,用布匹铺展道路"(多多《只允许》)。当人们与"土地中心主义"进行旷日持久的对峙之后,当着魔的犁尖带领着诗人领略了浩瀚的大海之后,多多在异乡漂泊的经验教会了他一种"水体语法"[1](朱大可语),这种以河流为表征符号的思维形式帮助诗人与"土地中心主义"展开新一轮的和谈。就像大禹治水的关键之处在于从"堵塞法"转向"疏导法",当多多再一次面对被中国传统诗教征用为蓄水池的"土地中心主义"时,他开始运用"水体语法"来重新打量这座"亚细亚抒情方式"中的定海神针:"秋雨过后/那爬满蜗牛的屋顶——我的祖国//从阿姆斯特丹的河上,缓缓驶过……"(多多《阿姆斯特丹的河流》),"一切会痛苦的都醒来了//他们喝过的啤酒,早已流回大海/那些在海面上行走的孩子/全都受到他们的祝福:流动"(多多《居民》)。老子曰:"天下之至柔,驰骋天下之至坚。"[2]漂泊中的多多发现,也许可以将这种"土地中心主义"置于一种流动性的视野当中,或者说置于一种辩证法的视野当中,就像时光缓缓淘空了我们的青春一样,让河流所表征的"水体语法"来慢慢地浸润"土地中心主义"的闸门:

当疾病夺走大地的情欲,死亡

---

(1) 朱大可解释了这种"水体语法"的规则:首先是某种坚定的流动气质,除非遭到严酷的冻结或阻挡,它拒绝屈从于一个闭抑的空间;其次,必须穷尽它所面对的空间,只要它自量充足,它就要探入世界的所有缝隙;最后,在水和土地之间出现了互相敌视和征服的迹象,水像永恒的刀锯,在时间的声援下,使诸山崩解,大路破裂成碎片,并借助周期性泛滥对空间进行广泛的掠夺。参阅朱大可《流氓的盛宴——当代中国的流氓叙事》,新星出版社,2006年版,第379页。

(2) 《老子》第四十三章。

代替黑夜隐藏不朽的食粮

犁尖也曾破出土壤，摇动

记忆之子咳着血醒来：

我的哭声，竟是命运的哭声

当漂送木材的川流也漂送着棺木

我的青春竟是在纪念

敞开的雕花棺材那冷淡的愁容

——《当春天的灵车穿过开采硫磺的流放地》

为了克服"土地中心主义"的二律背反，多多在"水体语法"的启示下，在他的诗歌中演绎了一种形象的"互渗律"，希望通过调配诗歌形象之间的互渗和杂陈等技术手段，来尽量地搁置矛盾，从而抵抗"土地中心主义"对诗歌写作的习惯性压制。按照列维－布留尔（Lvy-Bruhl）的说法，"互渗律"是一种原逻辑思维，它既不是反逻辑的，也不是非逻辑的，它只是不像我们如今通行的思维那样必须避免矛盾。这种思维并不害怕矛盾，也不尽力去避免矛盾，而是往往以完全漠不关心的态度去对待矛盾。[1]多多在他的写作中积极地实践着这种"互渗律"，以下可以提供一个绝佳的例证："刚好就是现在的样子：在今年夏天／一列火车被轧断了腿。火车司机／在田野步行。一只西瓜在田野／大冒蒸汽。地里布满太阳的铁钉／一群母鸡在阳光下卖鸡蛋／月亮的光斑来自天上的打字机／马儿取下面具，完全是骨头做的／而天大亮了。谁知道它等待的是什么"（《寿》）。在这首诗中，我们读到了一系列有悖于常识世界的奇特形象：轧断了腿的火车、步行的司机、冒蒸汽的西瓜、布满铁钉的太阳、卖鸡蛋的母鸡……这些充满实验性的语言搭配实现了一种彼此互渗的效果，形象自身与他者之间的交叠形式命名了一种词语的牛头马面效应，从而让传统的表意方式和"土地中心主义"感到望而生畏。

多多诗歌中的这种"互渗律"，以及此前他对"犁"的消极性描写，其实都属于现代诗歌的典范技巧，弗里德里希（Hugo Friedrich）将

---

(1) ［法］列维－布留尔：《原始思维》（丁由译），商务印书馆，1981年版，第71页。

这类诗艺命名为"专制性幻想",为了解释这一名称的内涵,他特地引用了兰波(Arthur Rimbaud)对现代绘画的一段评论,兰波认为:"我们必须努力让绘画挣脱其进行复制的古老习惯,以便让它获得主权。它不该再复制客体,而应该通过线条、颜色和取自外部世界却加以简化和驯服的轮廓,将刺激强加给客体:一种真正的魔术。"[1]这的确是一种语言魔术,语言开始前所未有地被赋予更多制衡外部世界的权力,通过各种现代主义的手段,实现对传统抒情方式的拒绝和反叛。在与"土地中心主义"的语言角力中,多多深深受惠于这种"专制性幻想",通过对"互渗律"及其变体的各类诗歌实验,他对"水体语法"有了更加深入的体认。

三

保罗·策兰(Paul Celan)有一首诗这样写道:"那里曾是容纳他们的大地,而他们挖//他们挖他们挖,如此他们的日子/他们的夜去了。而他们不赞美上帝/那个他们所听到的,知道所有这些/他们挖,再没有听到更多/他们不愿明白,不发明歌曲/绝不臆想语言。他们挖//寂静来了,也来了一阵风暴/一切都来到大海。"[2]《那里曾是容纳他们的大地》)策兰的诗围绕着一个中心动词"挖"展开,开辟了一条从大地到大海的生命征程。同样从大地走向大海的多多,仰仗着"水体语法"这幅宝贵的河图,探索出了一套治理"土地中心主义"的可行性方案:"我们身后//跪着一个阴沉的星球/穿着铁鞋寻找出生的迹象/然后接着挖——通往父亲的路……"(《通往父亲的路》)"披着月光,我被拥为脆弱的帝王/听凭蜂群般的句子涌来/在我青春的躯体上推敲/它们挖掘着我,思考着我/它们让我一事无成"(《诗人》)。在多多的诗中,策兰所使用过的中心动词"挖"被

---

[1] 参阅[德]胡戈·弗里德里希《现代诗歌的结构——19世纪中期至20世纪中期的抒情诗》(李双志译),译林出版社,2010年版,第68页。
[2] [德]保罗·策兰:《保罗·策兰诗文选》(王家新、芮虎译),河北教育出版社,2002年版,第19页。

广泛地采用，作为传统的耕犁动作的一种现代重音形式，信奉"疏导法"的多多尝试着依靠这一顽强的动作，在他语言的田野上进行一番生命的操练：

五亩地，只有五亩地
空置不种，用于回忆
　　——《五亩地》

我们可以看到，"挖"在一定意义上道出了发生在人身上的存在事件：生命是一种深犁，一种努力去"挖"的动作。一方面，"我"活着就是在"挖"着通往"父亲"的路，这条路既是通往过去的，因为"父亲"先于"我"来到这个世界；又是通往未来的，因为"我"总有一天要成为"父亲"。所以"挖"的动作在人类的生命中并不是单向的，而是将此在的生命同时向着过去和未来两个维度延伸，"我"就在"过去—现在—未来"这条绵延的时间甬道上共时地存在着，这是通过语言得以呈现的，让我们既能回忆过去，又能思考未来。另一方面，作为存在于茫茫宇宙中的一个微小的生命体，我们每一个人在"挖"着自己通往"父亲"的道路的同时，都在静悄悄地被时间的巨手"挖"着，我们的青春被"挖"走了，我们的爱人被"挖"走了，我们所有美好的时光都被"挖"走了，所有这些被"挖"走的部分，在另一片水草丰美的土地上开垦出了记忆的麦田，而对于已经"挖"得或被"挖"得疲倦不堪的人们来说，只有借助回忆，借助语言的追溯力才能到达那个地方，哪怕只能作片刻的停留。多多诗歌中的动词"挖"，暗示着一种关于记忆的诗学，它充满幸福地告诉我们：所有逝去的东西都是美好的东西，只有失去它们之后，只有从一场心灵的病痛中走出之后，每当再次沉浸在回忆之中时，我们才能品味到那些失去的事物有多么美好：

北方的土地
你的荒凉，枕在挖你的坑中
你的记忆，已被挖走
你的宽广，因为缺少哀愁，

而枯槁，你，就是哀愁自身

——《北方的土地》

在多多的诗中，我们看到了饱经沧桑的诗人探索着一种有益的尝试，他借助"挖"这一普遍的生命动作，在"水体语法"的亲切关照下，力图将威严耸立的"土地中心主义"改造、疏导或解构成一种水溪缭绕的"乡愁"，在这种努力中，记忆诗学开始温柔地漫溢，所谓"中心"的东西被取缔了，等级秩序也悄然隐遁，一切坚固的东西都烟消云散。热爱土地、眷恋故乡这等简单至极的事情完全成为个人情感结构的主要内容，成为一种受个人情感支配的私事，一种最为隐秘也最为强烈的情绪，不必再接受着一个高音号令的调遣。即使没有这个"中心"，生长在土地之上的人们依然钟情于土地，如同"一个盲人邮差走入地心深处／它绿色的血／抹去了一切声音我信／它带走的字／我爱你／我永不收回去"（《是》）。

然而，一个纵情回忆的人，一定是一个容易受伤害的人。多多诗云："面对悬在颈上的枷锁／他们唯一的疯狂行为就是拉紧它们／但他们不是同志／他们分散的破坏力量／还远远没有夺走社会的注意力／而仅仅沦为精神的犯罪者／仅仅因为：他们滥用了寓言。"（《教诲——颓废的纪念》）尼采（Friedrich Nietzsche）劝诫我们："过量的历史看起来是某一时代生活的敌人。"[1]而对于中国传统表意体系中的"土地中心主义"，在被统治阶级意识形态征用为蓄水池之后，尤其擅长囤积各种成分的历史苦水，除非这座历史蓄水池能够拓展出无限的空间，不然中国人奉"土地中心主义"为圭臬的情感结构就是危险的。在这种布满隐患的形势面前，哲学医生尼采给我们开出了一服药方："非历史和超历史的东西是用来对付历史压制生活的自然解药，它们就是治疗历史病的方法。这种解药也许会让我们这些患了这种病的人感到一点痛苦，但这并不能证明我们选择的治疗方法是错误的。"[2]尼采药方中提出的"非历史"，就是让我们像动物那样忘掉过去，而"超

---

(1) ［德］尼采：《历史的用途与滥用》（陈涛、周辉荣译），上海人民出版社，2000年版，第34页。
(2) 同上，第92页。

历史"则是教导我们将目光从演变进程之上转移到赋予存在一种永恒与稳定特性的事物之上,也就是学着倾心于艺术或宗教。尼采为我们的历史观开出了一服善意而纯洁的泻药,多多在他的诗中表示同意:

倾听大雪在屋顶庄严的漫步
多少代人的耕耘在傍晚结束
空洞的日光与灯内的寂静交换
这夜,人们同情死亡而嘲弄哭声:

思想,是那弱的
思想者,是那更弱的
　　——《墓碑》

世界在一片茫茫大雪之中归于沉寂。对于雪,巴什拉(Gaston Bachelard)做过一番精彩的诠释:"它仅用一种色调统一了整个宇宙。对于受庇护的存在来说,宇宙被表达和省略为一个词:雪。"[1]雪成为宇宙的简化形式,它纷纷落下的样子,时而悠然,时而急促,却不带一点声响,悄悄将整个大地漂白。在屋檐下"倾听大雪"的多多似乎听到了:"一些声音,甚至是所有的／都被用来埋进地里／我们在它们的头顶上走路／它们在地下恢复强大的喘息／没有脚也没有脚步声的大地／也隆隆走动起来了／一切语言／都被无言的声音粉碎!"(多多《北方的声音》)是的,多多听到了雪的声音,这是寂静的声音,是寂静本身的呼吸。当十指黑黑的我们因为"挖"出太多的回忆而体力透支的时候,当一个民族的情感结构在"土地中心主义"的伟大传统背影之下日趋僵化、疲乏的时候,多多终于接受了尼采的药方,请求在大雪纷飞中将这一切光荣与愤怒统统埋葬:"从死亡的方向看总会看到／一生不应见到的人／总会随便地埋到一个地点／随便嗅嗅,就把自己埋在那里／埋在让他们恨的地点。"(《从死亡的方向看》)同雪的方式一样,"埋"也是一种简化世界的动作,它憎恨过度开发的记忆,

---

(1)　[法]斯加东·巴什拉:《空间的诗学》(张逸婧译),上海译文出版社,2009年版,第41—42页。

有效地制约了"挖"的工作进度,因而呼唤建立一种关于遗忘的诗学。这种诗学试图将"土地中心主义"整体地放入括号中,再将它弃置在荒无人烟的沙滩上。它用"埋"的动作将概念世界的一切复杂命题统统抹平,将现代人斑驳的奇异心态还原为一种原始状态的自然天性,有道是"落了片白茫茫大地真干净"(曹雪芹《飞鸟各投林》)。

本雅明(Walter Benjamin)在阅读普鲁斯特时,曾拿"珀涅罗珀的编织"来类比记忆与遗忘:"这里白天拆解的正是夜晚所编织的东西。每日早晨醒来的时候,我们的手里只不过松散地握着过往生活这张织物边缘的穗饰而已,好像是遗忘将其编织进了我们的生活。然而,通过我们有意识的行为以及甚至有目的的记忆,每天都在拆解这件织物,拆解遗忘的装饰。"[1] 记忆和遗忘,就像是造就一件文本织物的经和纬一样密不可分,通力合作。多多在他的诗歌体系中同时调遣着记忆与遗忘两种诗学精神,力图从这两个方面重新厘定一套"亚细亚抒情方式",这种崭新的情感结构主要由"挖"和"埋"两种典型的动作形式得以表达:"挖"是"犁"的梦想的延续,在疲惫的"犁"解甲归田之后,"挖"作为一种纯粹的铭记和进取意志,在人类的精神动作史上被保留了下来,它同时关涉写作行为本身:"在我的食指和拇指之间/停歇着胖墩墩的钢笔/我要用它去挖掘。"[2](谢默斯·希尼《挖掘》)尤其是那些用心血浇筑的诗行,它们正是人类在大地之上犁出的一道道或深或浅的痕迹,也是镌刻在人类心灵上的累累伤口。写作就是对这些伤口的展示或者疗救,"埋"是对犁沟的抚平,也是对被"挖"出的伤口的覆盖,它构成了"挖"这一动作的反面,进驻了诗行间的空白和写作的虚空之中,它渴望着世界的整一化,人性的原初化,甚至试图实现对写作本身的删刈,就像割草那样畅快淋漓。

由此可见,"挖"和"埋"这两套诗歌动作构成了多多诗歌文本的经和纬。其中一个主阳,一个主阴;一个类似儒家,一个靠近道家,在两者的和谐互补中凝聚力量,轮番向着"土地中心主义"发起语言冲锋,同时,多多也借用这两种诗学武器制衡着"土地中心主义"中万难

---

(1) [德]瓦尔特·本雅明:《普鲁斯特的形象》,见《写作与救赎——本雅明文选》(李茂增、苏仲乐译),东方出版中心,2009年版,第163页。

(2) 傅浩编译:《二十世纪英语诗选(中)》,河北教育出版社,2003年版,第379—380页。

消除的二律背反，就像尼采说的那样，无论如何，我们都既要受疾病之苦，又要受解药之苦。这便是我们的命运，那个快乐的牧羊人恐怕早就已经在暗地里嘲笑我们了。

时至 2010 年，人类在 21 世纪已经走过了十分之一的旅程。此刻，我们这个发达的"文明时代"越来越文明，但却依然有着形形色色的野蛮。也就是在 2010 年，21 世纪第一个十年的尾巴上，一个叫汪峰的歌手，其实也算是个诗人，唱红了一首名叫《春天里》的歌：

> 还记得许多年前的春天 / 那时的我还没剪去长发 / 没有信用卡没有她 / 没有二十四小时热水的家 / 可当初的我是那么快乐 / 虽然只有一把破木吉他 / 在街上，在桥下，在田野中 / 唱着那无人问津的歌谣 / 如果有一天，我老无所依 / 请把我留在，在那时光里 / 如果有一天，我悄然离去 / 请把我埋在，这春天里 / …… 你是这此刻烂漫的春天 / 依然像那时温暖的模样 / 我剪去长发留起了胡须 / 曾经的苦痛都随风而去 / 可我感觉却是那么悲伤 / 岁月留给我更深的迷惘 / 在这阳光明媚的春天里 / 我的眼泪忍不住地流淌……

无论我们所处的时代有多么文明，或者多么野蛮，人类在世界面前的迷惘从来没有消除过。即使在明媚而烂漫的春天，万物朝气蓬勃，像我们的祖国，像我们生活于其中的这个豪情万丈的时代，然而我们是否真正地在这快速流逝的时光中像一个人一样地去生活过？长发剪去了，剪不去生活中的杂草，胡须冒出来，冒不出我们此刻想要的幸福。诗，或歌，飘扬在大街边、天桥下，飘扬在黄金般的麦田上空，撼动着无数的灵魂，他们为了理想，为了生存，为了别人，去生，去死，去疯狂……然而，究竟有哪一种属于普通人的信仰可以像二十四小时热水一样，保障着我们的心灵和肉体的纯洁？承诺给我们作为一个人一样的尊严？

一切美好的东西都是注定要消逝或已经消逝的东西，我们只能在回忆这种无比忧郁的动作中，缅怀那一年的春天，那个地点，过于年轻的我们，曾经仿佛像一个人一样地生活过、爱过、恨过、哭泣过，或者仅仅是一次与美好之物的擦身而过。那些诗人们,就这样深情款款或撕心裂肺地呼唤着那个短暂的春天;那些诗人,无论是多多、汪峰,还是那个"快乐的牧羊人",无论活着的,还是死去的,都愿意把自己和自己的那些无人问津的诗,永远地埋在那里,一个转瞬即逝的词语高挺的腹部,一块安静的土地。■

暮晚的向道　多多研究集

惠特曼曾从他的经验主义出发强调："只有二流的诗歌才能马上博得人们的欢心。"很大程度上，一位优秀的诗人总是孤独地前行，多多便是这样一位行走在诗歌世界的孤独骑士。他的诗人生涯始于1972年，但多年来他的影响并没有超出北京知青的小圈子。在国外，学者对多多的诗歌产生兴趣要比国内早得多，当国内谈及诗歌必数北岛、杨炼、舒婷等人而不论多多时，海外却早已将这位诗人奉为中国当代朦胧诗的先驱。多多诗歌的海外传播历程也形象地构成了中国当代文学走出去的缩影，值得我们思考并进行深入研究。而要考察多多诗歌在海外的传播与影响，对其诗歌翻译状况的梳理与评介无疑是关键性的。本文将对多多诗歌在英语世界的翻译状况进行简要梳理并进行综合评述，以期对将来的多多诗歌研究及新诗译介提供一些参考。

一、多多诗歌的英译

不管怎样，我们不得不承认海外最初对多多的关注大多仍在其传奇性的身份与经历上。早年，海外对多多作品的翻译并不热衷，最早的多多诗歌英语专译本应当是中国诗人、翻译家金重于1989年5月在北京出版的《火焰的深度：多多的诗》，遗憾的是由于这本译作为译者自己装订出版，现在就连译者手上都已经没有完整的书稿，因此作为读者的我们更无法看到这一最早译本的全貌。2014年2月20日，笔者在新浪博客上联系到金重本人，他回忆，《火焰的深度：多多的诗》的确是当时多多诗歌的最早英译本，后来英国和荷兰的译本都或多或少地参照了这部译作；1993年，《美国诗歌评论》发表了书中的部分译作，这些译诗在美国产生了很大影响。就目前我们所能看到的五篇金重所译的多多诗歌，虽然在准确性上偶有瑕疵，但在意象、音韵、节奏的把握上已经相当成熟，这无疑为之后多多诗歌在海外的传播奠定了良好的基础。

1989年，由利大英与约翰·凯利合译的《宣言：多多的中国新诗》由布鲁姆斯伯里出版社小规模出版。这部译本收入多多诗歌共三十七首，其中二十一首为约翰·凯利所译，余下的诗歌译者皆为利大英。多多出国后，其诗歌马上被有敏锐商业嗅觉的出版商发现，在此情况下，该译本被另一出版社迅速再版。再版的译本共收入多多诗歌七十七首，较前版扩充了一些篇目，其中二十九首为约翰·凯利所译，余下的皆为利大英所译。在两部译本的前言中，作者坦言两本书都是在时间紧急的情况下完成的，有不少瑕疵和不足。虽然译者一再强调译本与政治无关，但不论是译本的题目还是译者的献词都显露出非文学的意味，表明译本试图以中国政治现状为噱头吸引读者的阅读兴趣，为多多强加上了"政治诗人"的头衔。

话虽如此，多多的诗歌依然是幸运的，就翻译文本自身而言，译者无疑是在有限的时间内尽了最大的努力保持译文的准确性与文学性。因此，除去政治性的外表不谈，这两部作品仍然可以称得上是比较优秀的译本。

20世纪90年代初，多多诗歌的专译本相继出版，如1991年的荷兰语专译本、1994年的德语专译本、1998年的加拿大专译本。[1]多多在海外旅居期间曾任加拿大纽克大学驻校作家，因此加拿大学者对多多诗歌的翻译在其诗歌翻译中占了颇为重要的比重。1998年，加拿

---

[1] 对多多诗歌的其他语种译本，Maghiel Van Crevel 有详细梳理，因笔者语言能力有限，不在此具体介绍。详情参见 Maghiel Van Crevel. *Language Shattered: Contemporary Chinese poetry and Duoduo*, Research School。

大学者李·罗宾逊(Lee Robinson)等人合译的《过海》出版。该译本共收入译诗七十二篇。在排篇顺序上，译者并未将诗歌按照年代顺序依次呈现，而是别出心裁地将全书分为两个部分"Poems in Exile（流亡中的诗）"与"Poems in China（在中国的诗）"以方便读者查看。在前言中译者对该译本的选篇情况和翻译过程中出现的问题做了详细的介绍，不仅包括译者对多多诗歌节奏及音乐性的翻译细节，还有其在翻译时所采用的中英语言转换中的时态、单复数处理策略的解释。尤为可贵的是，该译作向西方读者介绍了译者所理解的多多诗歌中所出现的意象及中国特殊话语的寓意，后面还附有学者尼诺·里奇的一篇探讨多多诗歌内涵的评论性文章，这些都为研究者研究西方文化视域中的中国当代诗歌提供了颇有价值的第一手材料。从译诗文本来看，全书仍有疏漏之处：一些细节因理解的偏差产生了错译的现象，一些词语追求深意导致过分解读。另外，与其他译本及多多原诗对比来看，《过海》的译文稍嫌赘余，不够简洁，亦为遗憾之一。

2002年，利大英再次出版了多多诗歌专译本《捉马蜂的男孩》，该译本相较早期出版的多多译作在字词上有较大改动，并在每篇译文后配有中文原诗以供读者查看。对比之前与约翰·凯利合译的两部译本，该译作延续了利大英一贯简洁流畅的特点，用词准确精练，多用一般现在时态，读来通俗易懂，在语法、用词、语序上都可以明显地看出译者在翻译时求真、求精的努力。另外，利大英在译本前的两篇序言中，着重介绍了诗人多多的诗歌生涯及写作风格，认为多多在中国当代诗歌语言革新中对新诗语言的创新做出了巨大贡献，并且记录了自己在翻译多多诗歌过程中的一些感受和心得，这为非中文读者和研究者提供了宝贵的第一手资料。

二、多多诗歌的选编

多多诗歌的英译除上述几部英语专译本外，还有其他翻译家与学者翻译的收录于各类诗歌英译选集及期刊中的散篇译文，并且大部分被置于很重要的位置。

1991年，美国著名诗人唐飞鸿翻译的《碎镜：民主运动中的中国诗歌》于北点出版社出版，收录北岛的诗歌最多，有十七首；其次是顾城的诗，有十三首；多多的诗位列第三，有七首诗歌被收入。这本选集的前言很短，主要谈及的并非各位诗人的诗歌特点，而是"政治方面考虑"下诗歌的复杂性。这部选集对政治的关注遭到了荷兰汉学家柯雷的批评，柯雷认为这本诗集过于注重政治背景，反而削弱了中国当代先锋诗歌的文学性。[1]任教于加州大学戴维斯分校的华裔学者奚密主编并翻译的《现代汉诗选》，1992年由耶鲁大学出版社出版。这部选集收有六十六位诗人的诗歌（该诗集收录的大陆其他诗人有江河、芒克、舒婷、翟永明、严力、王小妮、杨炼、顾城等共十人，北岛的诗因版权问题未收入），其中多多的诗歌五首，它们分别是《手艺》《北方闲置的田野有一张犁让我疼痛》《从死亡的方向看》《语言的制作来自厨房》《他们》。奚密的译本英译准确，语言简洁，三十二页的前言，以及书后的参考书目和索引都具有汉学研究及收藏价值。

在加拿大，汤潮与李·罗宾逊合译的《新潮：中国当代诗选》于1992年在多伦多Mangajin出版社出版。这部选集共收入了二十五位诗人的作品，多多位列其中。该选集并不强调政治背景，各类诗人的诗歌都有收入。

1993年，卫斯理安大学出版社出版了由托尼·巴恩斯通编选的《中国新诗选》，这部诗选分为朦胧诗和后朦胧诗两个部分，其中多多的五首诗歌被安排在朦胧诗部分。在这部诗选的前言中，巴恩斯通用一部分篇幅对多多的作品作了精辟的介绍和评析，但这部诗选集同样遭到了柯雷的批评，理由也是过于注重中国诗歌的政治背景。2005年，由托尼·巴恩斯通与中国学者周平合作编译的《安克尔中国诗歌史：从古代到当代》在安克尔出版社出版，这部译作涵盖了中国从老子时代至当代朦胧诗派近三千年重要诗人的代表作品，且对每个时期的历史背景都有短文介绍，对每位诗人也有生平和作品的说明，但一般都非常简短，所引资料并无新意。合集收入多多诗歌两篇，其中《五年》为利大英所译，但与之前收录于专译本《捉马蜂的男孩》中的版本不

---

(1) Maghiel Van Crevel.*Chinese Poetry in Times of Mind, Mayhem and Money*.Leiden：Brill, 2008.

同，个别词语、句序有所改动，当是译者在旧译基础上重新加工的新版本；另一篇《钟声》为约翰·凯利旧译，最早可见于《从死亡的方向看：从"文化大革命"到天安门广场》。2011年，最新中文诗歌英译选集《玉梯——当代中文诗选》在英国血斧出版社出版。这部选集正文分为两个部分——"抒情诗"与"叙事诗、组诗、新古典诗、实验诗、长诗"。"抒情诗"部分收入五十三位诗人的作品，其中多多的作品收入最多，有十六首，但其英译都为旧译。

多多诗歌的英译，除了以诗歌选集的形式出现在我们的视线范围之中，在中国现当代文学选集和世界文学选集中也会收入。由美国女诗人卡罗琳·佛雪主编的《拒绝遗忘：二十世纪见证诗选》中收有多多和北岛的英译作品。2010年，卡明斯基编选的《国际诗歌选》于Ecco出版社出版，收入多多诗歌英译一首。卡明斯基对非英语诗人的选择标准并不看名气，只看英译诗歌的诗歌性和可读性，由此可见，多多诗歌的英译质量还是得到国外学者认可的。

期刊方面，多多诗歌的英译主要出现于各文学刊物、诗歌杂志、大学文学期刊、网刊的中国诗歌专辑中。1986年，俄克拉何马州塔尔萨大学主编的Nimrod国际期刊的春夏刊为中国专刊，其当代诗歌部分便收有多多的英译诗歌。《伯洛伊特诗歌杂志》在1988–1989年冬季刊做了一个中国诗歌专辑，题为《烟民：遭遇中国新诗》，这是美国诗人、伯洛伊特学院英语教授约翰·罗森沃尔德于1987年在复旦大学教英语时与人合作翻译的作品，其中收录有多多的两首作品，分别为《当人民从干酪上站起》《语言的制作来自厨房》。尤为值得一提的是，在这部诗歌选辑中，多多被排在众位诗人（包括北岛、舒婷等）之首。对此，罗森沃尔德在选辑前言中解释，将多多排在首位是由于他的写诗资历当属最深，自"文化大革命"时期便投身诗歌生涯而被同代后起诗人奉为先驱，这一排位顺序无疑是在向那个特殊的时代、那位勇敢探索诗艺的前辈英雄致敬。网刊《醉船》于2006年春夏季号发行了中国当代诗歌专辑，收有多多诗歌英译。在中国香港地区，英语网刊《茶：亚洲文学杂志》于2011年7月推出了特辑，黄亦兵（麦芒）为特约主编，其中译诗部分有多多的作品五首，皆为麦芒所译，它们分别为《夜》⁽¹⁾《悲哀的马琳娜》《黄昏》《夜》⁽²⁾《图画展览会》。美国圣地亚哥的诗歌年刊《诗国际》在2012年刊登了一个中国诗人小辑，多多作品也被收入其中。同年，美国老牌诗歌杂志《诗刊》推出中国当代诗歌专辑，共选出十五位诗人的诗歌，其中就有多多的。

三、对多多诗歌英译及选编的几点反思

自1989年多多诗歌英译本第一次出现在读者的视野之内到现在，从译本的质量、数量和译文发表形式的多样化来看，多多诗歌在英语世界的翻译成果可以说是硕果累累，同时代诗人少有媲美。

我们观察到，随着时代的发展，政治境况对多多译作产生的影响越来越小。20世纪80年代之前多多诗歌仅有零星译作出现在诗歌杂志上，随着20世纪80年代两部专译本的出现，多多的诗歌正式进入英语世界读者的视野，不得不说这与当时海外读者对异域神秘中国的兴趣以及其当时的政治境况紧密相连。但颇耐人寻味的是，海外对多多仍保持关注，自1991年至今，我们几乎每年都可以在英语世界的翻译文学中看到多多诗歌的身影。

2010年，多多力压日本作家村上春树、加拿大作家玛格丽特·阿特伍德等人，成为纽斯塔特国际文学奖第一位获奖华人。奚密在颁奖典礼上做了发言，指出多多对艺术的付出是他献身精神与虚心谦逊之品质的体现，而多多本人对诗歌的信仰，也使他成为"诗人中的诗人"。这次获奖是海外世界对多多诗歌最有力的肯定，而奚密的评价也说明海外读者已逐渐抛弃政治与种族的视角，开始以平等的态度看待多多诗歌中的文学性。究其原因，首先，要归功于译者一直以来对多多诗歌译本去政治化的不懈努力。从译本出版后书评大篇幅介绍中国政治境况到如今专题探讨多多诗歌技巧的论文接连出现，多多的诗

（1） 此首诗歌《夜》作于1973年，载《多多的诗》，人民文学出版社，2012年版，第13页。
（2） 此首诗歌《夜》作于1977年，载《多多的诗》，人民文学出版社，2012年版，第21页。

歌正如一颗由译者不断精心打磨且日臻璀璨的珍珠，逐渐被更多海外读者发掘并认可。其次，多多卓越的诗歌技巧是其得到海外读者认可的基本要素。多多诗歌的音乐性并不在传统的韵脚及平仄，而在意象的组合及词语的锤炼。这种内在的音乐性无疑挣脱了语言的束缚，给予译者更大的翻译空间，也让海外读者能够更多地感受到多多诗歌语言的魅力。最后，正如利大英指出的：多多诗歌中带有鲜明的世界文学的特征，他所言说的是关乎个体的生命体验，但这种情感，却是一个能够超越语言樊篱、能为人类所共同理解的主题。

虽然多多诗歌在海外的成功足以成为中国文学海外传播的典范，却仍有一些问题值得我们反思。

第一，多多诗歌主要译者仍以学者为主。据统计，20世纪80年代以来，多多的诗歌一半以上都已经有了英译版本，一些代表作更是被不同译者多次翻译，如《手艺》《从死亡的方向看》《什么时候我知道铃声是绿色的》等。但译者主要是海外学者、汉学家而非诗人。学者译诗与诗人译诗自不相同：学者以准确传达原诗含义为己任，追求译诗精准流畅，且以学术研究为目标定位，译本出版后的受众范围也必然会有所局限；诗人译诗天马行空，不拘细节，可能译文在细节上会与原作有所差池，但这种诗人固有的灵气也许会为译作注入新的活力与生机。只有学者译诗与诗人译诗相结合，才能使作品更易在异域文化的土壤中生根发芽，茁壮成长。

第二，传播范围仍局限在一定圈子之内。正是这个致力于外国译作文学出版的西风出版社，出版了多多的专译本《捉马蜂的男孩》。但西风出版社在美国只能算得上是一个中小出版社，而只有像这样的中小出版社才能不需要过多地顾及市场营销而以文学价值为出版取向。同样，率先出版《宣言：多多的中国新诗》的布鲁姆斯伯里出版社在当时也创立不久（1986年始创）。著名翻译家葛浩文在一次访谈中提到，外国文学译作只占美国出版量的百分之一。置身于这样的市场环境中，中国当代诗歌的受众只能算是文学阅读中的边缘人了。

第三，国内对中国当代诗歌的海外传播重视不够。相比海外对中国新诗的发掘，国内的气氛似乎沉寂不少，杨炼、多多等中国当代诗歌的代表作品少有官方推介。据李德凤《中国现当代诗歌英译评述》

统计，大陆出版的英译诗集主要集中于艾青、闻一多、鲁迅等老一辈作家，港台则多出版卞之琳、余光中等诗人的英译诗集，先锋诗人和朦胧派诗人的官方英译诗集出版则处于空白状态。

"它们在这个世界之外／在海底，像牡蛎／吐露，然后自行闭合／留下孤独／可以孕育出珍珠的孤独／留在它们的阴影之内。"[1]这是多多为纪念诗人西尔维亚·普拉斯而写的诗行，也可以看作诗人自己的肖像画。多多将自己对世界和生命的理解，融于每一个词语和句子的细致雕刻，力图实现他孤寂而坚定的美学抱负。而这种关乎个体生存体验的感受，必能够通过优秀的译介直抵异域读者的心灵。■

（1） 多多：《诺言：多多集（1972—2012）》，作家出版社，2013年版，第206页。

暮晚的向道　多多研究集

作为中国当代诗坛的"一个迟到的声音",多多诗歌的价值与意义一直到 20 世纪末才开始引起比较广泛的重视。因为 1998 年第 6 期《天涯》杂志所推出的"多多诗歌小辑",特别是该小辑中同时配发黄灿然的堪称"知音"的评论《多多:直取诗歌的核心》,不仅增进了读者对多多诗歌贡献的认识,而且全面刷新了人们对现代汉诗的理解与评判尺度,甚至可以说,多多的诗歌与黄灿然的诗评,迫使人们不得不重新思考诗歌的定义。

黄灿然的诗评,对多多诗歌中的神来之笔如数家珍,赞叹之情溢于言表;不过,大概是因为篇幅的限制,黄灿然对这些神奇诗句往往点到为止,以阅读感受的生动抒发为主,具体的分析展开不多。尽管如此,在这篇诗评被改名为《最初的契约》而代作多多诗集《阿姆斯特丹的河流》[1]的序言时,黄灿然还是做出了一个非常重要的注释,对多多诗歌的佳句留给读者"神奇"或"通神"之感受的原因做了简短却精当的总结。

在《最初的契约》这篇文章唯一的注释中,[2]黄灿然在将多多那些"神奇"的句子与杜甫的一些名句做过比较之后,特别发挥了钱锺

---

(1) 多多:《阿姆斯特丹的河流》,北岳文艺出版社,2000 年版。
(2) 黄灿然:《最初的契约(代序)》,见《阿姆斯特丹的河流》,北岳文艺出版社,2000 年版,第 12—13 页。

诗歌是语言的多功能镜子
——关于多多诗歌的札记※

钱文亮

※ 原载《新时期诗歌批评暨多多诗歌研讨会论文集》。

书《通感》一文所发明的诗学概念,认为从"通感"一词的字面意义而言,"这些句子就是通感"。但钱锺书所定义的"通感",主要是视觉、听觉、触觉、嗅觉、味觉等感觉之挪移与置换,"而杜甫和多多这些神奇句子,主要涉及视觉和声音与心理、记忆、想象、文化和历史的互相打通与交通,尤其是涉及文字的象形性。读者不是通过修辞方面的鉴赏来理解和感受这些句子,而是凭直觉就立即看见并感受一幅生动的画面"。

根据《最初的契约》一文,我认为黄灿然不仅仅是揭示了多多那些诗句的"神奇"之谜,其实也给出了一个关于什么是"好诗"的普遍标准,如果再加上他对汉语诗歌音乐性的阐发,大概可以说,黄灿然的《最初的契约》也深入洞察了汉语的诗性特质——应和于中华民族直觉思维发达的优长,借由象形文字与文化符号强大的暗示、联想功能,从而在读者的心中激发强烈而悠久的诗意感受与审美启迪。实际上,黄灿然在正文里已经表达过类似的观点,即"多多另一个直取诗歌核心并且再次跟传统的血脉连接的美德是,他的句子总是能够超越词语的表层意义,邀请我们更深地进入文化、历史、心理、记忆和现实的上下文"[1]。在这些论述中,人们不难发现其与西方文论的"冰山理论"恰恰可以互证,除此之外,它也以更加清晰周密的逻辑阐发,再次印证了一个简单通俗却扼要精辟的诗歌定义:诗,是以最少的字数表现最多的内容。

黄灿然在评论多多诗歌的神奇魅力时,经常利用他作为翻译家的跨文化视野和作为优秀汉语诗人的敏锐眼光,将多多诗歌与古今中外大师级诗人的佳作对比,从而屡屡得出令人赞叹的结论;而且,敏感于诗歌与民族语言的特殊联系,黄灿然还经常以多多的诗歌为例,证明"注意发掘汉语的各种潜在功能"对中国当代诗人的成熟具有多么重要的意义。在谈及这一点时,黄灿然特意举出加勒比海诗人沃尔科特的名句,进而说明多多在运用汉语方面也已臻至出神入化之境。为了印证自己的评价,黄灿然同时举出了多多诗歌中不少他认为堪称"神奇的句子",例如"牧场背后抬起悲哀的牛头",例如"五月麦浪的

---

[1] 黄灿然:《最初的契约(代序)》,见《阿姆斯特丹的河流》,北岳文艺出版社,2000年版,第11页。

翻译声,已是这般久远",又如"第一次太阳在很近的地方阅读他的双眼",再如"大船,满载黄金般平稳",还有"我听到滴水声,一阵化雪的激动/太阳的光芒像出炉的钢水倒进田野/它的光线从巨鸟展开双翼的方向投来/巨蟒,在卵石堆上摔打肉体"……黄灿然认为,这些"太玄"的例子,已经超出可能分析的范围,它们"与其说是用汉字写成的,不如说是用汉字的文化基因写成的"。[1]

那么,多多诗歌的这些神来之笔果真是不可分析的吗?笔者对这个结论并不完全认同,而且恰恰可以借用黄灿然的观点说,多多诗歌的"玄妙"仍然来自汉语的诗性特质——那种超语法超逻辑的暗示、联想功能,这种特质"通过阅读外国诗歌原文来借鉴,定会迸发璀璨的光芒"。的确如此,试举两例如下。

一、"大船,满载黄金般平稳"[2]

在被黄灿然所赞叹的"神奇的句子"中,"大船,满载黄金般平稳"这一句也是我很喜欢的。对这一句,黄灿然在文章中倒是多费了些笔墨,在行文过程中特意停下来点评道:"你看过满载黄金的大船没有?当然没有,但为什么这个句子如此真实,好像'平稳'这个词是为了形容满载黄金的大船而诞生的。"

黄灿然的点评显然触及了多多诗歌所特有的超现实的"真实",也再次证明了多多在运用汉语方面的出神入化。但除此之外,笔者认为,多多的这一句诗最为重要的魅力其实是源自"黄金"这一个意象所具有的物理学、人类学、经济学、心理学、历史学、社会学、诗学以及日常生活经验等丰富的蕴含,换句话说,如果没有"黄金"这个意象,"平稳"的感受或"真实"的效果极可能荡然无存。为什么呢?

众所周知,在自然界的贵金属中,黄金是最稀有、最珍贵和最被

---

(1) 黄灿然:《最初的契约(代序)》,见《阿姆斯特丹的河流》,北岳文艺出版社,2000年版,第6页。
(2) 该诗句出自多多的诗歌《告别》,先后收录于《多多诗选》(花城出版社,2005年版)、《诺言:多多集(1972—2012)》(作家出版社,2013年版)。

人看重的金属之一，关于它的物理特性、化学稳定性已经诞生过无以计数的论文与专著，但它又不仅仅是一种纯自然的特殊物质。简而言之，它应该是诸种金属中最具有"人文性"的贵金属，寄寓着无限丰富的人类的历史、想象、生存、欲望、情感、文化与精神等。因为黄金是全世界都认可的资产，几乎所有国家的人们对黄金的贵重价值都有共识——这种价值不存在折旧的问题，其光辉和价值是永久的。在生命的世俗经验中，正是"黄金"的贵重、保质、耐腐蚀、不易腐朽，在数千年的历史长河中，黄金所带来的可信任感、可依赖感以及希望早已沉淀为汉民族的集体无意识，"千金一诺""朋友值千金""兄弟同心其利断金"等格言谚语即是显证。与多多的佳句相联系，一当"黄金"这个意象出现时，它所唤起的就不再是修饰"大船"的物理意义上的"平稳"，而恰恰是读者心理深层的信任感、依赖感、希望和放松后的舒心感。这是其一。

其二，当"黄金"成为诗学意象时，"黄金"的高贵、不朽已经通过历代的联想、暗示直接转化为诗歌所要表达的精神特质，特别是在西方现代诗歌中更是成为一种纯粹、高贵、珍稀和永恒、不朽的象征。这种类似于原型象征的现代诗学意象自20世纪80年代从域外传入国内诗歌界之后，深受年轻诗人们的喜爱，例如叶芝晚期名作《驶向拜占庭》中象征他的终极艺术理想的"金"，例如博尔赫斯的诗句"朦胧的光、紧缠的影／和一元初始的金"以及"宙斯化成的爱之金"[1]，例如俄国象征派诗人别雷的诗集《蓝天里的黄金》中"通往永恒的黄金"[2]……但是真正对先锋诗人发生语言和精神上的巨大影响或曰震撼的，却是苏联诗人曼德尔施塔姆的不朽名句："黄金在天上舞蹈／命令我歌唱"[3]——诗人陈东东1989年在悼念海子、骆一禾的文章《丧失了歌唱和倾听》中曾特别引用了该诗句。另据诗人王家新回忆，一次去诗人莫非位于双秀公园家的一个聚会，一向喜欢抄写好诗的多

---

(1) 诗句出自博尔赫斯的诗歌《虎的金》，转引自赵志方《虎的金：原型的继承》，载于《阅读与写作》2000年第12期。

(2) 参见刘畅《蓝天里的黄金——安德烈·别雷的早期诗歌》，载于《世界文化》2012年第11期。

(3) 诗句出自曼德尔施塔姆的诗歌《我冻得直哆嗦》，收入《跨世纪抒情——俄苏先锋派诗选》（荀红军译），中国工人出版社，1989年版。

多,"一来神就亮起了他的男高音歌喉,来了一段多明戈,然后还意犹未尽地念了一句曼德尔施塔姆的诗'黄金在天上舞蹈,命令我歌唱'!接着又对满屋子正要鼓掌的人说:'瞧瞧人家,这才叫诗人!哪里像咱们中国的这些土鳖!'"⁽¹⁾

很显然,当时的多多已经领悟了曼德尔施塔姆的诗句所蕴含的纯粹而高贵的诗歌精神,以及因献身于至高无上的艺术理想而产生的神圣感与成就感,正如王家新在回忆他与多多的友情时所强调的:"'黄金在天上舞蹈,命令我歌唱',可以说这就是让我们走到一起的东西!虽然我亮不起他那样的歌喉。我们在一起时也只谈诗,不谈那些'乱七八糟的东西'。他对诗的那种全身心投入的爱和动物般的敏锐直觉,也一次次使我受到触动。"⁽²⁾

实际上,被誉为"所有诗人中最诗人化的一位"的曼德尔施塔姆也被布罗·茨基视为"献身文明和属于文明的诗人",曼德尔施塔姆的诗的源头是世界文明,反过来,"他又对赐予他灵感的东西做出了贡献"。而我国著名翻译家刘文飞也认为,曼德尔施塔姆的诗有两个特征:以人的创造为诗题,力图介入文化的积累。因此,他的诗歌作品便体现出了极重的文化色彩。⁽³⁾

其三,借用诗人西渡在 2016 年 10 月在"新时期诗歌批评暨多多诗歌研讨会"上的观点,"黄金"这一意象还可置于历史视域进行解读,尤其是当其与"大船"的意象联袂出现的时候;因为只需流行的历史记述与传说我们就不难想象到,"黄金"作为巨额财富的社会角色,也注定成为各种利益群体时刻觊觎、拼命争夺的主要对象。换句话说,"黄金"同时也意味着掠夺、争抢与战乱,充满历史性的动荡感,当"满载黄金的大船"出现时,其本身反而是"不平稳"的,所以,当诗人多多以"平稳"这一"专制性幻想"⁽⁴⁾修饰它时,恰恰与历史实际生活中的动荡常态构成强大的张力。

---

(1) 王家新:《我的八十年代》,载于《文学界》2012 年第 2 期"王家新专辑"。
(2) 同上。
(3) 此节关于曼德尔施塔姆的评论均引自刘文飞《曼德尔施塔姆:生平与创作》,载于《世界文学》1997 年第 5 期。
(4) 借用胡戈·弗里德里希在《现代诗歌的结构》(李双志译,译林出版社 2010 年版)一书中的观点。

二、"一个故事中有他全部的过去"

阅读多多的诗歌，多数人在为其雄浑而有力的生命质感所打动的同时，常常又会困惑于其师承与门派皆不明的"迷踪拳"般的诗歌语言，那么，结合黄灿然的诗评、王家新的回忆和曼德尔施塔姆的诗歌精神，也许我们能够找到成就多多诗歌的奥秘。而多多诗歌中许多被黄灿然叹为"神奇的句子"，正是因为体现于"词的珍重"（茨维塔耶娃语）之中的纯粹艺术精神，因为充盈着丰富而深刻的生命与文化韵味，因为它们"总是能够超越词语的表层意义，邀请我们更深地进入文化、历史、心理、记忆和现实的上下文"，就像语言的多功能镜子，让事物与事物的联系从不可能变为可能，在亦真亦幻的艺术空间中让意义生成，让"道"现形。

在谈到当代另一位优秀的汉语诗人张枣的创作时，作为张枣好友的钟鸣同样指出过张枣在语言方面的多重革命意义。如前所述，钟鸣曾经把张枣的《镜中》与千年历史和当代政治所导致的"单词现象"作比较，在批评汉诗过早伦理化和理性化的同时，批评了通过把复杂的语义关系转而为简单的语音（音响）来完成的语言控制，阐发了张枣对于这种"语言牢笼"所进行的摧毁性意义。换句话说，通过这种摧毁工作，《镜中》创造了语言的游戏的一面、形而上的一面和整合的一面，从而实现了诗歌的自由联想以及语言的多重镜像功能。多多的创造虽然与张枣的面貌不同，但在新的诗学观念与方向上他们显然又是不谋而合的。

语言学者辜正坤在研究人类语言音义同构现象与人类文化模式的关系时曾经发现，大量汉语字词的发音与其所代表的含义具有某种心理—生理—物理方式的契合。而汉语言文字中潜在的这种音义同构现象，使得汉语的音象与汉诗词曲本身要求的情韵味之间具有了先天性契合贯通的趋势，单是这一点，就足以使汉字成为世界上最有效的诗歌载体。但是，迄今为止，国人对汉字作为汉诗词曲媒介的审美潜在能力的挖掘仍然不足。[1]而自新诗诞生以来，由于"五四"白话文

---

(1) 辜正坤：《人类语言音义同构现象与人类文化模式——兼论汉诗音像美》，载于《北京大学学报》1995年第6期。

运动以及科学主义思潮对古汉语的激进断裂,在强势的西方文化的压抑和进化论观念的笼罩下,新诗发展既对汉语本身超语法、超逻辑的语言功能认识不足,又对汉语本身诗性特质的重视与发扬不够——而古代的文论家在这些方面显然就远比今人自觉得多。幸运的是,自20世纪80年代至今,多多、张枣等当代先锋诗人们的努力已经开始改变这种糟糕的状况。■

暮晚的向道　多多研究集

张闳指出，多多诗歌从一开始就表现出激烈的对抗性，"以一种怪诞乖张的修辞，向外部世界坚硬的革命话语发起冲击，猛烈敲击着精神囚笼坚固的墙壁。这种对抗性的声音，成为一个时代的精神解放的先兆"，而后的异域生活，"伴随着'自由'而来的是脱离了母语家园的无根的漂泊感，他只能是自己成为自己的倾听者。诗人与外部权力之间的对抗，已变成孤独的自我的内在对抗、话语的内部格斗"。[1]在至迟写于2007年的《多多诗艺中的理想对称》中[2]，王东东指出多多由"后革命"诗人向自然诗人的变化："历史，尤其是革命历史也被纳入了自然时间中接受自然事物的打量。革命（revolution）回到了它的另一个含义，天体运动和循环，这些正是自然时间的本义"，"由此，他完成了个人诗艺进化过程中的理想对称，无法解决的生存性悖论和悖论性生存的紧张，差不多完满地转化到了语言紧张性和紧张的语言里"。从"革命"语境到"后革命"语境的转换，意味着某种"告别"，张闳和王东东共同的观察是转向语言，不同的是张闳以"对抗性"贯穿多多诗歌的始终，王东东则观察到多多以自然疗愈历史创伤的和解努力，"只有在这里，在自然的循环时间里，革命时间也就是直线时间

（1）　张闳：《多多诗歌中的母语情怀和对抗性》，参见2011年4月28日北京师范大学"中国文学海外传播"学术研讨会论文手册。
（2）　http://blog.sina.com.cn/s/blog_4eb0124401000cxk.html.

多多诗歌的神学特征 ※　　　　　　　　　　　　　　　　　冯强

※ 原载《新时期诗歌批评暨多多诗歌研讨会论文集》。

的伤口才得以愈合。革命诗学是否定性的诗学,是进行到一半的辩证法,但毕竟还属于容留着希望的二元论;自然诗学当然是肯定性的诗学,然而自然的肯定又那么令人绝望,因为自然的肯定也是否定,十足悲观,对人和历史"。

这种对抗与和解的性质让我倾向于在浪漫派的反讽概念下讨论多多的诗歌。帕斯认为,自浪漫主义以来,西方现代诗歌"反对自身的传统"(tradition against itself)——传统通过反对自身获得延续,使其与基督教传统和大革命传统紧密联系在一起,他为浪漫主义以来至先锋派的现代诗歌规定了一个同时保留宗教和革命因素的矛盾而含混的内核:现代诗歌的历史在宗教和革命的双重诱惑中摇摆,浪漫主义之后西方诗歌的基本要素是"没有上帝的基督教和基督教式的异教"。帕斯将类比(analogy)和通感视为某种"元规则",视为浪漫主义至超现实主义以来现代诗歌一以贯之的真正宗教,与之对应,现代诗歌继承浪漫主义的另一事业是反讽(irony),反讽是类比的相似和一致断裂的时刻,是类比中发作的不连贯性。[1]反讽是对抗,而类比是和解。浪漫反讽的特点是对抗和否定自身,但这种对抗是创造性的对抗(以发生论的模仿代替古典模仿论),其核心原则是变化和新异,在这个意义上,对抗是类比、和解,生成就是实在,反讽反过来具有优先于类比的地位,它不只是一种诗歌技艺(改变语言),也是一种根本的人类力量之渴望(改变世界)。而"要成为浪漫派,就要成为最深意义上的革命者;也就是要反抗存在反抗固有的不朽和永恒"[2]。

荷兰莱顿大学汉学家柯雷(Maghiel van Crevel)把多多诗歌分为1972—1982年和1983—1994年两个阶段,"中国性和政治性"是第一阶段的显著特征之一,而到了第二阶段,多多诗歌中虽然具有一些20世纪80年代实验诗歌共享的特征比如"人性恢复(rehumanization)",但在意象和语言的使用上更加风格化,他开始远离政治、公共和集体而朝向个人、私密和独己,对某种个性化诗歌形式的寻求开始占有绝

---

(1) Octavio Paz.*Children of the Mire*,trans. Rachel Phillips, Harvard University Press, 1991, p.102, p.37, p.50, p.74.

(2) [美]维塞尔:《马克思与浪漫派的反讽——论马克思主义神话诗学的本源》(陈开华译),华东师范大学出版社,2008年版,第56页。

对上风。而且，与20世纪70年代和80年代早期的实验诗歌不同，多多诗歌的自然意象并不主要担当安慰性的、田园诗般的甚至解放性的积极角色，它"给人的印象是一种原始力量：无情，让人生畏并且暴力，在它面前普通人无能为力"；他还发现多多的诗歌中"很少出现东方和西方，南方则从未出现。他的诗中经常出现冬天，有时是春天和秋天，但极少出现夏天"。柯雷以"intensity"（刚烈）或"powerful image"（强力意象）来形容第二阶段多多诗歌的反讽对抗特征。这种带有暴力色彩的语言形式感与他带有神秘色彩的语言本体观相关。比如《没有》（1991年）一诗同时强调了诗人面对语言时的力量和无力：它通过语言来传达语言的否定性和拒绝性，这里语言开始铲除现实："没有语言""没有郁金香""没有光""没有喊声""没有黎明"，"没有"反复出现五次，前一句被言说的事物在下一行被迅速抹除，这样，对《没有》的阅读必然伴随着对它的摧毁，语言对现实的清除可以说是柯雷对多多诗歌的一个基本观察，是柯雷将多多诗歌去中国化和去政治化的依据之一："多多后来的作品中形式的重要性逐渐凸显。即是说较之早期作品，跨句连接、诗节划分、重复和节奏这些形式特征得到更多强调。语言和呈现离现实越来越远。相较于前期，词取代了物：语言既是起因也是效果。适应于这些变化，后来的诗歌更加是声音的和听觉的，对思想的关注减少了，它们更多围绕着声音来展开。听觉质素比之前的诗歌更为清晰。"对形式尤其是对听觉想象力的侧重使柯雷意识到多多诗歌的去人性化的游移，通过专门解读多多以北方为主题的《北方的土地》《北方的声音》和《北方的海》等诗后，柯雷发现这些诗背后藏匿着一个把人性特征和非人性特征纠缠在一起的非人之人（a non-human human）。当多多站在这一边时，他具备充分的人性——就像《春之舞》（1985年）和《阿姆斯特丹的河流》（1989年）——而一旦他踏到养育了个体而最终必定将个体抛却的自然一边时，他的声音又是非人性的，[1]这就是王东东所说的"自然的肯定又那么令人绝望"。

美国康涅狄格学院东亚系华裔学者、诗人麦芒（黄亦兵）否认以

---

[1] Maghiel van Crevel, *Language Shattered:Contemporary Chinese Poetry and Duoduo*, Leiden, The Netherlands:Research School CNWS, 1996, p.120, p.70, p.196, p.174, pp.204–205.

"革命"作为多多诗歌节点，他反对柯雷的观点，即"文化大革命"结束会使多多诗歌减少其政治性或者历史性而增加普世性或非中国性，而以"不可能的告别"来界定多多诗歌与"文化大革命"之间对抗式的隐秘关联[1]："一方面，多多早期诗歌可以被视为现代主义和浪漫主义融合之后的产儿，这些来路不同的资源都意味着对一般意义上的革命尤其是文化革命意识形态的批判和颠覆；另一方面，多多诗歌某种程度上也沾染了他表面上所要批判和颠覆的意识形态之色彩"，多多诗歌是"革命与现代主义合媾的坏孩子"，它处处有光彩，又处处有污秽，要清理干净显得相当不易。多多遇到一个兰波"必须成为先知"和"必须绝对地现代"的困境："使先知诗人'绝对地现代'"的独异性使他看到这样的异象（现代主义），即"19世纪欧洲地平线上大写历史的展开，伴随着一系列的革命和反革命，最终导致20世纪的俄国革命和中国革命"。致命的是，多多也面临曾经困扰鲁迅的狂人式模糊和苦恼，即一个现代主体诞生于历史之外或历史之上，但是生成此视角的绝对启迪时刻却同时伴随着这样的认识：就像狂人意识到自己也参与了吃人的历史，新的现代主体意识到自身对现代历史命定的嵌入性。由此，麦芒认为多多诗歌中个体身份和主体性的建构是不可能的，因为它们同时遭受着诗人的自我解构，他将其称为"珀涅罗珀的网"：白天织就而夜晚拆解。这样一个建构和解构的双重过程中同样孕育了某种新的、复杂的主体性。麦芒将多多诗歌中历史的毁灭视为其传达个人主体性（去真理化的消极主体性）的象征："革命可能结束，主体性的动力却仍在继续，它仍在自身的惯性中沿着一条消极的路线向前推进。在其中起作用的自然不是乐观的启蒙理性，而是一种几乎不加掩饰的非理性或一种承革命而来的疯狂"，这不仅构成了对革命的历史批判，也成了革命的持久象征。麦芒认为这样的旅程是注定无尽的、无望的——"他们没有在主安排的时间内生活／他们是误生的人，在误解人生的地点停留／他们所经历的——仅仅是出生的悲剧（《教

---

[1] Mai Mang (Yibing Huang), *Contemporary Chinese Literature:From the Cultural Revolution to the Future*, New York:Palgrave Macmillan, 2007, pp.19-61. 这种"不可能的告别"在《父亲》（2011年）与《我读着》（1991年）的比较中仍能看到："父亲，你已脱离的近处／我仍戴着马的面具／在河边饮血……"

海——颓废的纪念》，1976年）"——从"文化大革命"继承来的乌托邦驱力从反面强化了主体性的精神分裂、非理性和疯狂，"过去和历史成为无意识中不可祛魔的部分，它总是从压抑中回归，并以语言和形式的创新进一步显露出来"，语言和形式成为意识形态的表征，暴露了主体性内部的斗争和撕裂，"面对悬在颈上的枷锁／他们唯一的疯狂行为／就是拉紧它们"。多多通过这种歇斯底里的方式获得必要的心理距离——格里高利·李在为多多《宣言》撰写的导言中也注意到"在他热情、激昂但小心控制的声音底下，是几乎无法抑制的歇斯底里"——似乎不如此回看历史就不能在与历史的角力中占据上风。

"浪漫主义试图表明，自然的必然性和人的自由之间不存在矛盾，因为他们认为，自然本身是一种与人的意志相似的有生命的精神或世界意志。"[1]浪漫主义诗人第一次将历史和精神的优先权赋予诗歌而非宗教启示和哲学理性，但实际上，位于现代性核心的人的自由和自然的必然性（历史与自然）之间的矛盾并未得到完全解决，斯蒂芬·怀特认为问题出在人的反讽一边，"现代性疾病的主要来源"就是"不受限制的主观性"，[2]吕迪格尔·萨弗朗斯基认为"浪漫主义释放了想象力那毁灭性的和自我毁灭的潜能"[3]，这是巴尊意义上"最后的浪漫主义者"，持有一种不想继续负载任何东西前进的"废除主义"（abolitionism）。多多在汉语中完成了马拉美等人在语言领域的废除主义，这一点，如麦芒的分析，其实不亚于马克思在社会领域的废除主义，几乎可以视为其在语言形式领域的镜像。当然，这种废除尚可以大自然为最后的担保，除了《没有》中语言对现实的清除，还有《北方的声音》（1985年）"一切语言／都将被无言的声音粉碎"中隐藏的某种神圣疯狂带来的空洞的理想状态（柯雷就是借用"粉碎的语言"作为他讨论多多专著的名称）。诗人似乎以另一种方式重临了曾经引发现代性的唯名论革命，但这一革命非但是"关于人、神、自然这三个

---

(1) [美]米歇尔·艾伦·吉莱斯皮：《现代性的神学起源》（张卜天译），湖南科学技术出版社，2012年版，第362页。
(2) [美]斯蒂芬·怀特：《政治理论与后现代主义》（孙曙光译），辽宁教育出版社，2004年版，第33页。
(3) [德]吕迪格尔·萨弗朗斯基：《恶：或者自由的戏剧》（卫茂平译），云南人民出版社，2001年版，第200页。

领域中哪一个具有优先性"的问题,[1]语言转向之后语言自身的重要性也凸显出来,即多多意识到语言不能解决本体问题,但诗人所能凭借的,似乎只有语言,语言不再仅仅是助人理解的实用符号,它关乎人的存在本身。在多多早期的诗歌里,我们经常能看到历史和自然的双重创伤记忆,前者关于人,后者关于自然,它有时表露出对人的自由(譬如"文化大革命")和自然的必然性(譬如必死性)的双重恐惧,那么对高于人与自然的神的渴望也就呼之欲出。当然,与神密切相关的,是语言尤其是语言所指引的无法言说的神圣。

以《一个故事中有他全部的过去》(1983年)为例,"一个故事中有他全部的过去"如同咒语反复出现五次,使这个关于人的救赎的终极故事具备了神话般的光辉,"死亡,已成为一次多余的心跳""他的体内已全部都是死亡的荣耀""死亡,已碎成一堆纯粹的玻璃""死亡只是一粒沙子""所以一千年也扭过脸来——看"。

再以《词语风景,不为观看》(2012年)为例,自然、人、神、语言四个维度中"神"具有相当的位置,除了"一片叶子""一口纯洁的空气""全景"以及"天黑以后的事物"的指涉,第三节还以否定性的"不"为特征的"你"呼应了"不为观看",全诗末尾"隔壁的婴儿马上又要哭了……"又一次深化了"你"的神学特征。而其中的"自然""勉强成为世界"(其中"大地"也高于"乱星"),"人"则以"他们/已经在用铜铸你"和"自由无琐事"分为两类,"语言"显然地指向神圣之沉默("语言中最富有的部分")。与《一个故事中有他全部的过去》相比,两首相隔三十年的诗,其神学特征未有根本改观。

因为"神话,从不更新/时间"(《通往博尔赫斯书店》,2008年),"我们没有明天的经验"(《被俘的野蛮的心永远向着太阳》,1982年),所以不清楚是不是《一个故事中有他全部的过去》中那个以粉粹为特征的狄奥尼索斯神——在《词语风景,不为观看》中以缺席的方式再临("你不可能不在场"),但多多始终没有把凭借意志消除实然以达

---

[1] 唯名论认为"所有真实存在的事物都是个体的或特殊的,共相只是一些虚构。词语并不指向实际存在的普遍的东西,而只是对人的理解有用的符号",参见米歇尔·艾伦·吉莱斯皮《现代性的神学起源》(张卜天译),湖南科学技术出版社,2012年版,第22、24页。

成主观应然的反讽辩证法发展到帕斯所说的主要在语言层面运作、悬置自身判断的"元反讽",⁽¹⁾最高价值的判断在他那里从未阙如,他以更被动的方式摸索语言背后的沉默所可能指引的某种最高价值。他的诗歌有一个将已经抽象化的"反讽"再次内在化到"无"的神学轨迹,"无"是语言层面最激进的"反讽",带有更强烈的神学特征:"否定、无、虚无向反讽的辩证秘密显示了自身,浪漫诗歌的魔幻言辞召唤终极之物。"⁽²⁾《北方的声音》中承担"无言的声音"从而粉粹"一切语言"的大自然的崇高位置被语言所指引的"无"夺回,自然的必然性——更别说自然创伤下的历史创伤——被无声地吸纳。如果说浪漫派"我是我"的反讽曾经翻转出多多诗歌中历史和自然的超验力,那么仍旧贯穿海德格尔"存在是存在"的内在性原则依然在对抗着实然的经验世界,⁽³⁾至于它与从基督教神学的特性偶然发展起来的欧美基本政治原则构成怎样的关联,以及它能在权贵资本主义语境中承担怎样的责任,又是另外需要讨论的话题。

2016 年 10 月 6 日、10 月 12 日　桂林■

---

(1) Octavio Paz, *Children of the Mire*, trans. Rachel Phillips, Harvard University Press, 1991, p.112.

(2) [美]维塞尔:《马克思与浪漫派的反讽——论马克思主义神话诗学的本源》(陈开华译),华东师范大学出版社,2008年版,第73页。

(3) 与多多更多地神圣同语言背后引发的沉默相连不同,于坚认为汉语的诗意和神性是先验的,并直接将汉语与本体问题相关联来进行"对唯名论的形而上学拯救":"这个国家还有多少'直接就是''a就是a'的东西?拒绝隐喻,就是要在语言上回到'直接就是'那种汉语的原始神性。我绝不是什么世俗的诗人,我是要在语言上回到神性,而不是许多诗人的'观念神性'。"参见于坚《还乡的可能性》,商务印书馆,2013年版,第247页。

暮晚的向道　多多研究集

一

无论如何,多多的诗注定要受到误解和歪曲,甚至是在赢得掌声的诗人和批评家那里。事实上,误解、歪曲、敌意、漠视和嘲笑,恐怕也是每个有抱负的当代诗人都必须坦然接受的命运。对于今天的大部分人来说,诗歌是必须切除掉的精神阑尾,诗歌业已失去了思考世界的精神官能,而沦为某种装饰性的精神配饰;对于一少部分以诗歌为业、为梦想的人来说,也很少有人能够清楚地知道诗歌的秘密、诗人何为。或者按照海德格尔的说法,"我们今天几乎不能领会这个问题了"[1],我们写诗,除了取悦于自己和读者,在肉体加速毁坏的同时,保存灵魂的完整,而试图使得灵魂不朽,在历史中抢占自己的栖身之地之外,几乎很少人能领会"诗人何为""诗人到底何所皈依"的真实意义。我们的时代,"小诗人"的标准大行其道,精神的侏儒充斥着舞台。然而,这些都是再正常不过的事情,诗歌无法为纯肉身的生活添砖加瓦,而真正的伟大的诗人,甚至比起其他的精神物种来,还要更加地稀少和珍贵,不是我们一时半会儿就能够认识和理解的。

真正的诗人就是伟大的诗人,二者不过是同义反复的说法。对于

---

(1) [德]海德格尔:《诗人何为》,见《林中路》(孙周兴译),上海译文出版社,2004年版。

"在无词地带喝血"
——阅读多多※

张伟栋

※ 原载《新时期诗歌批评暨多多诗歌研讨会论文集》。

这一命题，常识的幻觉是，伟大的诗人是天赋和才能的产物。浪漫派的天才观，曾借助政治抒情诗的轰动效应而获得了广泛的普及，也孕育了一种傲慢的、几乎是盲目的偏见。另一个被认定的真相是，真正的诗人都是某种传统或者精神或语言所灌溉、培育和催生出来的种子、花朵或果实，诗人是文明之子，绝对的天才和原创是不存在的。艾略特将诗人的任务定义为，隐藏自己泛滥和无可救药的情感和个性，从而为传统开疆扩土、增添生机和延续命脉。实际上他并未能够很好地理解诗人与传统的关系，他的那篇著名文章很多年来被我们奉为圭臬，也暴露出我们在很长时间里对诗歌的语言问题处于"无思"的状态。当我们还试图以"感人"与否或者语言的"新奇"与否或者"介入现实"的能力等来辨认诗歌的时候，我们还是在仅把语言当作任凭我们表演自我的道具或是精神的自慰器。不管怎样，有两个基本点，在此需要略微提及，而后我们会在对多多的作品讨论中展开，第一，人的本质特征之一是语言，尤其是具备构造言语的能力；第二，并不是我们在说语言，而是语言在说我们，按照海德格尔的表述就是："人之说的任何词语都从这种听而来并且作为这种听而说。"[1]基于这两点，我们可以试想一下，如果我们已经熟知的某部诗歌史断开一个链条，我们今天的诗歌语言将会面目全非。以象征主义为例，我们也就可以这样来排列诗人的序列：爱伦·坡是象征主义的种子，波德莱尔是催生出的花朵，里尔克是其结出的果实。这并不好理解，要做到感同身受的体认更是困难重重。正如昆提利安所言："博学者理解艺术之道理，不学之人只凭喜好。"过去，我们遭遇过太多被自己选择的语言陷阱所囚禁、所困顿，因而在心灵和语言上都极其贫乏和平庸的小诗人，所以对此略有所知。

　　从这些方面来看，作为一个诗人的多多是幸运的。身处大时代的洪流之中，历史的褶皱剧烈地波动和变异，时间正在火中被锻造，被压抑的语言岩浆高温涌动，在梦境和现实的人群中寻找它的出口。所以说，是现代主义诗歌选择和培育了这一代人，语言给予了这一代人以较高的历史起点和需要打通的历史关隘。这最初是发生在无意识和

---

[1] [德]海德格尔：《在通向语言的途中》(孙周兴译)，商务印书馆，1999年版，第21页。

不自觉当中的：被冲动的情感、升高的荷尔蒙、无法平息的欲望所指引，所推动，波德莱尔、瓦雷里、洛尔加、圣琼佩斯、里尔克、特拉克尔、帕斯捷尔纳克、曼德尔施塔姆等充当了导师和领路人的角色，随即一大批诗人迅速地诞生，搅动着时代的神经，但随着历史的降温和转型，大部分诗人也就随即凋零，从语言的高峰上跌落，而仅有少部分诗人幸存下来，能够自觉地承担起语言的任务和写作的使命：历史上的诗歌运动大多如此，一旦大潮退却，天才跌落而大诗人开始慢慢地浮出和上升。

在这样的历史节点上，来审视这一代人的写作或者个人的际遇，即使武断但也不至于犯下我们的文学史中的那些低级错误。多多的幸运就在于他属于那没有被大潮裹挟而去的一小部分幸存者，他仍然走在时代的前面，走在通往大师境界的道路上。对他而言，写诗就是必须要把词语的弓弦拉开，必须张开词语的风帆，而射出生命和历史的箭镞，写诗也就区别于那些以此为生的文字商贩的勾当，区别于那些自我表演的小文人的寻章摘句，以及对经典大师亦步亦趋的信徒所制作的文学。在多多看来，写诗之所以是生命中的至高律令，可以统率整个人生的杂多和不可预测，在于生命在体认和践行这一方向和道理的过程中获得了超越的形态。正所谓"道生之，德畜之"，写诗作为一种创造性的行为，与天地大道相沟通，与"天地之大德曰生"的创生德行一致。或如多多自己曾说，写诗是修行和修炼，修行就是为了使生命获得更好的、更高的形态，这是无止境的，是与那些低级的、老于世故的、苟且偷生的生命形态截然不同的。这些在他那里很明确，也非常自觉："我从一开始就不是为了诗，是因为，我强调被动性。原来我追求的是写出更好的诗，叫语不惊人死不休、苦吟。现在我又提高一个认识，就是说，如果没有这三十年的写作，我不会变成这样一个人。……哪个更重要？我现在觉得写作不一定重要，更重要的是建立了你自己重塑了你自己……我们老说'修炼''修炼'，最重要的是德。道为什么和德连在一起，你修其实是为了得道，如果没有德永远得不到道，你干什么都是修。我现在就觉得不要脱离写作去修炼，那么为什么某些东西不能忍受，某些琐碎的、低级的、含有功利色彩的含有玩世不恭的东西，都被严格地剔除出去了。"[1]

二

将写诗作为生命中的至高律令来对待的信念，也正如里尔克所写："歌咏即存在"，应是每个诗人的天赋职责，但实际上，能够做到这一点的凤毛麟角。今天的大部分诗人是把写诗看作一种"理性"的行为，他们会清楚地区分和划界以及计算名利得失：这是生活，这是工作，这是生意，这是交往，这是交流，那些是游戏，这一块儿是诗歌，等等。他们在每部分上投入不同的精力和时间，每一部分都不能牺牲，每一部分的增减都需要讨价还价，每一次的讨价还价都锱铢必较。黑格尔对艺术终结问题的探讨就涉及这一层面，"我们现代生活的偏重理智文化迫使我们无论在意志方面还是判断方面，都紧紧抓住一些普泛观点，来应付个别情境，因此，一些普泛的形式、规律、职责、权利和箴规，就成为生活的决定因素和重要准则"。[2]有一次在谈论当代一位著名诗人的时候，我和多多在一个标准上取得了认同，这个人的诗和他的人不一致，我们在这个人身上看不到他的作品，那像是另外一个人写的，这多少符合这种理智人的形象。而在多多身上，你可以看得到他的诗歌，他不分裂，也没有那种遗世独立的清高。我想起，差不多是十年前，在一次诗会上听到多多大谈"道"的问题，没法领会，也没想清楚。后来在海南，他告诫我说，还是要两条腿走路，他指的是西方的和中国的，两条腿总比一条腿走得快。事实证明，他是对的，正所谓"仁者与天地万物为一体"，这也和他的"道"学吻合。

我试图说明的是，多多的诗歌观念里面包含着对中国古老智慧的体认和践行，简单来说，以儒释道为代表的中国古代智慧不是西方那种静观沉思思辨式的，而都是讲究身心一体、知行一体、天人一体、体用不二，也就是说，如果只是从知识和认识的角度，你无法获知这里

---

[1] 《我的大学就是田野——多多访谈录》，见《多多诗选》，花城出版社，2005年版，第290—291页。

[2] [德]黑格尔：《美学（第一卷）》（朱光潜译），商务印书馆，1996年版，第14页。

面的"无限妙用",必须要落实到行和用上面,要体认和践行得到,要讲究功夫和修行,要感知到耳鼻口舌身意的变化,你才能明白,所以即使像黑格尔这样的大哲学家也没有能力和办法来理解。有读者评价说,多多的诗抽象、晦涩,没有感受,不能够打动人,其实这是读者自己的问题,多多诗歌中超越日常情感的部分是和他对"道"的体认和在修行中得到的。毫无疑问,每个诗人写下的东西自己都可以体认得到,感受和直观的能力并不是天生的,也是有等级的区分的,你的感受和直观能力没到,自然理解不了,之所以觉得事物令人费解,只是因为我们固执地停留在自身之内。另外,有人将多多诗歌的令人费解与晦涩归结为"元诗"这一从来都不曾存在过的类型,或者认为多多的诗哲学化,我所认同的说法:"哲学,是在为诗做准备。"[1]那么持有上述说法的,其实既不懂哲学,也不懂诗歌。

有人也因此评价多多是一位"醉心于在文字中提炼浓缩铀的诗人",这说的则完全是外行话,类似于酒桌上不得要领的恭维之词,更准确的表达,用多多自己的话就是"在无词地带喝血",这是多多的一首诗的题目,显而易见的是这首诗也非常清楚地表达了多多自己的语言和诗歌观念。而所谓"提炼"和"浓缩"所使用的思维方式,与十七年文学中的"典型人物"概念如出一辙。如诗中所写"无词,无语,无根",历史所不能知晓的词之"无地",代表着某种真理的朝向。诗与真理的问题,对于"小诗人"来说这个问题不成立,对于"大诗人"来说需要全力以赴甚至"孤注一掷"。在"小诗人"看来,诗是经验的、主观的、感性的、灵感的、具象的、优美的和抒情的,所以对真理问题的触及,在"小诗人"那里凭借的则是他自己也不能说清的才气和时代给予他的一些运气。总之,这种"真理"的朝向,使得哲学家愿意接受诗人的启发和教导,正如阿兰·巴迪欧的表述,自尼采之后,"所有的哲学家都自称为诗人,他们全都羡慕诗人,他们全都愿意成为诗人,或者近似于诗人,或者被公认为诗人。正如海德格尔那样,德里达、拉库-拉巴特,甚至让贝或拉德罗也向东方形而上学高地上的诗歌倾

---

[1] [法]阿兰·巴迪欧:《哲学宣言》(蓝江译),南京大学出版社,2014年版,第46页。

向致敬"[1]。多多的诗歌观念另一个重要的方面即是来自这样一个诗歌和语言的系统，也是多多所说的两条腿走路中的另一条腿。

说历史所不说的
这听不到，没有前额

这多声部式的沉寂
合唱队式的无词
唱的是生

无词，无语，无垠

说的是词，词
之残骸，说的是一起

这样一首诗，是在巴迪欧所说的诗歌和语言系统之内才能写出来的，你无法想象，在现实中它也不能够也不可能出自庞德—艾略特—奥登或者哈代—弗罗斯特—拉金那样的现代英美诗歌系统。

我们知道，关于诗歌的研究，诗人传记、诗人年谱、诗歌批评、专题研究和诗歌史写作，构成了一个相互支撑的较为完备的体系，每一种研究方式之间有不可替代的关系。诗歌史的写作无法替代传记和诗歌批评，但它更为强调的是历史的层面，担负着总结历史的任务。这种总结包括历史当中重要的诗人、诗歌作品、诗歌流派、诗歌观念、诗歌运动。这种总结无法做到，也无必要对历史再现，它所依靠的是诗歌中最重要的一个观念，即写作型。每一历史时期的写作都是围绕几种写作型展开的，同一时代的诸多写作型构成了一个大的诗歌系统。这里面的规律是，每一种写作型包含了词语的想象方式和命名世界的方式，每一种写作型耗尽之后，便会被新的写作发明所替代，一种诗歌写作型往往由几代诗人共同完成，如象征主义、超现实主义、未来

---

[1] [法]阿兰·巴迪欧：《哲学宣言》（蓝江译），南京大学出版社，2014年版，第45页。

主义、意象主义,等等,便是诗歌史上重要的写作型,这些写作型也共同组成了现代主义诗歌的诗歌系统。诗歌中的论争,往往是处于不同的写作型之间的对立与龃龉。多多所继承和发展的这种写作型,属于德法诗歌中能够与哲学展开对话,并超越哲学的诗歌语言系统。巴迪欧把属于这个系统的诗人并列在一起,并将他们所开创的历史局面称为"诗人时代",在这样一个时代,诗人终于战胜了哲学家,打破了柏拉图的诅咒:"这个时代处于荷尔德林与保罗·策兰之间。那个时代本身最令人震撼的感觉就是:最开放地靠近问题,共存可能性的空间最小限度地陷入粗野的缝合之中,而诗开启并拥有着最丰富的现代人经验的表达形式。在那个时代,在诗性的隐喻的谜题中把握时代之谜,在那里,无羁的过程本身就限定在'类似'的形象之中。"[1]

多多与这种诗歌型有着血肉相连的亲缘性,正像我们前面所说,诗人是文明之子,是语言系统和价值系统催生出来的果实,在多多身上也并无例外,这种诗歌型在多多身上完成了与东方智慧、中国历史、经验以及情感的结合,从而培育出多多这样的强力型诗人,也催生出一种歌德所主张的"世界文学"意义上的诗歌。我们的那部诗歌史中的概念,无论哪一种,都还无法概括多多的诗歌创作,"朦胧诗"这样的标签用在多多身上也非常不合时宜。我注意到,诗人们在描述多多的诗歌时,除了过多地使用"张力"或"震动"这样感触来表达自己体验外,对多多的作品也并无重要的认知。实际上,如果我们不拿出阅读荷尔德林或策兰的那样的努力,对多多的阅读也就还停留在表面的看法,或是简单的感触之中,而那样的阅读在我们的批评文章中还是不存在的。

三

今天看来,怎样阅读一首诗并不重要,重要的是将诗读成什么,是读成一种遣词造句的语言游戏,或是浇灌块垒的寄托,或是培育精

---

[1] [法]阿兰·巴迪欧:《哲学宣言》(蓝江译),南京大学出版社,2014年版,第45页。

神的器皿,或是陶冶性情的自我教育,则决定了我们怎样来认知诗和定义诗。但是如果按照上面的目的来读诗,无疑诗人所做的工作是微不足道的,甚至荒谬,诗歌的消亡是早晚的事,因为任何一种精神活动都可以替代诗歌,正如我们在我们的生活里所见所闻。在多多所接受与继承的荷尔德林—策兰的语言系统中,诗是和创造相等同的,"众所周知,一首诗就是创造。甚至看来是描述的地方,诗也在创造"[1]。并且这种创造始终与历史的生成关联在一起。这与我们流俗的诗歌观念截然不同。

  如此,则诗歌获得了一种更高的尊严,它到最后会重新成为它起初所是之物——人类的导师……与此同时,我们常常听到,大众人群必须拥有一个感性宗教。不仅仅是大众,哲学家也需要这个宗教。理智与心灵之一神教,想象力与艺术之多神教,这就是我们所需要的。[2]

  也许也是在我试图走向最终只在露西勒的形象中变得可见的,那不可居住的距离的时候。而一次性地,由于给予事物和存在的专注,我们也靠近了某种开放的和自由的东西,并最终,接近乌托邦。[3]

  从突围、逃亡、幸存这些富有脂肪的概念里,我们没有做什么,我们空着手,从横放着的铅笔堆上走过。而歌唱向外探索的弧形变得尖锐了。没有目的,并不盲目,老人类就这么歌唱——[4]

所引用的三个段落,分别属于荷尔德林、策兰和多多,其中无论是对理性神话的构造或是对乌托邦的接近,还是对创造力弧形的辨

---

[1] [德]海德格尔:《在通向语言的途中》(孙周兴译),第8页。
[2] [法]菲利普·拉库-拉巴尔特、让-吕克·南希:《文学的绝对》(张小鲁、李伯杰、李双志译),译林出版社,2012年版,第17页。
[3] [德]保罗·策兰:《子午线》(王立秋译),见 https://www.douban.com/note/206966742/。
[4] 多多:《诗歌的创造力》,见《多多的诗》,人民文学出版社,2012年版,第175页。

认，对我们来说是足够隐晦的，那些未来得及和盘托出的，也永不会以整体来出现，但以匿名的方式规定何为伟大的诗人，何为真正的诗歌，一种更伟大的语言在何处诞生，并孕育着历史的新生。实际上，在科学理性"祛魅"或反乌托邦理性的确认之下，在指称、命名、描述、分类、验证的合理化模式中，这个"神话"或"乌托邦"的结构已经被遮蔽掉了，可命名的事物早已经预留了其名称的位置，匿名的事物则始终处于无名的位置，正如马格利特的"这不是一只烟斗"在这遮蔽处所唤起的陌生感所表明的，也正如多多借助"死者"与"无人"这两个意象所反复吟咏的。因此，接受这种遮蔽，意味着要接受各种现实的终结，艺术的终结、政治的终结、哲学的终结等在我们的语境里算是为人熟知的说法，也要接受各种对"乌托邦"的禁令。

不言而喻的是，只要一个存在另一个必然存在，一个宣称普世真理的有效性，一个宣称某种特定的历史观。本雅明曾以"左派忧郁"一词指称这一连体婴儿左边的那个，"他们拒绝接受当下的独特性，只从'空洞的时间'或者'进步'的角度来理解历史"[1]。或者按照巴迪欧的分类，一个尊崇动物式的人道主义，另一个则秉承激进的人本主义，两者都在着迷地试图填补"上帝之死"留下的空白位置。而对于那个匿名的"乌托邦"，它拒绝如此明确的答案，它试图保留这个空白的位置，并时刻警惕那种以救世的历史的名义，对这一空白的征用和命名，因此它更信赖语言而非历史，它愿意去接受福柯的"人之死"，一种"非人"的历史观念，更为明确的是，它要守住的是作为救世的语言这一向度：诗人何为，何为诗歌的秘密，都将在这一匿名的"乌托邦"结构中得到答案。正如多多在《铸词之力》这首诗中所写，这一切"需要梦与岸上的船合力"，需要"理性"的松懈，"理由的荒芜"，需要暗淡的、微弱的、渺茫的踪迹，以及"尽头的听力"。

在力之外，在足够处

持续，是不够的幻觉

---

(1) ［美］温迪·布朗:《抵制左派忧郁》,见《生产（第8辑）》（汪民安主编）,江苏人民出版社,2013年版。

光,是和羽毛一起消逝的
沉寂是无法防御的

插翅的烛只知向前
至爱,是暗澹的

这是理由的荒芜
却是诗歌的伦理

需要梦与岸上的船合力
如果词语能溢出自身的边际

只在那里,考验尽头的听力

《铸词之力》本身也是对诗歌的命名,和策兰的不莱梅文学奖获奖词中的表达,同呼吸着一个"乌托邦"的暗淡:诗歌"向着敞开的事物,那可居住的地方,向着一个可接近的你,也许,一种可接近的现实……在一个人造之星飞越头顶,甚至不被传统的天穹帐篷所庇护的时代,人们便暴露在这样的未知和惊恐中,他们把这种存在带入语言,被现实压迫并寻找这现实"。[1]

四

多多四十多年的诗歌创作之路,也正是"向着敞开的事物",向前跋涉的里程之路。我对此的阅读感受是,多多的诗作从一开始就具有卓越的品质和不可超越的天赋才华,这种品质和才华在《当人民从干酪上站起》和《手艺》等作品中表露得最为显著;而后的 20 世纪 80 年代中后期一直到整个 90 年代,构成多多写作里程中的第一座高峰,也

---

(1) [德]保罗·策兰:《不莱梅文学奖获奖致辞》,见《带着来自塔露萨的书》(王家新译),作家出版社,2014 年版,第 319 页。

是当代汉语诗歌中的一座高峰；从2004年回国到现在，是多多创作的第二座高峰。三个阶段，各有重点也包含着不同的变化，因而可以分段论述。我一直以来没有改变过的判断是，三个阶段越写越好，也越来越具有敞开性和能够与时代展开对话的开放性，也就是说，其诗作从最初的只是对具体的事件、情景和历史时间形成有效表达的"特殊性知识"，而达到了可以触及整个时代状况的"普遍性知识"。

在这种转变中可以看到的原因有，越来越完整的世界视野，越来越强大的智性投入，以及对写作的自觉所带来的语言整合力。多多对写作的自觉显露在对诗的构造的追求上："第一个阶段就是先在，被赋予，给你了。第二个阶段——智性投入，那是毫无疑问的，要求你极高的审美眼光、极好的批评能力、极广泛的阅读视野，对知识的占有，你知道自己在哪里，你知道在做什么。第三个阶段就是一个整合，全部的完美的契合。第一个阶段记录，第二个阶段你就在那搏斗吧，第三个阶段成了，合成，这个合成又是神奇的，由不得你。苦功也好，悟性也好，阅读也好，你要使出全身解数，每一首诗都要这样写。"[1]这其中所包含的对诗的规定，可以这样来理解：单纯的灵感不能成就一个诗人，每个人都遭遇过灵光乍现的时刻，但若无语言的技能，我们甚至都意识不到灵感的出现。正是构造语言的能力和技能，催促和逼迫我们将那个"混沌"挖掘出来，并雕塑成为它所要求我们的样子，语言的构造能力就是分割、区分、划界、删选、组合等生成的能力，因此灵感加上语言的技能才是一个诗人的开始。而大部分诗人的写作只停留在这个阶段，拒绝"智性投入"，认为这种投入会损害诗的"天然"与"自然"的质感，会带来矫揉造作的语言，会使得情感与事物失真，"口语诗"写作和"抒情小诗"写作，是追求这种"活生生"的瞬间真实的典型。实际上，拒绝"智性投入"的诗人，根本不知道"智性投入"为何物，只是将其误以为是一种智力，一种思考，一种理性计算，而所谓"智性投入"是要使得语言进入那从未有人踏足之地，是要使得情感成为一种很高的智慧，而不是简单的抒发，是要摆脱语言和情感的惯性所带来的人云亦云和平庸的、流俗的意见，从而使得语言中真正

---

[1]《我的大学就是田野——多多访谈录》，见《多多诗选》，花城出版社，2005年版，第279页。

的"新颖之物""将来之神"能够现身。这是写作中属于创造力的部分，是朝向普遍真理的努力，也是小诗人和大诗人的分野之处。多多说他的诗歌要修改七十次，张枣也说过他的诗歌有过一百多次的修改，在小诗人听来，会觉得是天方夜谭，是个可笑的笑话，一挥而就的诗歌才是好的，但只要我们能够看到这些小诗人身上充满了无知、平庸的见解，以及对伟大的事物的茫然，也就会理解他们在诗歌方面的缺陷，我在现实中所见大致如此。

我将试着以多多诗歌中的被反复使用的动词和名词的词根为例，来简单地提示多多在创作中"智性投入"的朝向以及对某种普遍真理的努力。正如特拉克尔所写："词语破碎处，无物存在。"这种朝向和努力说到底是一种构造言语的里程。当然，我们不可能期望将这一问题阐释清楚，仅就多多诗歌的复杂与所具有的创造力而言，对这一问题的探讨只在确认一个开端。

动词：是、有、不、没、无、在、写、读、亮、唱、听、吃、哭、沉默、无言、哀悼、追悼、遗忘、填埋、张开

名词：词语、语言、死者、死血、光、命运、真实、墓碑、深度、深处、深渊、黑暗、田野、记忆、石块

这组动词与名词的词根，在多多的作品中有诸多变化及非常复杂的含义，在他的诗歌词汇表上占据着核心的位置。我们因而看到，他偏爱清亮、澄明，重音的、肯定的音调胜过其他，他偏爱悖论的、誓言的、警句的、判断的句式胜过描述的、叙事的、铺陈的、推论的，他偏爱歌唱胜过嘟囔的呓语以及反讽的机智，他偏爱精确与真实胜过美与诗意的，他偏爱对晦暗未来的眺望胜过与当下的死缠烂打以及对过去的怀旧感伤。在这样的向度里我们因此能够测量与响应"智性投入"的朝向，比如，随便使用这里的动词与名词来联句，"词语是死者""词语读着死者""死者遗忘墓碑""死唱着深渊／田野"，等等。这些动词与名词以及其本质的方式关联着我们的存在与历史处境，指引着我们在这种关联与结构中触摸并回应已经失去和即将到来的"无名"与

"匿名"。海德格尔在阐释荷尔德林时得出的一个结论,与我们所要探讨的获得了一致:"荷尔德林所创建的诗之本质具有高度上的历史性,因为它先行占据了一个历史性的时代。"[1]简单地说,就是寻求与"将来之神"的联动,多多的短诗《写出:深埋》可以为我们做出见证。

他们的死,收获
你的词,这不在

拿走你瓣碎的
应它应许的

这在,抵达这些词
从被搁浅的人走出来

从一本书走出来
从未从你来——

即使我们以上的讨论是正确的并可以进一步展开的,这些讨论也可以被擦去,忽略不计。正如多多所说的,一切还没到盖棺定论的时候。他的写作仍向着历史的深处敞开,一座未来的高峰在等着他。我也知道,在将来我必将重新修订今天所得到的认知,或重写这一切。■

---

[1] [德]海德格尔:《荷尔德林诗阐释》(孙周兴译),商务印书馆,2004年版,第53页。

暮晚的向道　多多研究集

第二辑

问　道

暮晚的向道　多多研究集

金丝燕：这些问题啊，也不算是问题，更确切地说是论题。已经有两年了，考虑的时间可能更长，但是找你有两年了。

多多：你说你这准备了两年了，你这不是杀人吗……

金丝燕：主题就是这几个：诗、人和内潜。

多多：咱们这样（你怎么用我不管），还是采用对话的形式，因为今天确实不是一个采访，就当成一个对话，一个昨天我们接着说下去的，我很希望金丝燕先生继续帮助我温习昨天你提出的著名概念——关于内潜，以及对于马拉美的诗学思想的一个系统性的阐述。

金丝燕：谈不上系统。

多多：非常非常好，因为我家里有这样的诗集《骰子一掷永远取消不了偶然》，我不知道谁翻译的。

金丝燕：柯雷，北大的柯雷……

诗、人，和内潜——关于诗歌创作的对话※　————　金丝燕对话多多
※ 原载《跨文化对话》2004 年 12 月第 16 期。

多多：他翻译得好吗？

金丝燕：不错。翻译当然是一个，但是你要读懂他。

多多：我还希望您能提供一些关于马拉美的材料，还有您写的有关方面的东西，能否送给我一些？

金丝燕：你要愿意看马拉美，我当然求之不得，我昨天还以为你会拒绝他。

多多：不是的，我的"面"很广，多得连我自己都不知道。

金丝燕：多得连您自己都不知道？　　　　（休息）

金丝燕：我以为昨天你对马拉美不感冒？看起来你对他还是很敏感的，是出于好奇吗？

多多：我昨天说了，我们坦诚地说，并不算一个星系的，但并不等于，我不能欣赏他和领会他。其实每个人都差不多，总有你最相近的，比如，读有些人的诗歌你会佩服他，但并不爱他，而读有些人的诗我就是充满快乐。

金丝燕：但不一定佩服？

多多：我爱的一定是我佩服的，这是一致的。

金丝燕：佩服不一定是爱，但爱一定是佩服。

多多：我相信很多人都有这种感觉，在你特别看重这些诗的时候，你会产生排斥性的，你会不自觉地排斥其他的。

金丝燕：那你刚才说的，"不是一个星系的"，那每一个诗人是不是都是一个星系啊？

多多：你说天上有多少颗星星啊，如果每一个都对应一个人或者一个诗人的话，就应该有这个数，所以不可能有那么狭隘。就是有太多的问题，尤其是现在诗歌也作为知识存在以后，那存在多少诗歌，尤其像中国又不能同步翻译。今年忽然流行马拉美，明年是瓦雷里，后年是波德莱尔（没那么快吧，一年一个）。至少像20世纪80年代以后，就如同洪水猛兽般地翻译过来，我们等于被压缩在短短的二十多年里头去接受古今中外几个世纪的那么多……大量的诗歌作品还没有来得及消化，就迅速地要转化为创作能力，你想想这个过程，这个压力，是不是很不正常的一种现象？

金丝燕：还有，你刚才谈到很多诗歌被翻译过来。在短短的二十多年里，这样翻译过来的是信息，还是真正的诗歌作品？

多多：大部分是信息。关于翻译只能是一代一代不停地翻下去，诗歌作品必须是值得流传下去，才会不断被翻译，所以一点儿都不用着急，开始作为信息也没什么关系。但是我觉得对于每一代人来讲，有一个是接受信息的年龄问题。比如，你到六十岁的时候去接受马拉美，接受任何新的（事物），你的吸收能力已经过了好时候了。我觉得呢，我现在，如果对于某些诗人有排斥性的话，也和我二十岁的时候得到的那批知识和影响密切相关，它已经影响了我关于诗歌的一些很重要的概念和创作实践，当然会产生一些抵触性的东西，但是它并不应当妨碍我在五十岁的时候去接受一些新的"能源"，所以一方面保持充分的开放性，另一方面也应该不断往好的方向发展，不好的话就会导致故步自封了，"老子天下第一"。一代代诗人，这都是很常见的问题。

金丝燕：说到你的诗歌啊，你的每一首诗几乎都打上了时间的烙印。这就让我想到一件事，人在谈论文学史的时候，经常以文学史的事件作为文学评论的对象,但我现在觉得构成文学史的事件其实本身是没有意义的。而拿事件去做文章的人,他给事件以意义,它才有了意义。我这样想,那么你给每一个文本这么一个时间,这个意义在什么地方?是诱使批评者把这个作为一个文学批评的事件去看呢,还是把你这个带有事件烙印的文学事件作为一个批评的借口来看?

多多:首先,我不太清楚什么叫文学事件。

金丝燕:就是文学存在,你写诗,今天写的这首诗,就是一个事件,就是一个存在。我觉得大部分的文学批评者都把文学存在,也就是文学事件作为一个重要的事情去敲打它、诠释它,但我觉得真正的文学批评恐怕是把文学的存在作为一个借口。如果把文学的存在作为一个借口的话,你的打上了时间烙印的诗对我就有一个刺激性,我就是在想,你是在诱惑批评者落到你给设定的文学时间里头去呢,还是……

多多:我想,我注明我的写作年代,最原初的想法,绝对没有你今天分析的这么复杂,甚至变成了一种圈套性的东西。根本没有。

金丝燕:只是一个随笔。

多多:也不是。我需要解释,因为我是从"文化大革命"的时候开始写作的,1972年开始写作,我为什么要注明1972年、1973年……每一首诗我都要注明年代,我想这首先是有一种自恋的倾向在里面,这是我这一年的一个纪念,是对我生命、创造的一种意义,时间长了,我也记不住是哪年写的了。但是,我为什么一定要特别注意是哪年写的呢?这个问题并不是你第一个人这样问我了。其次,好像不少人都对一定要注明时间有一种反感,认为这是有目的性的一种东西(我觉得不是,我觉得很有意思),不光是符号。其实在某种程度上讲是一种生存记忆的东西。比如说,我为什么要注明这是1973年写的,而发表往往是1980年以后,如果有人要来找我算账的话,我会说:对不起,你看这首诗写得很清楚,这是在那个时候写的,我不是在攻击今天的现实。你看,这变成了历史的压迫性的一种,不是自我虐待而是自我辩解性的东西。这一点,我想现代人也许不知道,但这是真实的,这是最原初的,以后我还想说的。

另外,我要注明时间,也要看到一种标志性的东西:这是我20世纪70年代写的,这是我80年代写的,这是我90年代写的……我并不是对外人,而是对我自己也要具有一种清晰的记忆。因为在那一年发生了什么,我读到了谁,我受到了谁的影响,我怎么样有了这样一种风格,实际上并不是只是对外人,也不是只是对自己,但恰恰是对你这个问题。

<u>金丝燕</u>:对于你来说,记忆是美好的还是恶的?遗忘是美好的还是恶的?你在写今天的时候,你今天在写作的时候,是对昨天的一种掩盖,还是一种记忆?

多多:我想我永远都是在写作的当时时态,对于过去有一种回忆,永远没有所谓的当时,没有当时,我想我的写作永远是一种对于过去的捕捉和留驻。普鲁斯特的东西我没有读过,但是他的记忆流水年华,就这一下子我就完全知道了,这是什么样的一种心态和什么样的写作,而写作本质就是这样子的。在每一秒钟都要面对过去,从我的写作来说,它要变为过去的时间就会更长更长。我经常一首诗可以用十年以前的材料,我的每一首诗不会短于一年的写作时间,我处理的永远是过去。

<u>金丝燕</u>:处理的是过去,是已经生活过的过去、体验过的过去、感觉过的过去,还是过去和非过去没有界限的某一个未知的东西?

多多:两者都有,简单地说(我认为你提的两个问题都很重要),你这两个问题都是写作很关键的,你的两个问题把我"关"起来了。

<u>金丝燕</u>:你对于往事的追忆已经变成一种依恋的时候,往往会产

生一种危险，那就是对于文学理想国的追求。文学是一种理想国，理想国是与人类自古以来对乌托邦思想的追求联系在一起的。希望乌托邦是通过地球的现实在现实的世界成为对往事的依恋，就是希望在文学中建立一个美好的理想，但这样就会产生一种危险，当你把对往事的依恋投影在文学上时候，这个时候，你的触觉、你的批评就会夸大，你对现实的批评、对外来的批评会变得非常夸张，这种夸张、批评的心情会不会影响创作？

多多：第一点，我认为夸张更多的是一种艺术手法，而不是态度。第二点，我必须把记忆变为依恋，如果不能变为一种依恋的记忆，那就不会成为我创作的动源。依恋是什么（依恋往昔，依恋记忆）？一定要把时间变为链条，如果一定要把时间变为三种状态来限定我，那么我表示反抗。我必须要找到反抗性的语言，来打破你的这种划分，那么才可以进入我所说的创作，它既不是过去，也不是当下，也不是未来。

金丝燕：（依恋是不是批评？）我一直觉得一个人，如果他的批评的语言多于感觉的语言，他的心会变硬的。

多多：他的心既可以通过依恋转化为批判而变硬，也可以通过批判性转化为依恋而变软，它是双向的。

金丝燕：这可能是我的一种偏见，批判性的心情可以使心变得柔软吗？

多多：我是这样理解的，你所说的批判和我所说的批判可能不是一回事，我永远不要建立那样一种所谓的学术性的（我们现在所说的）文化批判的概念。就是说，我所说的批判是一种窄的批判，我强调的是批判和建设一起来说，我认为诗歌最本质的就是批判和建设。我只能说到这一步，你一定要让我往文化概念里延伸的话，我表示拒绝。

金丝燕：你写诗的时候，是谁在说话？

多多：他在说话。

金丝燕：他是谁？是我们的再现，他们的再现？我的再现？……我不知道。

多多：这个他，既是我，也是他，既是我们，也是"我们"中的我。我想"我们"中的我和"我们"中的他是很重要的。

金丝燕：为什么要加上"我们中的"？

多多：这就很有意思了，现在老是在讲个体性的写作。实际上我认为，尤其是作为中国人来讲，我们这个文化背景来讲，和我们那一代人，作为我们一代的中的"我"来讲，现在来讲，很少用"我们"了，从我出国以后，很少用这一概念，但这是逃避不了的。

金丝燕：是因为逃避到国外吗？成为流亡者的一部分了吗？

多多：这只是其中的一个原因，更多的是因为时代。我举个例子，有些人写论文，往往就说"我们"，导师常常说：不能用"我们"，"我们"是谁呀？那么我就联系起来说，"我们"中的"我"，和"我们"中的"他"，我既不舍弃，也不肯定，也不可能割裂。

金丝燕：如果文学中以"我们"为依托的时候，对文学的要求首先就有一个透明性的问题。

多多：为什么？

金丝燕：当我们谈到"我们"的时候，就有一个对话的问题，"我们"一定存在一个听者和被听者。

多多：刚好相反，当我们说到"我们"的时候，我们就无须对话，无须辩论，因为我们在一起。

金丝燕：那么你是一个复数的口吻，尤其是复数的口吻的时候，复数的思想，复数的语言，复数的口吻是需要一个透明的。

多多：刚好相反，我说"我"的时候，或者省略主语的时候，才会有对话的，但我说"我们"的时候，对话就结束了。

金丝燕：当你说"我们"的时候，就往往有一种天启、神秘的感觉。而天启、神秘和"我们"是很远的，因为它们是不需要有透明度的，不需要人去理解的，不需要人去看的。而你谈"我们"的时候，第一个前提就需要有透明度，没有透明度，何以为成为"我们"呢？

多多：我还是不理解，你为什么要把透明度和"我们"联系在一起，我没有这种感觉。我觉得"我们"有一种不言而明的意思，个人需要对话。"我们"是联系在一起的，"通了"，那就是透明了。这个"我们"，不光是说你和我的"我们"，不是说我们这一代人的"我们"，不是说我的朋友们的我们，它也可以代表很多，比如说天启啊神秘啊，都可以和很多假设在一起，但一说到"我们"，就代表我们已经连接在一起，那么就是我说"我们"的时候，它就变成一起。

金丝燕：那么，写作诗歌对于你来说，是"我们"和"我"都有？

多多：我更爱用我们中的"我"去描述，是实际上这种感觉越来越遥远，它实际上慢慢变成了一个"我"，但这个我也就不能被肯定，只有在"我们"中的"我"是可以得到极大的自信和肯定的。

金丝燕：被谁肯定？

多多：被"我们"肯定。

金丝燕:你认为文学中的"我"被"我们"肯定,是一个"我"的自信的前提吗?

多多:至少我觉得是这样的,"我们"可以说集体性,集体潜意识,这样的"我们",实际上是把它角色化了,所以这样的"我们"是相当立体的。

金丝燕:我能否这样理解"我们"中的"我",因为你的诗歌看起来并不是"我们"的诗歌,而是"我"的诗歌?

多多:所以我才特别愿意说明这是"我们"中的"我",因为我太爱说"我",但是这个"我"必须被限定。

金丝燕:这个"我"恐怕也无以限定,大概就如同婆罗门教里的火焰一样,"我们"就是一个火焰,集体的名词,由无数个瞬间的火苗组成,你就是一个火苗,而这个火苗与别的火苗是切割的,不可能连接的,但这个无数切割的孤立的火苗的存在又构成了一个连续的火焰的存在。

多多:你可以这样叙述,但我更爱另一种叙述,那就是,"我们"是确实存在的,如果不能感觉到"我们",我就连那个"他"也不能知道。这个回答一个"我""他"和"我们"的关系。

金丝燕:他是谁?

多多:他是另一个"我",简单地说,但是我不满足于这样解释,这太简单了,实际上远没有那么简单。为什么说"我们",而不说孤独的个体?因为这是一种理想的东西,正如你刚才所说的,天启的、神秘的。其实他们在一起是一种需要,坦率地说是对我们时代的一种批判,因为"我们"就是被割裂的,因为我经历过"我们",这和经历和记忆是密切相关的,我的记忆之中,我总是和别人联系在一起。在我回忆的时候,是在"我们"中的回忆;在我生活的时候,已经完全是我个人的生活,已经没有一个集体性——我想这是我出国十几年最大最让我伤心的一个东西,对文明现状的完全的不满,所以这是一种很强大的内心的欲求。

金丝燕:以"我"回到"我们",会不会有回到说唱文学的危险?

多多:我不明白,"我们"和说唱文学有什么必然的联系?

金丝燕:(第一,)说唱文学的人称就是"我们"。(是吗?)第二,说唱文学需要的就是这么一个文化的集体的东西。这么一个能够表现文化力度、文明力量,给每一个个体以支架、框架和自信的这么一个东西。说唱文学有着悠久的历史,它传达的就是这么一个集体的信息和集体的记忆,当你说到回到"我们"的时候,会不会有这么一个危险?一个"我"的文学回到了"我们"的文学的时候,就是从现代意义上的文学回到了说唱文学。

多多:这个,第一,我不知道什么是不危险的。第二,我想说,没有什么回到和到哪里去的问题。比如说,你刚才讲,从"我"的写作变为"我们"的什么,我想这不一定存在什么严谨的逻辑关系。他们谈到要打通,就是这个意思。第三,我要说的是,如果没有"我们",文学就不可能存在,所以说,其实我更经常辩解、更爱强调的是我个人性的东西。你如此强调个人性,就必须要另外一个东西,就是支撑你的"我",所以我强调,我今天和你说的,"我们"中的"我",是想把话说圆了。

金丝燕:听了之后,我想起来,15世纪法国的思想家蒙田在他年轻的时候,二十八岁的时候经历了一次精神危机。他的一个好朋友,也是一个才子、议员、作家,他们两人交往非常密切,甚至被认为是同性恋,但这个人在蒙田二十八岁的时候去世了,他去世的时候蒙田在他的床边守了三天,后来蒙田有了七年的沉默。他失去了一个对话者,

"我们"不存在了,就只有他自己了,他不知道和谁对话,出现了写作和思想危机。七年之后,忽然有一天,他又拿起笔来,在书房写下了自己的书,笔名"蒙田"(以前他不叫蒙田)。从那天开始,一个新的"我"产生了,他找到了一个对话者,他的读者——他自己。当外界的"我们"没有的时候,对应物没有了的时候,他才发现,原来作为他自己的"我"并不是一个孤立的存在,就如同你所说的那个"他"。

多多:我打断一下,你老在讲对话,但其实我最爱强调的是独白。我是谁?我是"他","他"和我在一起就是"我们"……你就可以往下说了,这就叫"我们",因此你就不能说只有"我"。

你只要承认另一个他者,就马上构成了"我们"。

金丝燕:这个"我们"我是同意的,但不是那个跟外界的群体空间结合的"我们"。

多多:我跟你讲,那个联系也不能完全地、截然地把它割断。我坦率地说,我觉得这是一个本质的和西方的个体性写作的非常大的鸿沟,而且我也和中国的诗人在讨论这个问题。什么叫作个体性写作?如果每个人都说"我是个体性写作",实际上他们就是集体性写作,因为每个人都同样回答,仍然构成了集体。这里面不光是文学的问题、诗学的问题,也是个哲学的问题,就是"我"必须与他人同在,必须与万物同在,必须与生命同在,必须与宇宙同在,所以"我们"是必须存在的,否则就不会有问题了,这是一个潜台词。

金丝燕:你跟语言是什么关系?

多多:我爱说话,但在诗歌写作中,必须是它在说我。

金丝燕:是它在说你,还是你在说它?你对它说,还是它对你说?

多多：都有，最后以至都弄不清是谁在说谁，坦言说，我更爱用歌唱代替言说。歌唱就是对言说的夸张和变形，是不是呢？不是，歌唱是更高级的，我认为在这个时代，歌唱简直等于无。为什么？没有夸张了，夸张不只是方法，不只是手段和变形，夸张是内心极大的压力，歌唱是呼吸，这是意大利歌唱家卡罗索（死于1921年，意大利歌剧美声唱法的最伟大的典范）的观点。因为我学过唱歌，这也许是我要歌唱的原因。

金丝燕：你用语言来歌唱？

多多：歌唱性不一定是要用音乐来歌唱。

金丝燕：你用的工具是语言？

多多：对，我必须用语言来歌唱，我要通过语言歌唱。

金丝燕：语言是你使用的工具呢，还是你的朋友，或者有时候是你的主人？你们之间是什么关系？

多多：我必须说，语言不是工具，我从未把语言当成工具。如果把语言当成艺术，也是很低层次的一个说法。语言其实，我想是我生命中的一个困境。作为诗人，作为一个全身投入写作的人，就会理解这句话。因为你每天面对的不光是对象，从里到外，不光是对象，或者你被对象。我已经无法解释这样一种东西，三十年的写作，我已经说不出来我和语言是什么关系了，它必须成为异己的一种东西。

金丝燕：你现在远离故土，又用母语写作，这是一种什么样的心情？

多多：这是一种惩罚，在艺术上又是一种完全正常的惩罚，就像贝多芬是个聋人一样。

<u>金丝燕</u>：你觉得是惩罚？

<u>多多</u>：我觉得这是一种惩罚，也是我个人的一种命运，不是我的选择；也是一种困境，可是这种困境也决定了你就不能像以前那样写。

<u>金丝燕</u>：怎么不能像以前那样写？

<u>多多</u>：因为以前是用母语，在我的祖国写作，用汉语是天经地义的事情。而在这里，我不会用荷兰语，我也不学荷兰语，我继续用汉语写作，这种惩罚不是外界的惩罚，而是我自我选择的一种惩罚。你说是惩罚，也不完全是惩罚，它也造就，但无论如何这是我无法选择的一件事情，是一个事实。

<u>金丝燕</u>：从文学史来看，伟大的作家差不多是游牧民族，你也选择了游牧？

<u>多多</u>：第一，你这个前提我就不承认，谁说伟大的作家差不多是游牧民族？李白、杜甫……谁也不是游牧民族。

<u>金丝燕</u>：这个游牧不一定是身首异处啊，或者是远离故土啊，有时候是内在的迁徙与远离，这样我们就回到一个内潜的问题。内潜也可能是一种非常的远离、无边无际的迁徙，和游牧民族一样的一种自我流放。

<u>多多</u>：所以你把流放和内潜放在一起，这我是完全同意的。

<u>金丝燕</u>：你这个情况也让我想到这一点，历史上的远离、地理上的远离或者是内心的远离。

<u>多多</u>：我以为内心的远离是本质性的。离开故土，到异邦进行母语写作，固然是构成了一个非常大的变迁，外在世界的，也包括生命

的震动,但我仍然认为本质性的还是你内心世界的一种变化。当然我们可以慢慢谈内潜,这是我要请教你的,我上来就说内潜是非常不负责的,因为这个概念我还没有充分搞懂。

金丝燕:说到远离、说到内潜,我有一个问题还没有回答。我一直在想,一个真正孤寂的灵魂才能听到某一种声音。为了听到这种声音,他选择孤寂的道路,极度孤寂以后,他才能听到,这是一个前提,不同于在大合唱中听到的某种声音。

多多:我上来就要破坏你这个命题。它不一定是这样一个程序,完全可以开始从一个相反的方向去颠覆你这个命题。就是说,它上来就和其他的声音在一起,所以它就不再和我们说的形而下的世界在一起。

金丝燕:说得很好,我很高兴,但当它和这样一个声音在一起的时候,它还需要被读吗?

多多:对不起,我必须说,这个灵魂一直就不是孤寂的。如果一个孤寂的灵魂去寻找另外一个声音,我认为很多人一辈子也找不到。为什么呢?方向错了,注定你是找不到的。必须颠倒过来说,他上来就不是一个孤寂的灵魂,他上来就和"我们"在一起——那个"我们"不一定是人间的,他才会找到自己的道路,他已经不需要找,他只不过需要远离人生。你看看那些最伟大的冥想者、发现者,他们上来就有,或者一场大病之后,无论如何他上来就这样想,而不是相反的方向,"我要关在屋子里,现在要把窗帘拉上,我要去寻找诸神"。因为是诸神找你,你找不到诸神,这是神人之间的判定,而不会是相反的。

金丝燕:你在我这里闹了一场"革命"啊,因为我一直追求孤寂的道路,一直相信只有孤寂的灵魂才能听到上帝的声音。这个上帝不一定是西方基督教的上帝,而是一种形而上的存在,遥远的东西,依照你的说法,孤寂的道路是一种不可取的道路?

多多：你没有听懂我的说法，上来"我"就与众神在一起，这个神灵，就是"他"，也是"我"，构成了"我"，所以"我"并不孤寂，那么我的逻辑都讲通了。

金丝燕：如果这样的话，那我们在这一点上是相同的，我以前说的孤寂，也就是一种远离城市的孤寂、现实的孤寂。

多多：我们现在谈的是诗歌，诗歌是要在天堂中歌唱，上来就要在天堂中歌唱，上来就要与众神在一起，如果没有你，就没有诗人的开始。

金丝燕：那么就是说，"他"如果是与众神在歌唱，他还需要被听到吗？

多多：所以我刚才说的声音，是另一个词语，不应该说是"声音"，应当说是"灵魂"。

金丝燕：没有需要被听到的？

多多：不是他被听到，是你听到了，接收了，你接通了，所以在一起了，必须接通，必须在一起，不是个人完成。

金丝燕：那么你写诗的时候，你用灵魂歌唱或说话的时候，你有需要被读和被听的感觉吗？

多多：被谁读到和听到？

金丝燕：我只是抽象地问这个问题。

多多：你必须指出一个主语，否则这个问题就不能成立。被谁听到？

<u>金丝燕</u>：被一个他者。

<u>多多</u>：No，是这个他者写的被我听到了，我记录了，所以我们一起完成了。就这么简单，一点都不神秘，但是什么时候神秘呢？是你没有了，只是你一个孤寂的个人的时候，这时候你没有灵感了，你什么也听不到了，你更何言被听到呢？你写都写不出来，这是我的经验。所以我为什么一定要相反，而我认为很成问题的一个东西就是，现在的诗歌概念，我很理解你为什么这样问我，我懂。为什么呢？因为你从孤寂开始，去做一个孤寂的选择，去进行创作，那么写出来的东西就是理性的，是意识到的东西。我刚才说的不是意识到的东西。（是什么？）而是"它"到来了，你是被动式的，所以是"我们"合成了，也并不仅仅是简单的它告诉我、我记录——但程序是这样。实际上完成的程序是非常复合的和多层次的、没完没了的、很漫长的时间，但是程序一定不能颠倒。程序一颠倒，就如我们做菜一样，上来不放油，最后放油——那是本末倒置的，因此我认为原创性必须是这样开始，其他的东西我就不讲原创性了。其他写作都可以从你所言说的方向开始，一点儿问题都没有，那是一种工作。

<u>金丝燕</u>：法国诗人瓦雷里说过一句话："诗歌的第一句话都是上帝给的。"你说的原创性是这个吗？通灵的东西？

<u>多多</u>：这句话我在至少二十年前就读到了，这也是我非常热爱瓦雷里的原因。大同小异，我的创作过程和瓦雷里非常近似：我听到了，我记录了一个句子，不光是第一个句子。瓦雷里说：上帝给了你第一个句子，然后你要用你的智力去完成剩下的九个句子，加在一起一共十个句子，变成一首诗，九个句子都要写到上帝给你的第一个句子的水平。所以我觉得智力的投入是非常重要的，可在实践的过程之中，我认为没那么简单，那九个句子照样还需要我们继续倾听，等待它们的到来。我的参与部分，我觉得百分之十五都不到，个人的智性的投入，本质性的（我们不能从量上来讲），我认为百分之八十五，都要靠它。它来了，就来了，它不来，你没有任何办法。你去工作吧。

金丝燕：你没有办法去激发它，找到它？现在很多人爱用一个词"调动"——"调动"是军队用的，咱们用另一个词："找到"它，去激发它，诱发它。

多多：我至少三十年前就听毕加索说到了，"艺术是发现"。这句话，给了我非常大的震动。他说艺术是发现，不是寻找。发现就发现了，发现不了，寻找不到，就这样。那么它怎么被发现呢，这个过程就很神秘，必然是神秘的过程。

金丝燕：这个过程很神秘，就是这个过程一直在折磨你。你如果都知道了，那么寻找的东西就都出来了。我想到两个人、两件事。一个是昨天晚上我说的台斯特先生，他把所有的感觉、外在的动作和语言都消灭以后，他找到了一条路，这条路可以促使他去找到这种声音，找到他要的东西。这是一个做法。还有我想到卡夫卡笔下的甲虫，当他还是一个公务员的时候，每天早上五点钟起来上班，奔波于世界的每一个，而当他有一天变成甲虫，连翻身的能力都没有的时候，他忽然发现思想的触角会伸得那么远，伸到了连天都找不回来的那么远。这就是我为什么谈到孤寂，我觉得孤寂和内潜是联系在一起的，孤寂不是自绝于上帝的东西，孤寂恰恰是外界的东西，跟外界的一种决断、一种远离。你怎么看这个问题？因为事实上有时候我也很矛盾。如果像甲虫一样，如果要像台斯特先生一样……那很可能我们都是一个。

多多：我要说两点。第一，你说这是一个痛苦的过程。

金丝燕：这是一个孤寂的过程。

多多：你说这是一个受折磨的过程？

金丝燕：这个问题很让我受折磨，就是，如何寻找到这么一种声音？

多多：我又要破坏你。我必须是快乐的，我才能够发现。快乐的孤寂，发现与我们在一起。我给你三段式。

金丝燕：我大概与你根本不同。快乐是一种状态，是一种使灵魂摆脱思辨的状态，是一种享用的状态，但在享用的状态里，是找不到自由的。

多多：你还是在找。

金丝燕：肯定要找。

多多：我发现了我很快乐，还想要别的什么？我问你。这是简单地说。第二点，我想和你说的是诗学上的。你刚才谈的是思想，你刚才跟我谈的是卡夫卡，我们刚才谈的是瓦雷里的纯诗，在这个意义上，我所言说的关于快乐、孤寂、创作、发现与寻找的问题，你谈的完全摆脱了诗学和创造方面的东西。

金丝燕：诗学——小说也有诗学，人生也有诗学，思想也有诗学，神秘也有诗学，不一定非要是诗的问题。我谈的卡夫卡甲虫的问题就在这里：为什么只有当甲虫连翻身的能力都没有的时候，它的思想的触角才可以伸得这么远？这是我一直思考的问题。当一个人的能力减弱到连行动都不能的时候，很可能恰恰在这个时候，他的思想的触角或者灵魂的触角才能够伸得这么远。

多多：我这样说，历史性地来谈创造性，来谈诗歌——诗性的写作。因为它不只是包括诗歌——像你说的，也包括小说等。那么我说到的那个快乐状态，是诗歌起始源头的状态。你现在谈到了卡夫卡、可怕的悲哀的孤寂的20世纪的时候，谈到了瓦雷里作为先知者，作为寻找者，已经到了这样一个时代的时候——它已经经历了一个历史性的过程。这不是在谈个人，我个人也可以说经历了这样一个过程。在你二十岁、十五岁写作的时候，你是快乐的、歌唱的，上来就来了，你不会去找它。到你五十岁的时候，你每天都要找。

<u>金丝燕</u>：真正的诗歌是二十岁的，还是五十岁的？

<u>多多</u>：都要有啊，就像我说的，诗歌的今天，仍然有那么多的大师，但他的写作状态是不一样的。他经历了那么多的写作的诗学思想、方法、流派——每个时代都有非常伟大的……但是我必须要说原创性的问题。那么到了你所说的那个阶段，就是完全理智的写作状态。这个阶段我不能把他的创造性斩断，这是一个可怕的受到痛苦折磨的孤寂阶段。

<u>金丝燕</u>：为什么欣乐的灵魂就一定有原创性，为什么有了孤寂的东西，有了折磨的状态，就一定是理性的呢？这个我不明白。内潜不仅仅是一种理性，你在什么意义上谈理性？

<u>多多</u>：我在什么意义上谈理性？——我想先说到希腊，说到品达，说到荷马，他们的状态，你看看是快乐的呢，还是孤寂？你看看希腊人，那是阳光升起的时候，那是什么样的一种状态？而我们今天 21 世纪，是一个什么样的状态？所以我们二者说得都有理，一点儿都不会冲突。

<u>金丝燕</u>：希腊时候是另一种文学，不是今天的文学。

<u>多多</u>：那你为什么要把今天的文学当成唯一、最重要的标准？

<u>金丝燕</u>：我一直想问你这个问题：今天的文学还可以延续多久？

<u>多多</u>：我一点儿都不知道，没有任何人可以说出来。

<u>金丝燕</u>：因为今天的文学毕竟是涉及一个人自己的文学，而不是一个听众的文学。希腊的文学毕竟是一个进入世界的文学，涉及听众

的文学。

多多：你断然那样划分，也就不对，因为我们说的是创作过程。我认为原始创作的时候，都是不能管听众的。不能这样去想。在今天也同样，无论你到了多么孤寂的状态，你也不能完全肯定地说，我只是在自言自语，我是绝对的独白——因为没有。

金丝燕：你在原创状态之后，在记录了天启的东西之后，同时面对纸和笔，有没有一个非写不知的状态？

多多：什么叫非写不知？

金丝燕：就是不仅仅听到什么才要说，不是有感而发，而是非写（不可），是写的时候我才知道要写。

多多：它是一回事，同一件事，它是同时性的，它是共时的，所以说快乐是很重要的。这个快乐不是我们一般所说的快乐，它是创作的快乐，只有凭创作的快乐才能写下去，非写不可。我上来就说孤寂的、痛苦的、受到折磨的，我怎么还能非写不可？我早就不写了。

金丝燕：多多，最大的快乐不是合唱，最大的快乐——如果有的话，就是你进入一个孤寂的状态，那个快乐是无以言喻的，并不是一个痛苦的过程。

多多：这是你的话，不是我的话。

金丝燕：你把孤寂就一定和折磨、痛苦联系在一起。

多多：你刚说的，我不同意这个说法。

金丝燕：行，那我纠正。孤寂是欣乐的灵魂的一面，也是一个状态。

多多：不对，你把两个过程接到一个过程中去说了。

金丝燕：哪两个过程？

多多：一个是孤寂，一个是写作的欣乐状态。我的意思是什么呢？孤寂不孤寂一点儿都不重要，因为孤寂是你的生命品质，是你的命运。我觉得孤寂在写作来讲，是不用说的，只有你面对上帝。所以我谈"我们"，这个"我们"里面有很多很多东西，不是常人所说的"我们"。

金丝燕：你继续说，我很感兴趣。

多多：所以从这一意义上来说，我否定"孤寂"说。它必须是在创作状态的，不能说那么高，叫罚息，它仍然不是一个程度上的东西，因为那是彻底的天启了。如果你得到罚息了，你就不会再创作了。我是把诗神作为最高的神，所以我说是"我们"，我没有说它是上帝，是最高的造物主。所以在这个时候，什么叫快乐——就是你被支配了，你成为一体了；不光是被支配了，你融合了，才会创作下去，所以我觉得在创作过程中是可以得到快乐的。但在大量诗人作家生命和生活中，大部分时间都是孤寂的，受到折磨的，因为灵感是非常非常少的。

金丝燕：我同意。你是一个通灵派。在写作中，有几类作家。有一类作家比较偏重观察，观察得很深很细，写出来的东西描写也就很突出。有一类作家比较倾向于表现灵感。很少有一类作家能够体现洞察，所谓洞察，就不仅仅是表现，无论是自由，还是"我们"。洞察要穿越空间、编年史存在，这些对于他们来说是不存在的。无论是编年史也好，无论是空间也好，无论是事件的前后也好，昨天今天明天……都是不存在的。有这样洞察力的作家并不多，文学上能有几个？我觉得你的诗歌是属于表现力和接近洞察的那样的存在，有通灵的东西。你和那个"我们"在一起，实际上造成了你打破了空间（打破了地理空间、人文空间）、编年史的时间，你在这个框架之外写作。这是我的一个观察，不知道对不对？

多多：我们说话有一个很不一样的地方在于，你在用学术性的概念把我装在一个笼子里，而我如果不用这些概念，就无法与你对话，而这是我非常不擅长的。可是既然要说下去，我觉得你也可以这样划分，其实很多东西也可以不这样划分。

金丝燕：不划分——那你是否承认大部分的文学作品是没有洞察力的，作家们仅仅满足于观察？大部分都是观察，小部分有表现，很少一部分浸透了洞察。

多多：以什么为对象的洞察？

金丝燕：对象可以变的，看这个作品有没有形而上的力量，就可以看出这个作品有没有洞察力。

多多：有灵魂的洞察力，才是真正的洞察，比如说，侦探也有洞察力。

金丝燕：那是观察力。你为了不被影响、不被打扰，就把我装回到一个术语的格子里。我不仅仅是一个图书馆的老师，也是一个创作者。我一直在思考，看一个作品，能让我感动的，并不是一个有观察力的作品。魏尔伦、波德莱尔，表现力非常强。

多多：波德莱尔具有最强的洞察力。

金丝燕：兰波有洞察力。

多多：都有。

金丝燕：波德莱尔的东西有非常强的表现力、非常情绪化的东西，他想打破所有的线条，洞察力算不上。

多多：你这样去说波德莱尔，让我觉得非常……

金丝燕：我认为有洞察力的作品是这样的。如果把文学和历史放在一起的话，柏拉图的东西《理想国》等是有洞察力的；如果从文学作品来说，那么笛福的小说是有洞察力的。

多多：你现在就是在做分类，这不是我给你强加的。如果你愿意这样分类也可以，但是我不知道你需要我回答什么。

金丝燕：我把你界定于——因为搞文学作品只能搞界定，我给你的界定是，在充分的表现力上，偶尔有洞察力。恕我直言，如果你不有意识去做的话，你很可能被你的表现力牵着鼻子走，就只在表现力。当然，你的表现力已经非常出色了，因为大部分诗人仅仅擅长观察力。你的表现力是非常感人的，但是它受到了很多局限，其中一个就是生存和时间的局限。最后你跳不跳得出这个局限？

多多：你这样划分的结果呢，是做一个非常科学性的选择，就是选择一个最佳点进行跳跃，等等。我告诉你，写作是宿命的，这是第一点，不是你想做什么就做什么，这是我反对"寻找"的原因。你一定要承认，你与物我是合一的，它在相当的程度上是一种造化。每一首诗的创作也是同样，就像你说的，偶尔会涉及洞察力，这些我都是很同意的。那个东西是不靠把握的，我们姑且说这叫洞察力——因为我不太习惯于你的这种划分，我就姑且按照你定的框子这样说。我还要说的是，中国的诗学传统，或者我们中国人的一种心态，基本上（有人这样说）是一种表现性，不是一种思维性的、认知性的。

金丝燕：就是形而下的力量比较大？

多多：也不一定这样。我们怎么去评判德国的新表现主义？当然表现和表现主义不一定是一回事，它要去表现什么？如果你有灵魂，你就去表达，如果你有至高的灵魂，你就去进行至高的表达。它和洞察力又有什么样的关系呢？这些东西是自然而通的。我不善于运用你的这种划分去说，但我更为强调的，我比较爱说的是穿透性。思维有穿透性，逻辑也有穿透性，我现在说的就是诗学观念的表现性和思维的关系。西方具有非常强大的思维的能力，中国的诗歌是有表现性的。我的基本判断是这样的，我是一个中国人——

金丝燕：但是你是一个远离故土十几年的中国人。

多多：远离故土在某种程度上来讲，从写作方面来讲，大量的负面东西是退化的，不一定是进化的。被压断脊椎骨是大部分的，是普遍性的命运，因此没有什么必然性。

金丝燕：这是一个悲剧。

多多：也不一定是悲剧。我必须反对你的这个逻辑限制，"就是必然性的东西""最佳点""选择，做"……这是完全不尊重诗歌的存在。

金丝燕：你特别强调合一的问题，可见中国文化给你的烙印之深。我就很想反其道而行之：我们不合一。

多多：我只是略微抗议，不妨碍你继续追问下去。（笑）

金丝燕：我们反其道而行之。有意识地，你作为一个"我"，能不能断掉这个合一的过程？

多多：第一，我没有理由要断掉这个合一的过程，这是我生命的一个核心，就是追求和谐，追求联系，我为什么要断呢？

金丝燕：那是另一种经验。

多多：我为什么要追求另一种经验？你以为每一个作家都是魔术师吗？他可以变出无数的东西吗？你以为生命可以进行无数次的跳跃吗？

金丝燕：一次就够了。什么叫跳跃？我想跳跃大概就是一种锻炼吧，没有锻炼，何以谈得上跳跃呢？合一是没有跳跃可言的，和谐是没有跳跃可言的。

多多：你说的合一和和谐是不一样的，我现在才理解你所说的是"合一"，那我得重新思考。合一，谁和谁合一？

金丝燕：你刚才谈到的嘛，天人合一也好，和我们合一也好，跟神的合一也好。我们是不是可以反其道而行之，我们就不合一，我们就尝一尝断裂怎样？

多多：从大量的中国写作者进行的实验来讲，我认为没有取得什么真正的价值，包括当前西方的、现代的，做得大量的也是这样。我们要追问的是为什么。

金丝燕：我们如果不光管结果……

多多：我只管过程，不管结果。你管的就不是过程，恰恰就是结果。你要管的是胜利，是成绩。

金丝燕：怎么是胜利呢？和胜利毫无关系，跟成绩也没有关系。我们举一个例子，当初第一个戴着假翅膀想和鸟一样试飞的人，就是第一个尝试决裂的人，他想做走出这个生存圈子的第一个尝试。他摔死了，没有走出，所以我不谈结果。这个尝试，就是你们诗人的尝试，其实你们诗人不断地在做这个尝试。你虽然在谈合一，实际上你不断地在决裂。

多多：我要说的，现在决裂的变为碎片的东西是一个最主流的东西，我是一个反主流的人。我曾经做过决裂，但是现在我为什么不决裂？我是经历了过程。

金丝燕：你是为了反主流而反主流吗？

多多：我不是为了反主流而反主流，而是我看到了这个过程，我经历了这个过程，我也实践了这个过程，我也参与了实验。我反对成为碎片，这是我的哲学思想、我的人生观不能接受的一个东西。人被渺小、被矮化到这样一种程度，文学诗歌要跌落到这种地步，这是我不能接受的一种价值，所以这不是我的选择。

金丝燕：可是，碎片和碎片之间才有空间，一个连续性的东西空间是不够的。当这个空间在碎片中产生的时候，这也是一个很难用言语体验的过程，这样的体验有何不可呢？

多多：我都体验过了，你还在追问我为什么不去体验一下呢。你现在是在说体验有什么不好？我们目前所能做到的就叫作破碎之美，我追求的仍然是美，而美，它有它的一个本质属性，它有自己的限度，它不能是无限度的。你不能让我进入黑洞，如果你让我进入黑洞，我就不进，这是我的一个底线。

金丝燕：对你来说，什么是黑洞？

多多：就是你刚才所说的完整的一套黑洞体系，所以我拒绝进入，这是我要打破你的整个这一套命题的基本原因。说到破碎，如果从创作来说，第一不是时髦的东西，第二是完全被试验过的东西，第三是我们不能不接受的东西。我把破碎也给合一了，我为什么要合一？我仍然没有背叛我的命题。你捕捉得也很对，为什么要这样子？这也和我的世界观有极大关系，我们这个世界，我们这个宇宙，我们人类，我们现在的整体的破碎感不是太多了，不是太不够了，这种探索，被摔死的可能，明天人类就要面临妄想用铁翅膀代替飞翔，去改变人性，这样一种全面异化到空前程度的一个历史阶段。在这个意义上来讲，我是它的反对者。这个是诗学的或者说是我的诗歌观念的核心的东西，是生命。很可能这是我五十岁上的思想，因为我的写作已经被历史化了，我二十岁的时候可能不是这样。但是谁能抗拒你的衰老和你的时代的过去，以及现在这个时代的无尽的笼罩？

<u>金丝燕</u>：在我们这个生存世界，只有两样东西，是我们这个生存罗网罩不住的。所以我为什么说断裂，断裂就是要挣脱这个罗网。第一个，是死亡，生存的罗网是罩不住死亡的；第二个，是偶然，诗歌的写作，对于你来讲，如果你谈到合一，我是非常同意的。和天启的神秘的合一，和看不见世界的合一，这我非常同意，是不是也意味着一个挣脱罗网的过程？

<u>多多</u>：你这两个限定我都不太同意。

<u>金丝燕</u>：你还反对消解呢，我看你最会消解。

<u>多多</u>：此言不错，因为消解是我们这个时代的主力语汇和主力手段。但是消解必须要具有它的丰富性，才可言消解。我们现在太急于消解，而且消解这个东西是太厉害的一个东西，尤其我要指中国当代诗歌，还没有建立呢，消解已经开始了，而且规模速度很大，很快我们就变得一无所有了。西方的消解，其间有连续性，其间有多少流派都已经建立了，而我们哪一个流派都还没有建立，还没有都消化，消解却已经开始了。我认为这是一个非常不幸的信号，过急过快地走完这个过程。但这又是没有办法的。

<u>金丝燕</u>：听你这句话，我就想到奥古斯丁的话。奥古斯丁劝人类：<u>放弃你自己</u>。我们之间的焦点也在这里，我老要把"孤寂的我"提出来，而你老是要把"孤寂的我"同"我们"联系在一起。你如果建立自我王国的话，你将成为一座废墟。

多多：坦率地说，这恰好是对我原来概念的一种反动。我原来就是自我的，但是因为我如此地坚持自我，所以我现在开始知道了，开始反叛自己和补偿过去，因此就有了一个"我们"，但是这个"我们"，追溯起来的话，从一开始说"我"的时候，就已经在其中了，否则你今天也就不可能有这样的一种反叛。你刚才说到，死和偶然是唯一可以挣脱罗网的，我想死与生的问题是一个太大的问题。

金丝燕：刚才谈到自我废墟，很多情况下，我们都是为了说而说。其实多多，原来我走的也是自我的道路，突然发现，自我是一个最危险的名头，以自我的名义，什么都可以存在，其实自我是一个非常大的陷阱。奥古斯丁是对的，你放弃自我吧，如果你一旦想建立这个帝国，你将成为废墟。这是非常矛盾的，诗人往往走在最敏感的点上，所以我一定要问他们是怎么看的。

多多：我觉得你讲的生与死、必然与偶然的东西，往往过于永恒，过于巨大，非我能回答的。

金丝燕：没有你的天启的概念巨大，因为天启和神秘全涵盖了。

多多：所以我就是要做一个爆破手，上来就要考虑把它的题型给毁了——昨天我就是这么对待电视台的。实际上问与答，非常有意思。问是很难的，回答者就像罚点球时候的守门员一样，我回答得不好、漏球是难免的。而组织出一个问题，是非常难的——我就问不出什么问题。

因为我没有受到教育，所以经常容易受到惊吓，被学者逮住，像老鼠夹子一样，这是缺乏自信的表现。

金丝燕：你刚才说到罗网，你说什么东西能突破这个罗网？

多多：我想这个问题过于静态地被提出来，它就变成了一种没有任何限制词、没有任何条件状语情况下的东西。

金丝燕：一旦进入这样一个生命过程，以前的和来世的我不管，就进入现世这个神秘过程，你就会发现你会踌躇。

多多：那你问我怎么逃脱，我认为你这些话语，尤其是这两个大的话语，应该直接去问佛陀。这是我的回答。怎么去问佛陀，有的人去问，也能得到回答；有的人问了，也得不到回答；有的人连问都不问。

金丝燕：我今天就想问诗人多多。

多多：我回答不了，我已经说了，请佛陀回答。我没有说其他的主，因为佛陀一定能够有回答。

金丝燕：我们来缓和缓和，你最近最喜欢读的是什么书？最近在看什么书？

多多：最近在看海德格尔哲学方面的书。天启性的书读得不多。诗歌也读一些。

金丝燕：海德格尔，十几年前是不是你已细读？

多多：海德格尔的著作过于巨大，以至于我无力于阅读，系统地读更谈不上，好好地读懂也只是只言片语的。

金丝燕：什么时候去细读海德格尔的？

多多：还是追溯到我青年时代读存在主义，但那个时候读的是萨特，因为那个时候没有海德格尔的译作，那时候萨特的东西挺多的。

金丝燕：年轻的时候对存在主义感兴趣？

多多：非常感兴趣。我读哲学性的东西不是就读到存在主义，而是从开始就读存在主义，也结束于存在主义。像结构主义、解构主义这以后的东西我都读不下去了，因为它们都变成非常专业性的，我都不感兴趣了。

金丝燕：上次在诗歌会上你说过，最早的启动你的诗歌神经的是波德莱尔的译诗，从1972年开始写的。那个时候你是作为年轻诗人，那个时候的创作是记下你当时的感觉，当时有一种冲动，甚至要爆发出来这种冲动。你开始写作，这是不是一种有感而发的状态？

多多：这是前提，也是诗歌——任何写作的前提，要有话要说，非说不可，一说为快。

金丝燕：有没有无话可说？

多多：就是强迫自己说话吗？

金丝燕：有话要说，你就是话的奴隶；无话可说，偏要去寻找的时候，你就不是话的奴隶，不是感觉的奴隶。

多多：不对。有话要说，是指心，不是嘴。我心动，所以非要说话。我不一定要说话，我也可以唱歌，我也可以作画，心动，是强大的原因。最害怕的、最忌讳的就是无话要说，那么就不要说，那很可能是一个最高的境界。

金丝燕：心动而写作，这当然是大部分的情况。我们设想一下，其实也不是没有心不动才写作、心动我不写作。

多多：那就要动脑子了。现在这个时代就是这样一个时代，我刚才已经说过了，心早已经没有了，只剩下脑子，在用智性维持着，把话语说下去写下去，串联为韵文的或者无韵文的一种东西。我没有针对你，而是针对我们现在的写作状态，这具有极大的普遍性。

金丝燕：我觉得你身上批判性比较足，不光批判，还斗争，还抵抗。让我们回到初始的话题——一个本来很敏感的心，很可能会因为批判而变得硬起来。

多多：你怎么都会变得硬起来，你不批判也会硬起来。

金丝燕：可是我觉得生活和经历不断会使得人变得硬起来。

多多：一个人不写作，他到了五十岁也会变得硬起来。

金丝燕：我们能不能反其道而行之？我们能不能通过写作，随着时间、年龄往前走，随着你听到的声音越来越多，你的身心变得越来越柔软呢？因为柔软的身心才是思想的沃土、诗歌的沃土，心不柔软，那么思想就变成判断，判断不是思想。

多多：我同意，这个问题就直接回答了你说的怎样冲破罗网。网能不能冲破的问题，我觉得从总体上来说就是冲不破。

金丝燕：我也很悲观。

多多：所以说心怎么能变软呢？死而复生，就变软了，然后就又变硬了。

金丝燕：我觉得还是可能的。

多多：可能总是存在的，这就又说到了必然性和偶然性的问题。

金丝燕：你是通过诗歌，有人通过艺术，有人通过倾听上帝之音，有人通过和祖先握手……总有一个东西，能够多多少少地把自己心里的某一块——至少有一块藏起来，保护起来，不被文化"烤熟"，这个时候他的心是软的。一个人是不断地被煎烤，他的心才会变硬。作为一个诗人,像你介于表现力和洞察力之间,已经是很好了。

多多:(第一点,)根本不是这样一个意思,你都是太"对味"。如果不是屋里,就必须得在外面;如果不是孤寂,就是快乐。它中间有无数的刻度,是分不完的。第二点,你刚才讲到的心硬的问题,我自己的创作年龄历程就是走到了这样一段。这是我的一个问题,你很敏锐地捕捉到了,我认为是非常对的。当然原因有多重的,最大的一个原因,我要说到大气候,说到人类生存的一个全景和文化氛围的全景。我要说到身心柔软和为一棵草流泪这种东西,我坦率地说,我是不可能再为一棵草流泪了,我已经没有泪了。我一点没有把自己特权化,无论我如何提天启,无论我提任何一种东西,我是作为一个渺小的、贬值的个人的存在。我刚才批判的很多很多东西,实际上是在抗议我们的,这个"我们"很具体,就是作为人、作为生命的非常非常可悲的状态。所以在这个意义上来讲,艺术、诗歌发展到今天,所谓"心硬"的意思,也是知识侵入的结果,为一棵草流泪,这么简单的事情,我敢说多少人都不会做到,所以我讲这是一种非常普遍可悲的状态。这种状态又是必然性的,它是文明的结果。

金丝燕:但诗人恰恰是不走伦理的捷径的。

多多:你这个前提我就不同意,诗人就必然是怎么怎么样的。你不说是什么时代的诗人,你把它抽象化了。

金丝燕:具象的怎么说?诗人是一个什么存在?

多多:我在很多诗歌节见到很多诗人,尤其是日本诗人、墨西哥诗人(一般来说,不会是西北欧的诗人),他们真的在作品,比如俳句中直言:"我在为一棵草流泪。"就是这样赤裸裸地以这样的原型呈现在诗歌中的。我现在所说的流泪,是因为我看到这些句子,不会让我产生任何思想,也不会让我产生任何感情,甚至连感觉都没有,因此我很难判断是我出了问题,还是这句话叫不叫诗歌。

金丝燕：两边都没有出问题。诗这个东西涵盖一切，但诗人的心态又是另一回事。诗人可以是一个非常麻木的人，他可以让所有的人把泪水洒在祭坛上，他自己一甩手就走了，他也可以是个极度敏感的人。可是这个极度敏感并不意味着就要去批判，诗人对于现实是永远不会认同的。不认同现实，并不意味着就要去批判。我是从语言和现实状态对诗人的反击力来讲的，因为我跟你接触有两三年了，一个最大的感觉就是你仍然是那么愤世嫉俗，和二三十年前一样。还是和年轻诗人一样。但同时我偶尔会有点遗憾，你把批判精神转成了彻底的不合群、彻底的远离，你把自己的心变硬了。

多多：你捕捉得非常对，我也没有什么需要辩解和自圆其说的东西。

金丝燕：你现在不反攻了？

多多：不反攻了（笑）。简单地说，你在说一个圆满的东西，你把创造这个圆满的东西让诗歌和诗人去承担。对于这一点本身，我还要批判一下。我对诗歌作为语言的存在，本身就有这样一种限定。我认为诗歌中的心智转化是最重要的，它不光是软和硬的问题，围绕着"心"，它还有许多维度的问题。你还承认"心"已经让我欣慰不止，因为"心"这个东西在概念上是很难表达的，这是中国人的说法，西方人不说"心"。由于文化不同所造成的扭曲已经到了面目全非的地步。而我们仍然有一个共同的词去言说——就是"心"，这已经让我感到非常非常欣慰了。因此关于心之历程，又广大无比。我一直在回忆，我年轻的时候愤世嫉俗，但我具有很强的超越性，很强的超越的感情和超越的愿望。我到老年，从理论上来讲，应当比年轻时候更要超越，不再那样具有批判性。但我为什么还走火入魔地批判下去呢？这说明危机已经让我到了承受不了的地步了。对创作的东西，我认为，你对于"心"的看法是很正确的。

金丝燕：我们内潜说完了没？

多多：还没有说。你再给我说说内潜，先谈谈马拉美，看看我有没有资格来探讨这个问题。

金丝燕：你太谦虚了。这样说，马拉美所谓的内潜，用你的话来说，一个你最不喜欢的说法来说，就是消解。因为外在，包括生存圈子，都已经是既定的东西了，已经是个结构了。就像日光，打在世界上，它的线条都已经有了，那怎么才能打破日光下的线条呢？你不能拿原子弹去炸吧？对他来讲，就是退隐到自我里面去了。其实不是他开始的，最早开始的是蒙田，他通过一个危机，突然发现，原来还有一个听者，这个听者离他最近，也离他最远——就是自我的那个"他"。马拉美就是走这条线，要去找自我的那个"他"，要跟"他"对话。当他走这条线的时候，外在阳光照在宇宙上的线条就不足为奇了，就无所谓了。其实他就是用这个办法，就像你昨天看到的《于是》这个诗剧里面谈到的夜，就是用夜光把所有原来的线条全部打乱……我在想，我们看这个世界，今天有这个灯，我们看到的房子是这个样子的。现在灯关了，我们连这些线条也看不到了，肯定还有无数盏、很多类型的灯，某一种灯，它光照到一种地方，那么，大千世界一定可以通过别的灯，还能看到别的东西，这就是光照下的相对性。马拉美就想借用这种相对性，用这个光，去打掉原来的日光下的东西，去找到对话的一个新的状态、新的世界。他怎么做呢？从技术上做就已经很难，从思想上做就更难了。技术上来做，就是不找文字的逻辑性，有意识地让思维的逻辑断裂，其实这种断裂，断裂以后就像一个碎片重新合成一样。从现存的逻辑来看，这种再组合是不合逻辑的。但是你如果用另一种光照来照它，它一定是另一种东西，他要找的就是这种东西。他的初步做法，就是他希望所有文字的现成意义，约定俗成的意义，都要通过诗歌把它消解。比如日光，他就不愿意日光只有这种约定俗成的意义。他必须通过一个偶然的组合，比如普通角色和疯狂，通过这么一种组合，一下子把普通角色的含义和疯狂的含义，既不是这个，也不是那个，组合在一起。

多多：昨天金丝燕先生给我看到优美的马拉美的译文，我还是初次受到这样一种震动。我不知道是否和以往的译本翻译有关系,还是和你给我的点拨有极大的关系。我一直在想,你谈到的断裂的问题,我可以用大量的现代诗歌的手法来说断裂,比如说破碎、反逻辑性、重组……这是对马拉美的一种总结,甚至作为一种诗歌方法的教授。但是昨天,我突然觉得不是这样。如果按照你的解释,这位大诗人所要做的是什么呢?他要做的和他做到的是什么呢?我想这不是一个方法的问题,而是一个来源上的问题。我要讲到的就是,我们谈天启的话都可以用上。第一,它源于不同时空、不同维度。第二,同步世界、平行世界。我想这样去说,就是可以通过脱离技术层面的,脱离语言层面上的去找到某种本源性的东西。如果你找到这种本源性的东西,你就不用模仿,你就会从你一个创作者的个人体验,去找到这条路。如果你从语言分析去进入,我认为现在大部分的人对马拉美是从语言分析进入,这成为主流性的一种东西、实证的一种东西。而我们今天谈话的主题,我拼命抵抗的东西就是在强调内容,不要从词语上去做文章,因为这已经僵死了。创造者不是从那里(语言)开始的,但是他不能绕过语言,我们绕过语言的东西可能非常高级,但是它不能言说,但它又是必须被言说的,所以这是一个限定。当我说超越这个东西的时候,实际上仍然是在用词语,把你的这个不同维度表现出来。请您接着继续讲关于马拉美的内潜,我非常感兴趣。

金丝燕:他是走德国浪漫主义道路,受黑格尔影响,晦涩、玄妙。他在选择自己怎么介入原创状态上,是经过深思熟虑的。早年他写过爱情诗,二十多岁的时候,但是很快就不写了,直接进入诗歌的本源。一个是受了德国的启发,一个是他确实本身也有跟施莱格兄弟(他第一个把"断裂"作为思辨形式提出来的)对话的过程,他在诗歌上找到了这个共同点。他的内潜是怎么做的,你看他的诗歌,就会发现,他的内潜走得很艰难,但是很愉悦。你看他写的《于是》,"终于""因而""结果",可是他的整个诗句没有结果。例如,"人从楼梯上下来"这句话还是一句话,没有什么变化,但是已经有了"人从旋转的楼梯上下来"。如果你了解西方哲学的话,人的思想是有两条路的,一条是螺旋向上的,一条是螺旋向下的,形而下的,所以他一下子就点到了一点：人在走的是一条从上往下的路。走下来干什么？断裂。所以他就是通过一个个的词，在自己一个人孤寂的时候，把自己的感觉、听到的东西记下来。这样的一种努力，不需要外在任何生活的养料，他不需要任何外在事件，所以他的诗歌里没有时代的事件。可正因为他没有任何时代的事件，才有他内心非常丰富的、每一个断层都可以记录的事件，这就是内潜。

多多：好。我想说，你所解释的内潜，我第一次听到这个词是在两年前，我们在里昂你提到的，你说的我已经烂熟于心了。但是内潜（我到现在还这样去理解），我所感知、我所实践、我所理解的它的特别本质的范围，很可能又是对马拉美的"扭曲"。我说的内潜是什么呢？在马拉美的时代，弗洛伊德的那一套东西还没有被提出来，心理学的革命还没有开始。我觉得内潜，第一，是向下的，第二，是向内的。"潜"，是什么意思，是潜入的，潜入的当然是向下的。

金丝燕：那按照你的说法，上和下、前和后，都是可以相对而言的。

多多：向下就是向上。歌唱的时候，老师讲，永远是向下，横膈膜向下，这样的话，你的空气可以压出来向上的。所以这是相对性，这是一组概念，不可分割。是与非，黑与白，是相对的，也是统一的。你抓住了这个方向，就把握了那个方向。内潜，就是进入内在的潜意识。这个"潜"，不一定就是"潜意识"的"潜"，但是进入一个世界，一定是潜意识。潜意识是什么？是原始的、本能的、混沌的世界。词语是什么？是揭露者。

金丝燕：词语就是众多的"窍"之一吧。

多多：所以我就觉得我写作一直是这样，从来没有改变。接受马拉美这些东西和我近年对于天启学说、气功修炼有很大关系。我不爱用这些词，实际上我们描述的东西、描述的过程没有什么区别，我仍然觉得"内潜"不能完结。

金丝燕：你想想看，我动员一个灵魂离开生存圈子。他第一要有力量，第二有愿望，这样内潜的冲动就有了第一条件。但是你潜到何处？如何潜？如何而又不至于走到佛教说的"无我"而又"无无"的境界？你怎么把握？人的一辈子是不够的。真正的诗人和疯子的不同，诗人多多和疯子的不同，就在于你有愿望，而且又不断离开这个生存圈子。

多多：我的内潜经常是像疯子内潜。

金丝燕：但是你又回来了，你没有回不来。

多多：这是一条错误的道路，我在考虑我现在的状态就是一个错误的状态。

金丝燕：如果你回不来，你就是个疯子。

多多：不一定，它是一个方向的问题。我继续探讨潜意识、向内挖掘的问题，当代的艺术家全是在做同样的东西，我不知道这是不是马拉美的一套，但都是在挖掘自己深层的东西。这个东西，它是资源性的，它与技术手段、与方法是有很大关系的。

金丝燕：不仅仅是挖掘，我觉得还是用"发现"这个词好，因为"发现"是有一个未知的东西，而挖掘还存在一个矿藏。

多多：我现在想说，发现应该和超现实主义有所联系。我们再提一个潜意识、深层意识和梦境的关系，我不知道你怎么看超现实主义与内潜的关系。有没有关系？我给你提个问题。

金丝燕：有关系，尤其是他的自动写作。

多多：人们好像用一句话来总结超现实主义——自动写作。这是完全不够的，所以你刚才说到挖掘、发现。我认为超现实主义是倾向于立即就发现的，就是发现的，不是寻找的。为什么我要说挖掘呢？因为艺术家在生命中还要与时间作对。你能每天都有所发现吗？发掘其实是一种非常痛苦的劳作，但本身就是一个巨大的快感。你发现了，你就快乐了。在这一点上，我特别赞同瓦雷里的默想。瓦雷里用二十几年，实际上也在做着内潜的工作。

金丝燕：他是马拉美的弟子，他写的《论象征主义》，你看了吗？

多多：我读过他的《致青年诗人的信》，很少。瓦雷里的理论写得非常棒，现在有很多艺术家，他们挖掘到最后都很难。

金丝燕：疯，实际上就是打破了我们惯用的逻辑而已，什么叫疯？

多多：我现在觉得有一个问题，就是修炼和挖掘的问题。现在我的心里存有大量的问题，根本没有什么通达的、结论性的东西存在。如果那个东西出现了，你就完了。所以我还是把它当作过程化的东西，而且锲而不舍地在做一开始就在做的事情。"路遥知马力"，时间是最伟大的敌手，在这个比赛中，你是不会成为胜利者的。一开始你总会经历兴奋、快乐、追求的阶段，然后你也会到了艰难的、枯竭的状态，人生能够经受几次呢？

金丝燕：而且每个阶段遇到的魔是不一样的，大境界有大魔。你的写作碰到的最大的魔是什么？

多多：是一种创造之魔？

金丝燕：侵扰你的，打搅你的。

多多：它越来越少了，这是一种好事情。马拉美的东西给我带来了新鲜的感知，我一贯地读马拉美的东西都是从词语上去认知，因此我就读不下去，也不能受益。但是金先生给我当头棒喝，你昨天有几句话说得非常好。

我们说一个诗的审美观、精神状态和它的产生和被接受，需要十到八十年的时间，理解过程更长。

金丝燕：马拉美是一个很危险的人，你靠近他，就像靠近黑洞，明知道出不来，你却无法抗拒黑洞的魅力，宁愿冒着被吞入的危险。

多多：你昨天也说到瓦雷里是靠智性连接，而马拉美完全是断裂，请你把他们两人的不同再阐释一下。

金丝燕：简单地说，瓦雷里的原创作状态确实是与天启有关的，但他很快就通过智性的脑子，试图把所有给他的信息，用一个绳子把它们连起来。用中文的话来说，就是"经"，把众多的散乱的珠子串起来，佛经，就是苏塌，佛陀的话是一个言说的历史。瓦雷里做的就是这么一个"经"的工作，而马拉美就是行走在众多的珠子中间。

多多：非常好，金先生理解得很透彻。

金丝燕：在珠子中行走，当然行走不稳，起点和境界都不一样。

多多：串连的诗人是多数，绝大多数，但近年我就发现，有一些境界不一定很好，但是他们的行走模式非常好。

金丝燕：但珠子不是沙子，行走在沙子上并不稀奇。我们要的是珠子之间的联系，我们不要砂粒之间的联系。你看很多诗歌，它好像是在寻找断裂，它第一没有感，第二没有悟，第三跟天启毫不沾边。

多多：是不是因为读得太多？这就是一个悲剧，如果一个诗人写得太多,也就会鱼目混珠,也就会有坏作品。

金丝燕:我这样说,有的作家是智叟,他给你展现的是智慧,是他走过的众多的人生,而你没有走过。但是有智慧不够,正如卢梭说的:人可以不要博学而成为人。干吗一定要智慧?人可以不要智慧而要诗,诗歌不是智慧。

多多:我觉得诗歌的智慧是很重要的,像瓦雷里就是一个智慧诗人。

金丝燕:那看你怎么看,如果"智慧"这个词你用梵文来讲,我同意;如果用中文来讲,我就不同意。你看"慧",你看它的结构,一把草,一只手,一只手拿着草,扫去心上的灰尘,扫去祭品上的东西,然后把供品供给祖先。而这个词呢,早期的佛经翻译者用来翻译佛经的一个词,"pràjɢà",到了晋朝,发现这个词语翻译得不对。为什么呢?"prà",就是朝向,向那个地方走;"jɢà"是一种原来的理解力和智慧的状态。一个是所指,一个是能指。所指就是被动的,"pràjɢà"是能指。他这个心有多少力量去衡定这个世界,去观察调理这个世界,去判断这个世界,这个状态就叫作"jɢà",那"prà"就是这个状态往外走。所以晋朝的翻译者认为这个翻译不对,所以他们翻译为"波若",音译的,就是"我",是一种主体性的东西。如果你从这个意义上来谈诗歌的智慧,那么我同意。主体性出台,像光一样普照。

多多:金先生定的标准很高。我想请问你读过德语、英语以及其他语种的诗歌多吗?像艾略特?

金丝燕:艾略特?我很喜欢。他的《荒原》,这是我认为的现代意义上的诗。第二个我很喜欢的,是莎士比亚,他有一些像咏叹调一样的台词,我很喜欢。

多多:金先生眼光很高。我给你一个限定词,就是谈谈现代主义以来的诗歌。我想问你：20世纪的法国诗人，你推崇几个？

金丝燕：我对法国艺术评价不高，法国的艺术是纤巧和智慧，没有形而上的憧憬——马拉美除外。德国诗人是形而上的憧憬，洛瓦里思、荷尔德林我也很喜欢。（第一，）当你读一个东西的时候，它给你的空间非常大，不饱满，这个时候我就非常喜欢。而冯至的东西太饱满了（那是现实主义）。第二，你要是没有形而上的憧憬，那你还有什么东西去诱发一个灵魂跟你去冒险呢？

多多：你说的形而上的思想是不是就是思想、思维、思辨呢？

金丝燕：有时候也可能是感觉，有时候也可能是一种非常奇怪的感觉。它一定不是一个编年史上的东西，一个事件，它一定不是一个有空间感的东西。

多多：难怪你……不读20世纪的诗歌了？

金丝燕：我也读，也翻译过。比如北岛的《今天》，我在译者按中，当时就提出一个创作者是否给空间的问题。据我来看，创作者给空间的，这个创作就是不饱满的，因为创作不仅为今天服务，也可能是为了明天、后天。只要经得起几个世纪考验的，都是不饱满的，这并不意味着就不写当时的事件，但丁的《神曲》写的是当时的事件，他周围的东西。但是当他写到他登上了山峰，面对着阳光说："啊！我看到了我自己！"这个就已经不是时间了。这句话他任何时候都可以说，因为空间很大，所以《神曲》延续至今。

多多：如果按你说的空间概念来讲，更早期的阿拉伯的诗歌的空间都非常大，好像历史就是，空间越来越窄了。

金丝燕：越来越窄的原因，我觉得从西方来讲，第一，文艺复兴以来的科学主义加上后来英国的实证精神，两个一结合，以及笛卡儿的出现，把以前不同光照下的思想变成了一个光照下的思想。更糟糕的是20世纪，科学主义成了救世主。第二，革命暴力。革命暴力成为实现科学主义的一个手段。第三，空想社会主义。这三个一结合起来，20世纪所有的苦难都来了。

多多：在我身上，除了没有科学主义，暴力主义和乌托邦全有了，而且结合在一起，我让它们合一以后去对抗科学主义，我是这样一个三位一体，我整体上就是反对科学主义的。荷兰的一个教授看了我送给他的一本荷兰译诗之后，说通篇都是形而上学，我不知道他是贬义的还是褒义的，从他的角度来看，应该是贬义的。

我感觉到，我是刚刚开始从你的角度来探讨问题。

金丝燕：所以我问你，诗歌是二十岁的还是五十岁的。我认为，除非是天才，二十岁的诗歌不是诗歌，很多人认为"我年轻，我有情感——爱情就够了"。那哪儿是诗歌？那不过是表现而已。

多多：那么你怎么解释兰波？

金丝燕：兰波不是情感的表现，你说得对，他是一个通灵者。

多多：情感和思想是不能分割的，二十岁的人不一定只有情感而没有思想，一个老年人不一定有思想。

金丝燕：通灵的状态有时候往往很容易被一种冲动和热情主宰。

多多：通灵要看你与哪个"灵"相通。"灵"也是有层次的，哪个诗人都依赖灵感，没有任何诗人否定灵感，每个人都为自己的神辩护。你刚才强调空间，我的理解是，有的空间很小，有的空间很大，还有不同时空的同时进行的。因此在语言的排列上来讲，叫作"并至的"。实际上，它的原理上是一样的，你从词语上来分析，是分析不出来的。其次我要说的是空白。中国的书法、绘画往往都非常强调空白，叫作

"不言之物"。虽然我没有说,但是它的存在比言说出来的还要强大,这就叫"大空"。

<u>金丝燕</u>:这个空是不需要描写和观察的。

<u>多多</u>:这给了我很大的启发,让我看到了诗歌写作的空间。第一,是更大的空间,第二,是多层空间,第三,是空白,第四,是空(第四声)。第五,是空(第一声)。

<u>金丝燕</u>:第六,空于所有的珠子之间。■

图书在版编目（CIP）数据

暮晚的向道：多多研究集 / 王东东编 . -- 北京：华文出版社，2020.10

（隐匿的汉语之光·中国当代诗人研究集 / 张桃洲，王东东主编）

ISBN 978-7-5075-5307-9

Ⅰ.①暮… Ⅱ.①王… Ⅲ.①粟世征－诗歌研究 ②粟世征－人物研究 Ⅳ.① I207.22 ② K825.6

中国版本图书馆 CIP 数据核字（2020）第 067152 号

暮晚的向道：多多研究集

丛书主编：	张桃洲　王东东
本书编者：	王东东
策划编辑：	杨艳丽
责任编辑：	郭俊萍
出版发行：	华文出版社
地　　址：	北京市西城区广外大街 305 号 8 区 2 号楼
邮政编码：	100055
网　　址：	http://www.hwcbs.com.cn
电　　话：	总编室 010-58336210　编辑部 010-58336254
	发行部：010-58336202　010-58336230
经　　销：	新华书店
印　　刷：	三河市祥宏印务有限公司
开　　本：	710×1000　　1/16
印　　张：	20
字　　数：	240 千字
版　　次：	2020 年 10 月第 1 版
印　　次：	2020 年 10 月第 1 次印刷
标准书号：	978-7-5075-5307-9
定　　价：	68.00 元

版权所有，侵权必究